MARTIN WINCKLER

Né en 1955 à Alger, Martin Winckler est médecin, écrivain et traducteur. Il est l'auteur de romans (*La Vacation*, 1989 ; *La Maladie de Sachs*, 1998 ; *Le Mystère Marcœur*, 2001 ; *Légendes*, 2002), de livres militants sur la médecine et d'essais sur les séries américaines (*Les Miroirs de la vie*, 2002). En 2002, il publie sur Internet une biographie-feuilleton intitulée *Plumes d'Ange*, consacrée à son père. Attaché à toutes les formes de narration, Martin Winckler confirme, après *Touche pas à mes deux seins* (Baleine, 2001), ses débuts talentueux dans le monde du thriller avec *Mort in vitro* (2003) suivi de *Camisoles* (2005), tous deux parus chez Fleuve Noir.

Retrouvez toute l'actualité de Martin Winckler sur : http://martinwinckler.com

CAMISOLES

DU MÊME AUTEUR
CHEZ POCKET

MORT IN VITRO

MARTIN WINCKLER

CAMISOLES

FLEUVE NOIR

ISBN : 978-2-266-15277-8

à René Balcer,
à Tom Fontana...

AVERTISSEMENT

Comme la bonne ville de Tourmens, les personnages et les institutions mis en scène dans ce roman sont imaginaires. Il en va de même des procédures policières et judiciaires décrites, qui ne sont pas (encore) en vigueur dans notre beau pays.

Certains événements racontés ici sont (librement) inspirés par des faits réels – sans cela, ce serait moins drôle. Toutefois, si d'aventure certaines personnes physiques ou morales croyaient se reconnaître dans les pages qui suivent, ce ne serait probablement que le fruit de notre imagination (la mienne et la leur).

À moins, évidemment, qu'elles n'aient quelque chose à se reprocher.

M.W.

PROLOGUE

Pendant la visite d'un établissement psychiatrique, une journaliste demande au directeur quels sont les critères qui justifient l'internement d'un patient dans son établissement.

Le directeur la conduit jusqu'à une petite pièce sans fenêtre dont le seul aménagement est une profonde baignoire en fonte émaillée. Près de la baignoire, sur une table roulante, sont posés une cuillère, un verre à pied et un seau.

« Nous remplissons la baignoire et nous demandons au patient de la vider, explique le directeur.

— Je vois, sourit la journaliste. Une personne normale videra la baignoire avec le seau, pas avec la cuillère ou le verre…

— Non, répond le directeur. Une personne normale la videra en tirant sur la bonde. »

(Fable-express circulant sur les forums Internet)

CONTEXTE, 1 :
L'ORDRE ET LA SÉCURITÉ DU MONDE

AFP – Paris, lundi 3 juin 2007

SÉCURITÉ PUBLIQUE : LA POLITIQUE MUSCLÉE DU NOUVEAU GOUVERNEMENT

Au cours d'une allocution à la presse ce matin, le porte-parole de l'Élysée a annoncé que le président de la République avait tenu vendredi dernier un conseil restreint avec le Premier ministre, le ministre de l'Intérieur et le garde des Sceaux désignés depuis son élection. Le chef de l'État leur a demandé de renforcer les mesures de sécurité intérieure dont il avait fait son cheval de bataille tout au long de la campagne présidentielle. « Résolu à lutter contre la criminalité et le désordre public, qui n'ont cessé de croître au cours du précédent quinquennat », a déclaré en particulier le porte-parole de l'Élysée, « le président a chargé le Premier ministre, le ministre de l'Intérieur et le garde des Sceaux de mettre en œuvre sans tarder une réforme des forces de l'ordre et de la justice. » Rappelons que, fort de l'écrasante majorité dont il dispose à l'Assemblée nationale (460 députés sur 577 sièges), le président a fait voter le mois dernier par le Parlement un projet de loi autorisant le gouvernement à légiférer par voie d'ordonnances dans le domaine de la sécurité. De ce fait, les ministres concernés pourront mettre en œuvre très rapidement les réformes promises lors de la précédente campagne présidentielle.

Parmi ces engagements figuraient plusieurs propositions chocs vivement contestées par l'opposition d'alors – mais aussi par la majorité sortante : formation accélérée (six mois intensifs) de 40000 nouveaux gardiens de la paix, 10000 inspecteurs de police, 5000 CRS ; transformation rapide d'anciens bâtiments publics désaffectés (mairies, hôpitaux, écoles) en maisons d'arrêt d'urgence sécurisées au sein de quartiers « chauds » ; création d'une procédure de jugement ultra-rapide pour les flagrants délits devant des magistrats spécialement nommés dans les locaux des postes de police et les gendarmeries, afin de décharger les palais de justice très encombrés ; accélération de la nomination de juges de première instance et de juges d'instruction, qui seraient des volontaires recrutés sur dossier parmi les fonctionnaires des administrations territoriales, spécialement formés sur le terrain aux côtés de magistrats déjà en exercice – sans passer par les concours de la magistrature ; extension des pouvoirs d'investigation des juges d'instruction qui, rebaptisés « magistrats investigateurs », se verraient habilités à se rendre sur le terrain et à diriger les enquêtes et les interventions des forces de l'ordre...

Deux autres projets de loi visant à autoriser le gouvernement à légiférer par ordonnances ont de plus été déposés ces jours-ci devant le Parlement. Le premier concerne le système de santé et la gestion des hôpitaux ; le second, le contrôle d'informations confidentielles avant leur divulgation par les médias. « Pour le président et son gouvernement », a précisé le porte-parole, « la multiplication des attentats terroristes en Europe justifie que les médias, publics ou privés, soient supervisés de très près afin de ne pas favoriser par leur attitude la sympathie envers les entreprises terroristes. Le fait que la France n'ait pas, jusqu'ici, été touchée par le terrorisme international ne signifie en aucune manière qu'elle n'est pas menacée. Il appartient au nouveau gouvernement de la protéger de cette menace. Sans restreindre la liberté de la presse indispensable au fonctionnement de notre démocratie, le gouvernement entend mettre sur pied avec les médias une charte indiquant sous quelles conditions la divulgation de certaines informations "sensibles" pourrait être reportée à la demande des pouvoirs publics. »

AFP – Paris, mardi 4 juin 2007

DÉLINQUANTS SEXUELS : LE NOUVEAU GOUVERNEMENT DURCIT SA POSITION

Dans le cadre de sa politique de sécurité publique, le nouveau gouvernement a décidé de durcir les peines infligées aux délinquants sexuels, tout particulièrement les pédophiles, et consistant à leur administrer, dans des centres spécialisés, les médicaments destinés à empêcher une récidive. Des expérimentations avaient été, rappelons-le, mises en place avec l'autorisation de Dominique Perben, alors ministre de la Justice, au début de l'année 2005.

À l'époque, 22 % des détenus étaient incarcérés pour des infractions sexuelles, dont les trois quarts pour des viols sur mineurs. Aujourd'hui, on estime que la proportion approche les 30 %. Les expérimentations mises en œuvre pendant les deux années écoulées s'étant révélées concluantes, le nouveau gouvernement a décidé d'imposer ce traitement à tout condamné pour infraction sexuelle. Le traitement n'étant pas irréversible, le gouvernement a chargé une commission spéciale comprenant des médecins, des chercheurs, des magistrats et des membres de l'industrie pharmaceutique de déterminer les procédures thérapeutiques appropriées qui assureraient la prise du traitement par les délinquants à la fin de leur incarcération, et ce dès leur mise en liberté sur parole.

Les détenus qui accepteraient de subir un contrôle régulier et permanent par tous moyens médicaux ou informatiques pourraient bénéficier d'une libération anticipée. « Bien entendu, a déclaré le garde des Sceaux, les anciens délinquants sexuels qui recevront ce type de traitement devront "très probablement" prendre ces médicaments toute leur vie, à moins que la recherche ne permette de trouver des produits "plus pointus" et "plus efficaces". »

En 2005, le prédécesseur de l'actuel garde des Sceaux avait déclaré que le gouvernement réfléchissait à la création d'établissements intermédiaires entre l'hôpital psychiatrique et la prison où seraient enfermés à l'issue de leur peine les criminels jugés dangereux. L'actuel gouvernement a décidé de mettre cette proposition en application. La possibilité de légiférer par ordonnances va certainement lui faciliter la tâche.

RÊVES

Tourmens, Centre La Fontaine.
Salle de consultation nº 7,
Mercredi 27 août 2008, 18 heures 30

Le médecin lève les yeux vers la silhouette qui oscille à la porte du cabinet de consultation.

— Bonsoir… Je peux entrer ?

— Oui, bien sûr, asseyez-vous. Je finis de rédiger ceci, et je suis à vous.

Le patient s'installe sur une des deux chaises inconfortables placées de l'autre côté du bureau. Il cligne des yeux. De l'autre côté du bureau, la fenêtre est vivement éclairée par le soleil du soir. Le médecin glisse une lettre dans une enveloppe et relève la tête vers le patient, non sans avoir jeté un coup d'œil furtif à sa montre, puis au téléphone. Sa main se pose sur le combiné puis, après une seconde d'hésitation, le décroche et le pose près de l'appareil.

— Il n'a pas cessé de sonner, aujourd'hui. Comme ça, nous ne serons pas dérangés… Comment allez-vous aujourd'hui ?

— Ça… ça va. Si on veut.

Le médecin prend un dossier posé sur le coin du bureau et l'ouvre.

— C'est notre dernière consultation, apparemment. Vous rentrez chez vous ce week-end, n'est-ce pas ?

Le patient hoche la tête.

— C'est pas que ça me déplaise, mais…

— … mais vous pensez que c'est trop tôt ?

Le patient hoche la tête à nouveau, sans un mot.

— Vous m'avez l'air plus fatigué que les semaines écoulées…

— Oui. D'abord parce que la perspective de rentrer chez moi m'angoisse, ma femme aimerait bien m'avoir près d'elle, même si je ne reprends pas le boulot… Et puis je fais le même rêve chaque nuit ou presque depuis deux semaines, et ça commence à m'épuiser. Et ce que m'a prescrit votre interne ne m'a aidé ni à dormir ni à me détendre.

Le médecin feuillette le dossier.

— Je n'en vois pas mention dans les transmissions… De quoi s'agissait-il ?

— D'une benzo[1] quelconque… Elle n'avait pas l'air de savoir exactement quoi me prescrire… C'est difficile de recommander un médicament à quelqu'un qui en sait au moins autant que vous…

— Je sais… Il faudra que j'en parle avec elle. Quand avez-vous commencé à les prendre ?

— En fin de semaine dernière… Vendredi. Elle voulait que j'attende la consultation d'aujourd'hui, mais j'ai insisté. J'en avais marre…

La main griffonne quelques notes sur le dossier, les yeux reviennent sur le patient.

— Ce rêve… Vous ne m'en avez pas parlé à la dernière consultation…

1. Benzo : abréviation de benzodiazépine. Famille d'anxiolytiques abusivement utilisés comme somnifères, car ils sont très addictifs.

— Non. Je l'avais fait une fois ou deux, mais j'en avais un souvenir plutôt flou, je me souvenais seulement de l'angoisse qu'il me laisse au réveil. Mais je l'ai refait depuis, et à présent je le trimbale avec moi toute la journée…

— Racontez-moi…

Depuis qu'il s'est assis, le patient parle en clignant des yeux. Il lève la main pour se protéger des rayons du soleil.

— Ça… vous ennuierait de descendre le store ? La lumière…

— Quoi ? Non, bien sûr.

Le médecin se retourne, recule son siège à roulettes, tend le bras vers la fenêtre et, d'un geste brusque, tire sur le cordon du store intérieur, qui se déroule avec un bruit métallique.

— Je vous écoute…

— Ça… ça commence plutôt bien, pourtant : je roule dans une voiture épatante… (Il émet un petit rire.)… Un bolide comme j'en avais gamin sur mes étagères. Je roule vite, le vent me frappe le visage, j'ai l'impression de voler, et je suis content, parce que je pars en vacances… Je me gare devant chez moi, j'entre, et je me mets à faire ma valise. Et puis je me sens fatigué, alors je m'allonge pour piquer un somme. Quand je me réveille, je suis allongé sur un brancard dans un hôpital. Les blouses qui passent ne m'adressent pas la parole. Je me lève, je m'engage dans un couloir étroit. De chaque côté, il y a des portes blindées percées de hublots. Ce sont des cellules plutôt que des chambres. J'entends des bruits de bottes derrière moi, je me mets à courir, je me rapproche du bout du couloir, les parois semblent se fermer sur moi, l'angoisse est insupportable, et brusquement j'arrive au bout du couloir, il y a une porte ouverte, je sens des bras me saisir, me jeter à l'intérieur, je m'étale par terre, je me relève, je me jette contre la porte qui vient de se refermer sur moi, je tambourine sur la vitre ronde mais ce que je vois de l'autre côté me fait hurler…

À présent, le patient se tord les mains. Sa voix s'est peu à peu assourdie, et les derniers mots sont sortis de sa bouche avec une immense difficulté, dans un murmure témoignant d'une profonde angoisse. Il lève la tête vers le médecin, regarde autour de lui, se mord la lèvre.

— Le rêve est plus long que ça, mais tout le reste est flou…

— Que voyez-vous ? demande le médecin d'une voix douce. Qu'est-ce qui vous fait hurler ?

— Je ne sais pas. Je n'en ai aucun souvenir. Je sais seulement que je ne le supporte pas. Je me réveille en sueur. Et je ne peux pas me rendormir.

Pendant plusieurs minutes, il se tait. Le médecin tend l'oreille. Finalement, le patient rompt le silence.

— Qu'est-ce que ça veut dire ? Qu'est-ce qu'il signifie, ce rêve ?

— C'est difficile à dire… Bien sûr, il y a la symbolique de l'enfermement… plutôt courante chez tous les pensionnaires de ce centre. Alors, je ne vais pas me risquer à faire une interprétation…

Un sourire amer apparaît sur le visage du patient.

— Ah ? C'est dommage… Je pensais que vous pourriez…

— Oui, si vous m'en disiez un peu plus. Vous devriez essayer de le transcrire juste après votre réveil… Cela étant, c'est plutôt à vous de me dire ce qu'il signifie pour vous…

L'homme lève la tête, étonné.

— Vraiment ? Je l'ignore… Et puis, ça fait quinze jours qu'il se répète, je n'arrête pas d'y penser et je n'en peux plus, est-ce que vous pourriez…

— Oui ?

— Me prescrire quelque chose ? Pour dormir… Les barbituriques sont réglementés alors si vous m'en prescrivez seulement une boîte, je ne pourrai pas en abuser…

Le médecin hésite, puis décapuchonne son stylo et inscrit quelques mots sur le dossier du patient.

— Je peux juste vous en prescrire pendant que vous êtes ici. Mais je demanderai à l'infirmière de vous en donner quelques comprimés le jour de votre sortie…

— Merci… *docteur.*

Le médecin sourit à ce dernier mot et demande à mi-voix :

— Et maintenant, peut-être allez-vous répondre à la question que je vous ai posée tout à l'heure ?

— Laquelle ?

— Comment allez-vous aujourd'hui ? Je veux dire, en dehors des problèmes de sommeil…

Le patient sourit et soupire.

— Je me sens plutôt moins… déprimé qu'en arrivant, mais j'ai toujours la même angoisse de rentrer chez moi et pas question de retourner au boulot…

— Vous ne vous sentez pas prêt ?

— Non. Vraiment pas. De toute manière, je ne suis même pas sûr qu'ils aient encore un boulot pour moi… (Il rit jaune.) Ce n'est pas comme s'ils attendaient que je rempile pour prendre des décisions ou choisir de les bloquer sous une pile de paperasses. Un bureaucrate de plus ou de moins, ça ne fait pas grande différence…

— Vous vous considérez comme un « bureaucrate de plus ou de moins » ? Vous êtes pourtant un des plus proches conseillers du…

— J'ai *été* un de ses conseillers. Et l'équipe a changé, vous le savez bien. Des types comme moi, il y en a des dizaines, qui n'attendent que la première occasion pour prendre ce genre de boulot en marche. Nous sommes tous interchangeables. Tous, sauf les énarques… Ils ont été si bien coulés dans le moule que tout le monde a besoin d'eux. Un de mes… amis est fonctionnaire au ministère depuis vingt ans. Conseiller spécial de tous les ministres successifs… Tous partis confondus. À chaque remaniement, le nouveau titulaire du maroquin vire tout le monde, sauf lui. Ses dossiers sont si compliqués qu'il est le seul à les connaître, alors le sortant prévient son successeur que surtout, il ne doit pas le virer… Si le nouveau ministre fait le ménage sans réfléchir, au bout de quinze jours il est obligé de se raviser et de le rappeler à son poste : les interlocuteurs concernés ne veulent parler qu'à lui. Et comme ce sont des dossiers brûlants…

— Cet ami, apparemment, n'est pas interchangeable ?

— Non. Des types comme lui, qui suivent les dossiers longtemps au point de les connaître mieux que personne, et surtout, qui n'ont pas d'ambition personnelle, le corps politique les bichonne. Car ils pourraient aller où ils veulent… une administration territoriale, un ministère, un corps d'inspection, un autre ministère, et puis tout au bout une grande entreprise privée qui paie très cher pour mettre à son service tout ce que nous savons sur les arcanes de l'État… ou une ambassade dans un pays confortable…

— Tandis que vous…

— Tandis que moi, qui ai fait dix ans d'études et qui ne voulais pas exercer, il a fallu que je me recycle… Mon ami m'a proposé de devenir chargé de mission sur un projet du ministre de l'époque – un machin destiné surtout à soigner son image de politicien… Ensuite, chaque fois qu'un projet disparaissait pour cause de remaniement, je me débrouillais pour hériter d'un autre… Comme mon ami était inamovible, c'était facile… Mais à présent…

— À présent ?

— Il va devoir faire appel à quelqu'un d'autre.

— Vous croyez qu'il va trouver facilement ?

— Il n'aura que l'embarras du choix. Les professionnels de santé qui ne veulent pas exercer sont encore plus nombreux aujourd'hui qu'à l'époque où j'ai terminé mes études. Plus personne n'a envie de s'installer dans les conditions d'exercice actuelles…

— Vous pensez qu'il ne vous reprendra pas quand vous serez… rétabli ?

— Non, je ne pense pas. Les hauts fonctionnaires ont besoin de collaborateurs qui tiennent le coup… Un type comme moi, on ne lui fait plus confiance. Quand on pète un plomb une fois, ça peut recommencer n'importe quand. Les conseillers spéciaux mal dans leur peau, ça ne fait pas bon effet auprès des hommes politiques… Ça risque de parler un peu trop. Et je sais bien que s'ils m'ont envoyé ici, c'est parce que c'est plus discret…

Il se met à rire nerveusement.

— J'en sais quelque chose : c'est moi qui ai suggéré la création de ce centre, il y a quinze ans, et qui ai aidé ses propriétaires à obtenir leur agrément…

Le médecin écarquille les yeux.

— Vraiment ?

— Vraiment. Au début, il a fallu que je me batte pour faire passer l'idée mais lorsqu'elle a été mise en œuvre, le succès a été tout de suite… foudroyant. Peut-être un peu trop… Vous travaillez ici depuis longtemps ?

— Quelques années…

— Ah. Alors, ça veut dire que vous vous y plaisez… Quand les médecins viennent travailler ici, ils démissionnent très vite, ou ils s'incrustent. Voyez Keller et Schillinger. Ils sont là depuis le début. Au départ, ils se bouffaient le nez, mais à présent…

Le médecin fait un petit bruit de gorge et jette un regard furtif au téléphone décroché.

— Parler de mes confrères serait sûrement très instructif, mais notre préoccupation aujourd'hui, c'est vous… Vous me semblez inquiet de ne pas retrouver votre poste.

Le patient se remet à rire, plus fort cette fois-ci.

— Ah, je ne vais pas retourner me fourrer dans la gueule du loup. Mais je sais très bien comment je vais me recycler : en gagnant beaucoup plus d'argent que vous !

Impassible devant cette provocation, le médecin se tourne vers la fenêtre et entrouvre le store sur le ciel rougissant.

— L'argent… C'est important ?

— Pas pour vous ?

— Il ne s'agit pas de moi…

— Non, bien sûr… Eh bien, oui, c'est important. Pendant ces douze années je n'ai pas gagné des sommes folles mais j'ai accumulé une… expérience. Et j'aimerais bien la négocier… Il faudra bien. Ma femme ne supporterait pas que je reste chez moi à me morfondre… Vous savez comment c'est, les femmes…

— Que voulez-vous dire par « négocier votre expérience » ?

— Eh bien… au bout de douze ans de ministère, ce que je sais… et mon carnet d'adresses… ça vaut de l'or !

Le médecin reste impassible.

— Ça ne vous choque pas ? reprend le patient.

— Quoi donc ?

— Mon cynisme !

— Je ne suis pas là pour vous juger, mais pour vous écouter et vous soigner. Donc, vous vous trouvez cynique. Ça vous préoccupe ? Vous vous sentez coupable ?

L'homme reste interdit. Il réfléchit un long moment puis murmure :

— Oui, on peut dire ça… Ça me préoccupe beaucoup. Ce n'est pas simple… Tout ce qu'on nous dit sur l'éthique de la profession, que ce soit pendant nos études ou dans les déclarations officielles, c'est du vent. Sauf votre respect, ce n'est pas parce qu'on a des diplômes qu'on est intègre. Même quand on est médecin. Parfois je me dis que ça doit être reposant de dire la vérité, de ne plus mentir. C'est tellement fatigant de mentir, de faire attention à ne pas se trahir, de fabriquer des mirages, de maquiller la vérité… Mais c'est ça ou tourner le dos aux années de compromissions et de traficotages que je viens de vivre. Et ça… je n'en suis pas vraiment libre…

— Pouvez-vous essayer de me dire pourquoi ?

— Disons qu'il y a trop… de liens.

Brusquement, le visage du patient s'éclaire, il se frotte les mains d'un air presque satisfait, et déclare sur un ton enjoué :

— Restons-en là. J'aime bien parler avec vous… mais je ne veux pas me laisser aller à parler de choses qui ne sont pas de votre ressort…

Le médecin ne peut s'empêcher de sourire, se lève, rejoint le patient à la porte et lui tend la main.

— Si nous ne nous revoyons pas, je vous souhaite bon retour.

— Merci, *docteur*…

En retournant s'asseoir à son bureau, le médecin aperçoit le téléphone décroché depuis le début de l'entrevue et remet le combiné en place. Immédiatement, il se met à sonner.

CONTEXTE, 2 :
L'ŒIL PUBLIC

ÇA NOUS REGARDE !, UNE ÉMISSION DE TÉLÉRÉALITÉ PAS COMME LES AUTRES.
PAR JEAN-GÉRARD GELÉ-NOIR, *WEBTÉLÉHEBDO*

Vous vous souvenez de Loft Story ? *Que vous ayez aimé ou détesté à l'époque, vous n'aviez encore rien vu.* Ça nous regarde !, *la nouvelle émission de téléréalité, va beaucoup, beaucoup plus loin. Lancée sur TVTourmens, la chaîne câblée qui monte, par la société ImagiNation, ce n'est pas une émission de télévision comme les autres. Et d'ailleurs, ce n'est pas une émission de* téléréalité, *mais de* webréalité. *La multiplication des* webcamsites *(sites web sur lesquels on peut regarder, pendant des heures, les images transmises par des webcams braquées sur un paysage ou un lieu donné) a en effet donné à la société ImagiNation l'idée d'une émission qui multiplierait les attraits de la téléréalité en y incluant… les spectateurs eux-mêmes ! Le principe est simple, mais génial : une ou plusieurs* websoundcams[1] *sont installées gratuitement chez des spectateurs volontaires, dans une*

1. Webcams équipées d'un micro.

ou plusieurs pièces de leur choix (la chambre à coucher est permise, mais pas les toilettes ou la salle de bains, quand même !).

Les spectateurs qui s'abonnent reçoivent un boîtier spécial qui, branché sur leur téléviseur, permet – via un canal dédié du câble, du satellite, de la TNT ou une liaison ADSL2 – de recevoir l'intégralité des images recueillies par les dizaines de webcams bientôt installées à Tourmens. (Les volontaires, bien sûr, reçoivent le boîtier gratuitement !)

L'appel à participation à cette émission a d'ores et déjà remporté un succès fabuleux, similaire à celui des candidats au Loft *et autres émissions de télé-réalité du passé. Au bout d'une semaine de campagne, ImagiNation a reçu pas moins de trois mille candidatures, dont plusieurs dizaines ont déjà été retenues. Les conditions pour participer à* Ça nous regarde ! *? Elles sont très simples et pas très contraignantes : être âgé(e) de plus de 18 ans (et il ne doit pas y avoir de mineur au domicile) ; avoir un emploi stable (pas question de se « vendre » à l'antenne) ; avoir un casier judiciaire vierge (mais on ne voit pas les délinquants se portant candidats à une émission qui les montrerait imprimant des faux billets ou préparer leurs doses de coke !) ; pas de relations sexuelles en vision directe (mais si vous avez envie de vous ébattre sous les draps avec la lumière allumée, vous avez le droit) ; les participants doivent s'engager à participer au programme pendant au moins 12 mois d'affilée, laisser les webcams branchées chaque jour pendant au moins 18 heures sur 24, 10 mois par an, signer la charte de bonne conduite de l'émission et certifier sur l'honneur qu'ils signaleront à la société ImagiNation ou à TVTourmens tout comportement non éthique de la part d'un des autres participants au programme. Bref, des conditions de bon sens, auxquelles tout citoyen responsable ne peut que souscrire...*

Chez les candidats déjà retenus, le plaisir de participer à l'émission est évident. Joëlle (36 ans, célibataire) est « ravie de pouvoir enfin montrer ce qu'il y a de meilleur dans la vie d'une femme qui s'assume et de voir ce que d'autres femmes comme elle font de leur vie »; Luc (23 ans) et Jerry (22 ans) sont « impatients de pouvoir montrer qu'un couple gay est un couple comme les autres, avec ses joies, ses peines, ses disputes et ses bonheurs »; Audrey et Jacques, deux trentenaires qui ont décidé d'emménager ensemble pour participer à l'émission, désirent « mettre leur relation à l'épreuve en concevant leur premier enfant au bout de trois mois de cohabitation et faire participer tous les spectateurs à la grossesse ». Ils savent qu'ils devront quitter le programme à la naissance de leur bébé, mais ils espèrent « se faire beaucoup d'amis d'ici là »! Gérard, 25 ans, a tout simplement « envie de se faire connaître et de connaître d'autres personnes comme lui »... Le point commun entre la plupart de ces candidats? Ils ont un emploi, font tous partie de la génération petit écran, ont tous un téléviseur, un téléphone mobile et un ou plusieurs ordinateurs qui leur servent à regarder le monde ou à se montrer – mais de manière encore limitée. Ça nous regarde! *leur permettra de « passer à la vitesse supérieure », déclarent, les yeux brillants, Linda et Axel. Ces deux jeunes « allumés des médias » ne rêvent que d'une chose depuis l'adolescence : produire leur propre émission de beauté-forme-vitalité « à l'américaine ». Ils espèrent profiter du programme de téléréalité pour tester quelques-unes de leurs idées...*

Évidemment, on pourra se demander comment ImagiNation et TVTourmens espèrent tirer bénéfice d'un programme qui, certes, ne sera pas très coûteux à produire, mais dont les participants reçoivent tous gratuitement une ou plusieurs webcams et un boîtier-décodeur. Pour des raisons logistiques, Ça nous regarde ! *ne comprendra bien sûr qu'un nombre limité de participants à un moment donné : entre cinquante et cent candidats seront retenus chaque année, et chaque participant sortant ou exclu du programme sera immédiatement remplacé. C'est ici que réside l'idée géniale – et lucrative. Actuellement expérimentale sur la zone desservie par TVTourmens,* Ça nous regarde ! *et ses centaines de vies en direct seront bientôt « franchisées » et mises en ligne dans d'autres grandes villes ! La maison de production et TVT – coactionnaire du projet – déclarent avoir déjà plusieurs dizaines de propositions venues de France et d'Europe. À terme,* toutes *les versions (française et étrangères) de* Ça nous regarde ! *seront accessibles, sur abonnement payant, à n'importe quel spectateur du territoire européen grâce à un canal déjà réservé sur le satellite EuroImages, récemment mis sur orbite.* Last but not least : *on pourra s'abonner, au choix, à la version « ville », à la version intégrale (toutes les webcams en temps réel, sans coupure ni censure) ou à une version* Best of. *Toutes ces versions seront, bien sûr, proposées aux annonceurs qui se disputent déjà à coups de millions le droit de prendre ces tranches de vie en sandwich entre deux écrans publicitaires. À défaut de pouvoir tous se montrer à l'antenne, les abonnés verront (presque) tout ce qui se passe chez leurs voisins, de Brest à Vladivostok et de Palerme à Reikjavik – et pourront, en outre, profiter de la culture pub du monde entier.*

J.-G. G.-N.

LE CORPS DE MON ENNEMI

Assis dans le fauteuil à oreilles, Jean Watteau considère avec une colère grandissante la jambe étendue devant lui. Le plâtre qui lui recouvre le membre gauche de la racine des orteils jusqu'à mi-cuisse est fait d'une résine ultra-légère – « Vous pourrez faire de la plongée avec », a ironisé l'interne – mais il a le sentiment qu'à l'intérieur, son genou est en fonte…

Manifestement jamais à court d'un calembour, l'interne a rempli un formulaire d'accident du travail et le lui a remis en murmurant : « Alors, ça fait quoi d'être *arrêté* quand on est juge d'instruction ? »

Watteau l'a fusillé du regard, avant d'éclater d'un rire nerveux. Ce jeune homme avait raison : à certains égards, la situation était comique. À d'autres…

— Mais qu'est-ce qui t'a pris, *putain de bordel de merde* ? s'écrie-t-il brusquement en s'adressant à lui-même.

— Jean ! Où avez-vous appris cette expression abominable ? Pas chez moi, en tout cas ! Ni à l'école de la magistrature !

Poussant devant elle une desserte en bois bringuebalante, Claude Watteau de Lermignat franchit la double porte. Le grand salon du manoir familial est partagé en deux parties – la sienne et celle de son fils. Du côté de la grande porte, sous les larges fenêtres, sont installés deux profonds canapés beurre-frais modernes et une grande table basse d'acier et de verre dépoli. Jean Watteau préfère son *côté obscur* – celui de la cheminée – où se dressent deux fauteuils anglais à oreilles recouverts de tapisseries datant des années 1880. Mme de Lermignat considère gravement la distance qui la sépare de son fils et, en soupirant, entreprend de faire slalomer la table roulante jusqu'au fauteuil dans lequel il est inconfortablement installé.

— Est-ce que votre mauvaise humeur vous empêche de prendre le thé avec votre mère, *mon chéri* ?

— Je n'aime pas beaucoup que vous m'appeliez « mon chéri », *maman*. Cela signifie toujours que vous avez quelque chose à me demander…

— Dieu du ciel, mon petit Jean ! Vous ne m'avez pas appelée « maman » depuis des lustres ! Notre ami Charly Lhombre m'a prié de lui signaler toute anomalie dans votre comportement ! Vous sentez-vous fiévreux ?

— Non ! Je me sens enragé !

— Tout le monde peut avoir un accident ! Vous n'avez pas vu la marche, voilà tout !

*
**

Non, Jean Watteau n'a pas vu la marche, car il tournait le dos à l'escalier.

Cet escalier se trouvait dans un très bel hôtel particulier de Tourmens où on l'avait appelé, tôt le matin, quelques jours plus tôt. Au moment où, introduit par un policier en tenue, Jean se dirigeait vers le premier étage, son téléphone portable avait sonné.

— Ici la Brigade de Recherche, monsieur le Juge. Je suis désolé de vous déranger, mais on vient de me signaler un suicide par balle de l'autre côté de Tourmens, et le lieutenant m'a dit que ça avait l'air sérieux.

— Sérieux ?

— Oui, une… personnalité aurait mis fin à ses jours. Je ne connais pas son nom mais j'ai l'adresse. Les techniciens de la brigade sont déjà sur place et procèdent aux premiers relevés, mais j'ai pensé qu'il valait mieux vous avertir immédiatement.

— Vous avez bien fait. Donnez-moi l'adresse.

L'adresse ne lui disait rien, il l'avait notée puis s'était mis à gravir les marches. Les larges épaules du commissaire Bénamou l'attendaient sur le palier du premier étage. Lorsque Bénamou s'était retourné pour le saluer, Jean avait vu clairement un cadavre allongé au milieu d'une mare de sang. Stupéfait, il avait fait un pas en arrière.

Il n'était pas tombé bien loin, mais son genou gauche s'était tordu pendant la chute. Quand il s'était remis debout, il souffrait le martyre. Le sourire surpris de Bénamou, qui n'avait jamais vu Watteau ciller devant un cadavre, s'était effacé quand il avait vu son visage blême de douleur. Sans un mot, le magistrat investigateur – titre ronflant attribué aux juges d'instruction depuis la récente réforme – s'était remis debout, et l'avait rejoint. Le visage crispé, il avait laissé les techniciens de l'identité judiciaire prendre des photographies de la scène du crime puis, serrant les dents pour lutter contre la douleur, il avait examiné la scène. Le vaste palier en marbre, en forme de demi-lune, donnait sur quatre portes (« Trois chambres et une salle de bains », avait précisé Bénamou). Un guéridon et un grand miroir en constituaient le seul mobilier. Une autre volée de marches conduisait vers le deuxième étage. Le cadavre était celui d'un homme d'une cinquantaine d'années, seulement vêtu d'un peignoir de soie.

— Henry d'Artigues, soixante et un ans. Avocat d'affaires aux activités multiples…

— Mmmhh... « Import-export » ? avait demandé Watteau sur un ton aigre-doux.

Bénamou lui avait répondu avec un sourire en coin :

— C'est ça... Et tous leurs aléas... Il vivait seul. Sa femme de ménage l'a découvert ce matin. Son appel a été enregistré à 8 h 03. Une patrouille qui circulait dans le quartier est arrivée trois minutes plus tard. Ce sont des types sérieux, je les ai formés moi-même. Ils n'ont touché à rien et m'ont prévenu tout de suite.

Watteau avait écouté sans mot dire puis, comme il le faisait toujours en pareil cas, il s'était mis à déambuler en boitant autour du corps, scrutant la pièce sous tous les angles, et avait observé soigneusement le sol du palier avant de s'agenouiller en grimaçant à un mètre du cadavre pour l'examiner de près.

« Il a reçu une ou plusieurs balles dans le ventre. Regardez la position de son corps recroquevillé, le sang étalé autour de lui. Il n'y a pas de traces de pas, mais il a du sang sur les bras, il a essayé de se relever sans y parvenir... Il a gardé une main serrée contre sa blessure et l'autre main est tendue vers l'escalier. Il n'est pas mort sur le coup. Il a mis longtemps à mourir... »

Bénamou l'avait écouté sans mot dire. Il avait pris l'habitude de voir le magistrat opérer de cette manière. Il savait aussi que Watteau lui faisait confiance et comptait sur sa propre expérience de policier pour remarquer des choses que lui-même ne voyait pas. Bénamou aimait travailler avec lui parce qu'il était le seul juge qui ne le traitait pas comme un subordonné, mais comme un équipier.

— Qu'est-ce que vous en pensez, Bénamou ?

— Mmhh, je vais me garder d'être affirmatif avant que les techniciens aient procédé à leurs relevés, mais il n'y a apparemment pas eu effraction, d'après ce qu'a déclaré la femme de ménage. Tout incite à croire que

M. d'Artigues connaissait son agresseur. Étant donné sa… tenue, il a dû le recevoir très tard dans la nuit…

— Peut-être. À moins que cet agresseur n'ait eu la clé… Il vivait seul, mais rien ne prouve qu'il passait toutes ses nuits seul…

— Évidemment. Un homme aisé a sûrement une ou plusieurs… amies.

À ces mots, Watteau s'était redressé et avait laissé échapper un gémissement de douleur. Sous le pantalon fin, son genou gauche semblait avoir triplé de volume.

— Vous devriez aller voir un médecin, monsieur le Juge. Avec un genou gonflé comme ça, vous avez peut-être quelque chose de cassé !

— *Ou une entorse carabinée…*

La phrase montait de l'escalier. Les mains déjà gantées de caoutchouc et muni de sa valise métallique, Charly Lhombre venait de les rejoindre.

— Alors, Robert, qu'est-ce que vous avez à me montrer, aujourd'hui ?

S'ils se tutoient en privé, le magistrat et le jeune médecin légiste se vouvoient sur les scènes de crime. Charly Lhombre en profite aussi pour affubler Watteau du nom d'un enquêteur célèbre. Il l'a déjà appelé Holmes, Maigret ou Columbo mais, depuis quelques mois, il a choisi de le taquiner en lui donnant le nom de Robert Goren, principal enquêteur du *Major Case Squad* de New York, dont il a suivi les enquêtes pendant plusieurs mois.

— Comme vous voyez, docteur. Un cadavre.

Sans jeter le moindre regard au corps de la victime, Charly avait déposé sa mallette contre le mur, ouvert une porte, sorti d'une chambre une chaise qu'il avait posée devant Watteau et s'était assis dessus avant de se pencher vers le genou du juge.

— Je ne parle pas de lui, cher ami, mais de vous.

Posez vos mains sur mes épaules, soulevez la jambe, et ne bougez pas.

Quelque peu gêné par ces acrobaties, Watteau avait cependant obtempéré sans mot dire. Charly avait palpé et manipulé doucement l'articulation gonflée, en levant les yeux de temps à autre pour observer le visage du magistrat.

— Mmmh… À vue de nez, c'est une entorse.

— Une entorse. Ah bon, ça n'est pas très grave, alors…

— Désolé, mon vieux. Rien de plus sérieux qu'une entorse du genou. Vous en avez au moins pour trois semaines de plâtre.

— Ah, ce n'est pas le moment de plaisanter…

Charly Lhombre avait levé les yeux vers son ami.

— Je ne plaisante pas du tout, Jean.

Pour la première fois depuis qu'il le connaissait, Charly avait vu des larmes perler aux yeux de Jean Watteau.

CONTEXTE, 3 : RÉSERVOIR DOGS

Reuters – Paris, 17 mars 2007

ADMINISTRATION DES MÉDICAMENTS : LE LABORATOIRE WOPHARMA ANNONCE LA MISE AU POINT D'UN DISPOSITIF RÉVOLUTIONNAIRE

Au cours d'une conférence de presse surprise, Mme Bénédicte Beyssan-Barthelme, présidente du directoire du laboratoire WOPharma, vient d'annoncer la mise au point par ses ingénieurs d'un nouveau système informatisé de délivrance des médicaments. Ce système, baptisé « HealthWatcher » (littéralement : « gardien de la santé »), associe deux technologies connues mais qui n'avaient, jusqu'ici, jamais été associées. La première est celle des réservoirs-implants sous-cutanés, déjà utilisés depuis de nombreuses années pour administrer les traitements hormonaux des cancers de la prostate ou les hormones contraceptives. Ces réservoirs faits de matériaux poreux et insérés sous la peau délivrent des doses permanentes de médicaments aux patients qui les portent. Mais il n'était pas possible de réguler la quantité de médicament délivrée en fonction des besoins. Le service de recherche et développement de la société WOPharma est parvenu à associer à ces réservoirs inertes un système de contrôle par puce implantable, maîtrisé au moyen d'un appareillage électronique externe et destiné aux diabétiques. En pratique, ce système permettra à un diabétique de porter, sous la peau de l'abdomen, une véritable « station thérapeutique » miniaturisée de la taille d'une boîte d'allumettes et contenant non seulement un réservoir d'insuline ultra-concentrée suffisant pour plusieurs mois d'utilisation mais aussi des capteurs ultra-sensibles et un programme sophistiqué permettant à cette « station » de pratiquer des dosages en permanence et de faire face immédiatement à toutes les variations intempestives du sucre sanguin. Bref, un véritable pancréas artificiel voué à remplacer l'organe malade. La présidente du directoire de WOPharma a révélé que plusieurs dizaines de diabétiques dans le monde sont actuellement porteurs des premiers exemplaires du HealthWatcher D (pour diabète) et que, si la Commission européenne le permet, le dispositif devrait pouvoir être mis sur le marché dès la fin de l'année. La Fédération européenne des Associations de Personnes diabétiques a d'ores et déjà demandé une audience au président de la Commission européenne pour faire accélérer le processus.

Loin de ne servir qu'aux seuls diabétiques, le HealthWatcher pourrait parfaitement être utilisé – sous réserve que sa « puce » implantable soit équipée du programme approprié – pour soulager la douleur chronique ou soigner les patients souffrant d'affections de longue durée. De nombreux médicaments nécessitent en effet, pour être efficaces, une administration parfaitement contrôlée : les anti-douleurs, bien sûr, mais aussi les chimiothérapies des cancers et les polythérapies du sida, les hormones endocriniennes, la cortisone auto-immune, les traite-

ments des maladies neurologiques, les antipsychotiques et autres traitements de maladies psychiatriques, etc.

WOPharma est actuellement la troisième entreprise mondiale dans le domaine de la santé. Ses activités touchent à tous les aspects du secteur : outre la production de médicaments, de matériel chirurgical et d'appareillages diagnostiques (dosages sanguins, radiologie, endoscopie), WOPharma possède également des parts importantes dans une centaine de centres de santé agréés en France et gère sa propre compagnie d'assurances médicales, la sixième en Europe. Tout récemment, Bénédicte Beyssan-Barthelme a inauguré, aux côtés du ministre de la Santé, le tout nouveau département de pharmacologie de la faculté de médecine de Tourmens. Ce département, le mieux équipé d'Europe, devrait devenir une référence nationale dans le domaine du médicament et de la sécurité sanitaire. Il a été construit grâce à une donation importante de la Fondation WOPharma pour le Futur qui, depuis une dizaine d'années, finance généreusement des projets de développement dans le domaine de la santé.

L'ARRIVÉE

En émergeant de la forêt, Charly se range sur le bas-côté pour consulter la carte. Il a parcouru plusieurs kilomètres à travers bois sur une route rectiligne mais n'a vu aucune intersection, aucune entrée. La carte dont il s'est muni est très précise, mais l'allée qui conduit au centre ne semble indiquée nulle part. La solution la plus simple, évidemment, consisterait à appeler pour demander son chemin, mais il se sent ridicule. Décrocher un poste à l'essai dans un centre de soins de sa propre région et être incapable de s'y rendre, ça la fout mal. Mais il n'est que 7 h 30 et il a rendez-vous à 8 heures. Il a le temps de trouver. En soupirant, il fait demi-tour et s'engage une nouvelle fois sous les arbres à petite vitesse et scrute l'obscurité de part et d'autre de la route. Au loin, devant lui, des pinceaux lumineux éclairent les arbres. Dans la lueur de ses phares, un véhicule blanc émerge de la forêt, s'engage sur la route et s'éloigne dans la direction opposée. Charly se rapproche, ralentit et aperçoit sur sa droite une allée étroite et sombre. Un panneau recouvert de lierre et portant les mots « Entrée interdite au public » est cloué sur un chêne. Comme il est tourné dans l'autre direction, il ne l'a pas vu en passant. L'allée descend en pente douce. Charly s'y engage.

Sur une centaine de mètres il roule sur un chemin en terre battue bien entretenu qui se transforme brusquement en allée goudronnée. Cent mètres plus loin encore, après un virage assez sec, Charly freine devant une large grille sortie de nulle part et encadrée par des murs hauts de plusieurs mètres.

— Puis-je vous aider ?

La voix sort du haut-parleur fixé sur un pilier, à quelques mètres devant la grille. Charly s'en approche et descend sa vitre. Sous le haut-parleur, l'écran d'un vidéophone lui montre un homme en uniforme. Au-dessus de l'écran, une lumière rouge brûle près de l'œil minuscule d'une caméra. L'uniforme repose sa question.

— Puis-je vous aider ?

— Je suis le Dr Lhombre, j'ai rendez-vous avec le Dr Damati.

— Je vous prie de patienter.

L'écran s'obscurcit. Charly incline la tête et sourit niaisement à la caméra. Quelques secondes plus tard, l'homme en uniforme réapparaît.

— Vous êtes attendu. Il y a un parking près de l'entrée principale. Merci de bien vouloir laisser votre voiture ouverte, afin de faciliter les contrôles de sécurité.

Glissant silencieusement sur un rail, la grille s'efface pour lui laisser le passage.

Cinquante mètres plus loin, l'allée débouche sur une vaste clairière où se dressent, à gauche, une bâtisse ancienne, datant du XIXe siècle, et à droite, un bâtiment moderne en béton, ceint de hauts murs sans fenêtres et surmonté de deux tours évoquant furieusement des miradors. Les murs du bâtiment en béton, éclairés de toutes parts à l'intérieur de l'enceinte, contrastent avec l'ombre entourant la bâtisse. Le jour et la nuit, l'ancien et le moderne, pense Charly. Le parking s'étend entre les deux bâtiments. Charly se gare du côté obscur.

À l'entrée du bâtiment ancien, Charly passe sous un

portique magnétique qui se met à siffler. Un homme en chemise et pantalon gris, bâton à la ceinture, s'avance à sa rencontre.

— Bonjour, monsieur. Puis-je vous aider ?

— Tout le monde est très *aidant*, ici…

L'homme ne sourcille pas et le regarde en silence.

— Docteur Charly Lhombre. J'ai rendez-vous avec le Dr Damati.

Le vigile se retourne. Assis derrière le comptoir d'accueil, l'homme avec lequel Charly a brièvement dialogué par caméra interposée hoche la tête.

Le vigile se retourne et désigne le sac en cuir que Charly porte en bandoulière.

— Je vais devoir examiner votre sac avant de vous conduire chez le Dr Damati.

Après avoir glissé le sac dans un tunnel à rayons X, le gardien demande au visiteur d'écarter les bras et promène sur son corps un détecteur de métaux. Le détecteur tinte sur la poche du blouson.

— Il va falloir me laisser votre téléphone…

— Ah bon ?

— C'est le règlement. Les communications de certains patients sont restreintes pour raisons thérapeutiques, et nous voulons éviter qu'ils n'empruntent le téléphone de nos visiteurs.

Charly tend son mobile au vigile, qui le glisse dans une enveloppe et lui remet un reçu.

— Suivez-moi, dit-il enfin en appelant l'ascenseur.

Dans la cabine, Charly note qu'il y a quatre étages et deux niveaux souterrains. L'ascenseur s'arrête au premier sous-sol et s'ouvre sur un salon d'attente luxueusement meublé.

— Veuillez vous asseoir, lui dit le gardien. Le Dr Damati ne devrait pas tarder…

Charly consulte sa montre : 7 h 45. Finalement, il est en avance. Il espère que Damati appréciera. Il a très envie de travailler dans ce centre et lorsque l'occasion s'est présentée, il a sauté dessus. Parallèlement à son activité de médecin légiste, il fait des remplacements de médecine générale depuis plusieurs années maintenant, mais ses conditions de travail se détériorent.

— J'en ai assez, il est impossible d'exercer correctement la médecine générale dans des conditions pareilles, a-t-il lancé quelques jours plus tôt à Jean Watteau pendant qu'ils dînaient en tête à tête dans la grande salle à manger du manoir de Lermignat. Je ne veux pas augmenter le nombre des médecins vieillissants, harassés et surchargés de boulot par la diminution de la démographie médicale, des contraintes administratives de plus en plus absurdes, des réglementations toujours plus inadaptées, de l'absence de politique sanitaire cohérente, des patients de plus en plus revendicatifs face à ce qu'ils perçoivent comme des restrictions dans leur liberté de se soigner, de plus en plus agressifs et angoissés par le terrorisme médical et le marketing de l'industrie relayés par des médias sans discernement…

— Waou ! Je t'admire de pouvoir dire tout ça sans respirer ! Plus simplement, veux-tu dire que *tu ne veux plus faire de médecine générale ?* Que tu vas te consacrer uniquement à la médecine légale ? lui a demandé le magistrat, incrédule.

— Non, sûrement pas ! Je ne supporterais pas de n'avoir affaire qu'à des victimes, mortes ou vivantes.

— Alors ?

— Les hôpitaux et les cliniques manquent de médecins. Je vais chercher un boulot de ce côté-là.

— Pour être tranquille ?

— Pas exactement. Le travail en institution peut être aussi difficile qu'en ville, mais je n'aime pas les problèmes administratifs. En tant que salarié, je n'aurai pas à me battre chaque jour avec le paiement à l'acte, la Sécurité sociale, la paperasse – la mienne et celle des patients. Dans un service, je n'aurai pas à m'occuper de cet aspect des choses.

— *Mmhhh*... a fait Watteau en se frottant le sourcil, ce qui dénote toujours chez lui une profonde incrédulité. Sauras-tu travailler sous les ordres d'un supérieur hiérarchique ?

Charly s'est mis à rire.

— Pourquoi pas ? Je sais répondre à des commissions rogatoires, me présenter à des audiences, rendre des rapports d'autopsie à l'heure. Alors, un supérieur hiérarchique...

— Ce sera peut-être une femme, a murmuré doucement Claude de Lermignat en versant du café à son fils et au jeune médecin légiste. J'ai entendu dire que la profession s'est beaucoup féminisée depuis trente ans.

— Justement, le chef de service que je rencontre la semaine prochaine est une femme. Ça ne me gêne pas, je m'entends mieux avec les femmes qu'avec les hommes. Elles ne sont pas aussi obsédées par le pouvoir.

— Vous avez déjà trouvé un poste ? a demandé la châtelaine.

— C'est seulement un galop d'essai. J'ai envoyé mon CV à une douzaine de centres et alors que j'attends toujours les onze autres réponses, elle m'a répondu dans l'heure pour me fixer un rendez-vous. Elle travaille à l'américaine. C'est tout à fait ce qu'il me faut : une consœur qui ne perd pas de temps.

— Attention de ne pas tomber amoureux d'elle, a ironisé Watteau.

— Pas de danger, a ricané Charly en réponse. Choisir la psychiatrie, c'est pratiquement une déclaration de frigidité.

Un sourire éclaire le visage de Charly au souvenir de cette conversation, au moment même où une femme en blouse blanche, aux cheveux châtains et aux grands yeux verts apparaît sur le seuil. Mais le sourire se fige. Contrairement à ce que leur échange d'e-mails a pu lui laisser croire, le Dr Damati ne lui est pas inconnue. La dernière fois qu'ils se sont vus elle portait un autre nom, n'était pas encore psychiatre et n'était pas frigide du tout.

CONTEXTE, 4 :
LA CIBLE HUMAINE

Le Tourmentais libéré – 8 septembre 2008

LE DIRECTEUR DE LA RÉGION SANITAIRE ACCUSE LE MINISTRE DE LA SANTÉ DE « SABOTAGE »

« Il voulait ma peau », nous a déclaré au téléphone le Dr Yann Derec, directeur de la région sanitaire et administrateur des hôpitaux de Tourmens, en parlant de l'actuel ministre de la Santé. « Ma gestion est parfaite, mais il ne supporte pas qu'un des principaux pôles de santé de l'Ouest soit dirigé par quelqu'un qui n'est pas de son bord. » Le Dr Derec fait en cela allusion à ses sympathies (avouées) pour l'ancien parti majoritaire, qu'une cinglante défaite aux dernières élections législatives cantonne aujourd'hui à une opposition impuissante. Ancien chef de clinique et praticien hospitalier de renom, M. Derec a en effet été nommé à son poste il y a cinq ans par un ministre issu d'une majorité alors dominatrice et sûre d'elle-même. Pour certains, l'amitié ancienne qui le liait au ministre d'alors – les deux hommes ont fréquenté la même faculté de médecine – aurait beaucoup joué dans cette nomination.

« Aujourd'hui », ironise le haut fonctionnaire, « je ne suis plus du côté du manche, alors le nouveau ministre veut saboter mon action ». Il a pourtant le sentiment d'avoir bien travaillé : en cinq ans, les coûts de fonctionnement des hôpitaux de la région administrative tourmentaise ont baissé de 30 % – au prix, il est vrai, de plusieurs centaines de postes non renouvelés et d'une réduction sans précédent du nombre de lits. Yann Derec se défend : « Le nombre de lits est resté stable pendant les deux premières années et, depuis trois ans, il augmente. La Sécurité sociale a signé des accords avec tous les centres privés de la région pour que les fermetures dans le public soient équilibrées par la création de nouveaux lits dans les établissements privés du secteur. »

Si on lui rétorque que baisse des effectifs, fermeture de lits et blocage des salaires se sont accompagnés d'une fuite massive des praticiens et des infirmières vers le privé, il répond : « Je n'ai pas été nommé pour maintenir les hommes en cage, mais pour assainir le système. La profession médicale est une profession libérale, si les médecins choisissent de travailler ailleurs que dans le service public, c'est leur droit. » Quand on lui objecte qu'aujourd'hui la majorité des médecins employés dans les centres publics sont originaires de l'étranger (surtout des pays de l'Est) – car eux seuls acceptent de travailler pour des salaires notoirement insuffisants –, il a beau jeu de répondre à côté : « Et alors ? Vous êtes raciste ? »

On comprendra que le directeur de la région sanitaire est passé maître dans l'art de retourner les arguments. En plus de son indéfectible loyauté à l'égard du parti en disgrâce, son franc-parler et la facilité avec laquelle il aligne chiffres et déclarations fracassantes rendent le haut fonctionnaire très antipathique aux yeux du nouveau ministre de la Santé et de la Sécurité sociale. Celui-ci aimerait, en effet, que la reprise en main musclée du système de soins, engagée depuis dix-huit mois, se déroule de manière plus discrète. Or, depuis qu'il est en place, et plus encore depuis le changement de majorité, le Dr Derec ne cesse de faire parler de lui. Dernière escarmouche en date : en mai dernier, il a refusé de laisser nommer à la tête du service des urgences régionales tourmentaises – poste éminemment politique en ces temps de pénurie et de surcharge de travail – un proche de l'actuel ministre. Issu du creuset hospitalo-universitaire, Yann Derec connaît parfaitement les arcanes et le fonctionnement du milieu dont il est devenu l'un des administrateurs les plus remarqués.

Pour refuser cette nomination, il a simplement appliqué la réglementation à la lettre : aucun praticien ne peut occuper un poste administratif s'il n'a pas validé tous ses examens de faculté. Or, le Dr Derec a découvert dans le dossier universitaire du professeur parisien bon teint à qui le poste avait été promis que le candidat n'avait pas validé un certificat optionnel (unité de valeur) pendant sa scolarité. Lorsque le ministre lui a téléphoné pour le faire plier, le directeur de la région sanitaire a porté l'affaire devant la presse. « Ce médecin a été reçu à l'internat et nommé à un poste dont le patron, qui ne voulait pas le voir perdre du temps hors du service, a usé de son autorité pour le faire dispenser d'un certificat optionnel. Peut-on passer sous silence pareille manipulation ? » tonnait il y a quatre mois sur l'antenne de TVTourmens un Yann Derec déterminé à ne pas céder.

Le ministre ne l'a pas entendu de cette oreille. Il a privé le Dr Derec de sa fonction en le mutant sur un poste « hors cadre ». Très affecté par cette mise à pied, l'ancien directeur des hôpitaux tourmentais vient de s'absenter plusieurs semaines, officiellement pour « réfléchir ». D'après certaines sources proches de son entourage, il aurait été en réalité hospitalisé dans une maison de repos pour y faire soigner une dépression nerveuse bien compréhensible. Hier après-midi cependant, au cours d'une conversation téléphonique, il annonçait à l'un de nos journalistes qu'il sortait de sa retraite, et lui déclarait son intention de revenir sur la scène politique pour mettre au jour « un certain nombre de comportements discutables mais malheureusement très courants dans la gestion de la santé ». Début octobre, l'émission politique Les Mensonges et les Faits *(le jeudi à 22 h 45 sur TVTourmens) sera consacrée à la gestion des hôpitaux et aura pour principal intervenant, en direct, le ministre de la Santé en personne. On peut s'attendre à ce que les déclarations de l'ancien directeur de région soient évoquées par les journalistes qui interrogeront le ministre.*

TROIS FEMMES

Claude de Lermignat sursaute sur son fauteuil. Juste en face d'elle, des titres défilent sur l'écran plasma. Elle s'est assoupie devant la télé, mais le générique de fin du feuilleton de l'après-midi l'a réveillée. Cet inspecteur Derrick est soporifique. Même quand il ferme une porte, on a le sentiment qu'il est filmé au ralenti. Elle ne comprend pas que certaines de ses amies puissent regarder ça tous les jours. Si son lecteur de DVD n'était pas tombé en panne, elle pourrait tranquillement continuer à déguster *Gilmore Girls*, la délicieuse série américaine dont Charly Lhombre lui a offert les deux premiers coffrets pour son anniversaire. Cette attachante chronique des relations entre une mère et sa fille est un pur régal. Quel amour, ce Charly ! En proposant au jeune médecin de vivre dans l'autre aile du manoir[1], Jean Watteau a offert à sa mère beaucoup plus que de la compagnie et un grand sentiment de sécurité. Il lui a offert un second fils. Depuis que Charly partage leurs repas et leur amitié, l'atmosphère parfois irrespirable qui s'était installée entre Claude et Jean est devenue beaucoup plus paisible.

1. La rencontre de Jean Watteau et de Charly Lhombre est racontée dans *Mort in vitro* (Fleuve Noir, 2003).

Mme de Lermignat soupire. Elle préférerait se trouver ailleurs que dans ce salon. En temps ordinaire, elle ferait ses valises, appellerait une de ses amies et lui proposerait d'aller passer quelques jours à Londres ou à Bruxelles, loin de la folie de la rentrée scolaire et politique qui, chaque année au mois de septembre, désorganise le pays. Mais elle se refuse à laisser Jean, coincé dans son plâtre.

— Maman, lui a-t-il dit à plusieurs reprises, je n'ai pas besoin de vous. Je peux me débrouiller !

— J'en suis sûre, mon cher fils. Mais je ne vous fais pas confiance.

— Que voulez-vous dire ?

— Charly et l'orthopédiste vous ont tous les deux répété qu'il vous fallait rester au calme et éviter de poser le pied par terre pendant au moins trois semaines. Tant que je suis ici, je peux vérifier que vous leur obéissez. Si je m'en vais, je ne jure plus de rien.

— Je demanderai à Mme Basileu de venir me tenir compagnie… Elle a des congés à prendre.

— C'est ça ! Comme si elle n'avait pas autre chose à faire ! Vous qui passez votre temps à protester contre la manière dont on exploite les fonctionnaires du ministère de la Justice, vous allez priver votre greffière de ses vacances ? Vous connaissant, elle n'aura même pas la perspective d'être payée en nature !

Mortifié par la réplique, Jean a rougi violemment… et sa mère a éclaté de rire. Son fils a beau être qualifié de « Saint-Just » par les policiers, les malfrats et les magistrats de la région tourmentaise, il est parfois très prude.

Parfois un peu trop pour mon goût, pense-t-elle.

Si Jean n'avait pas fait depuis longtemps une croix sur sa propre vie personnelle pour vivre comme un moine, Claude n'hésiterait pas sans arrêt, par une loyauté qu'elle ne comprend pas elle-même, à inviter Raoul d'Andrésy, son plus cher ami, à venir lui tenir compagnie. Jusqu'ici elle s'accommodait de la situation. Depuis que le statut des juges d'instruction a changé, son fils a pris son rôle très au sérieux. Deux fois par an, il fait un voyage au Canada ou en Angleterre, souvent en compagnie de Charly Lhombre, pour se tenir au courant des toutes dernières techniques d'investigation médico-légales. Pendant son absence, elle en profite pour inviter Raoul à passer quelques jours au manoir. Mais cette année, comme par hasard, Jean a eu son accident huit jours avant son départ. La mort dans l'âme, Claude s'est résignée à décommander son invité. Elle avait pourtant bien besoin de sa présence.

Déçu, Raoul a proposé de venir la voir et de l'emmener déjeuner tous les jours.

— Vous venez de trop loin, mon ami.

— Je ferais le tour de la Terre pour vous, Claude. Et puis, si vous préférez, je prendrai une chambre dans un gîte rural des environs...

Elle a refusé. Elle a envie de profiter seule de son *ami de cœur*. Or, Jean et Raoul se connaissent et s'apprécient et ils ne se sont pas vus depuis longtemps. Claude ne pourra pas interdire à Raoul d'aller saluer Jean... et elle ne pourra plus les séparer. Depuis son accident, Jean reste enfermé dans son appartement sous les toits. Mais il reconnaîtrait le moteur de la Torpédo avant que celle-ci n'ait franchi la grille du parc.

En représailles contre un fils qui n'a aucunement conscience de la rendre malheureuse, Claude a décidé, puisqu'elle ne peut ni partir ni voir Raoul, de ne pas quitter le manoir tant que Jean ne remettra pas le pied par terre. Elle ne va pas lui servir de garde-malade mais de *garde-chiourme*. Il ne se passera pas une journée sans qu'elle le harcèle en venant s'asseoir près de lui pour lui proposer de prendre le thé, de l'aider à composer le repas du midi et du soir, de lui faire la lecture. Jean a toujours *détesté* qu'on lui fasse la lecture, même lorsqu'il était tout petit; il arrachait les livres à ses parents et lisait seul, mais aujourd'hui il est trop coincé pour refuser cela à sa mère…

Brusquement révoltée contre elle-même à l'idée de se transformer en bourreau de son propre fils, *à son âge*, Claude saisit la télécommande de la télévision et la jette violemment à la tête de l'inspecteur Derrick, qui apparemment s'incruste à l'antenne pour un deuxième épisode. Le boîtier de plastique heurte violemment le poste, qui change de chaîne.

Sur l'écran plasma, une mosaïque se forme. Dans six carrés disposés sur deux lignes, des personnages évoluent au son d'une musique plus sirupeuse que celle d'un grand magasin. Les images sont fixes et de mauvaise qualité, comme filmées par le judas d'une porte. Trois des caméras sont braquées sur des pièces à vivre, une sur un coin-cuisine, deux sur une chambre à coucher. Mme de Lermignat lève un sourcil. Sur l'un des lits, une jeune femme agenouillée se déshabille en regardant fixement l'objectif.

— *Mais c'est une gamine!* s'écrie la vieille dame digne.

— Docteur, ne pensez-vous pas que Sabrina est un peu jeune pour jouer ce jeu-là? semble renchérir une voix sortie des haut-parleurs.

Cinq des six cases ont disparu et la chambre de Sabrina occupe à présent une moitié de l'écran. Dans l'autre, deux femmes viennent d'apparaître, debout devant un mur couvert d'écrans de télévision. Celle de gauche, une brune âgée de moins de trente ans, tient des fiches entre ses mains; le fil d'une oreillette court sur son épaule gauche; ses cheveux sont coiffés à la mode des années 80.

Tout à fait Lynda Gray quand elle jouait les « Wonder Woman », pense Claude.

Lorsque la présentatrice tourne la tête vers son invitée, Claude remarque, à son lobe gauche, une délicieuse boucle en forme de coquillage.

La seconde femme, une belle rousse d'une quarantaine d'années, a les bras croisés ; à sa manière de se tenir, on la devine agacée par quelque chose qui s'est dit ou passé juste avant qu'elles n'apparaissent à l'écran.

— Sabrina a l'âge où l'on est volontiers provocateur, donc exhibitionniste, commente-t-elle du bout des lèvres. Je pense que son strip-tease ne va pas durer…

Effectivement, l'adolescente, à présent en sous-vêtements, vient de dégrafer son soutien-gorge. Elle maintient les bonnets sur ses seins, minaude devant la caméra, envoie un baiser aux spectateurs, tend le bras vers le mur et éteint la lumière.

La chambre de Sabrina disparaît et les deux femmes occupent désormais toute l'image. Leurs noms apparaissent brièvement en bas de l'écran.

— Bravo, docteur Garry, susurre Jannie Le Guen. Comme d'habitude, vous aviez raison. Nous avons *beaucoup* de chance de vous avoir sur le plateau de *Ça nous regarde !* Il faut dire qu'il se passe toujours beaucoup de choses dans cette émission faite pour vous (signe à la caméra), et par vous (signe de la main vers le mur d'écrans). Et nous apprécions tous beaucoup votre avis de psychiatre sur le comportement de nos candidats. Et surtout de nos *candidates*…

Le Dr Garry (« Psychiatre consultant », lit-on sur l'écran) se raidit mais ne répond rien. La brune Jannie insiste.

— Car vous avez une *grande* expérience des femmes, n'est-ce pas ?

Son interlocutrice fait alors un sourire ambigu.

— Effectivement, je reçois plus de femmes que d'hommes en consultation. Mais je connais aussi les hommes…

Claude trouve très belle sa voix un peu rauque, grave et chaude. De fait, la psychiatre semble faire beaucoup d'effet à la présentatrice, qui poursuit :

— J'en suis bien consciente. D'ailleurs, vous êtes mariée à un fort bel homme, je crois…

— Merci, c'est ce que je pense aussi.

— … Avec qui vous avez eu deux beaux enfants… Ce qui ne vous empêche pas d'apprécier les femmes…

Mais où veut-elle en venir ? se demande Claude, mi-agacée, mi-amusée. Le Dr Garry passe nerveusement la main dans ses cheveux.

— J'apprécie le mal que les femmes se donnent pour plaire, et pour se faire aimer. Et elles s'en donnent beaucoup. Parfois, c'est peine perdue, car l'objet de leur amour ne répond pas à leur appel.

Jannie hésite une seconde, puis murmure dans son micro, d'une voix aussi chaude que douce :

— … Et parfois, d'ailleurs, on peut se demander si… l'objet de leur amour le mérite… tant il les fait tourner en bourrique…

— … Oui, mais *parfois*, renchérit le médecin, les lèvres à présent pincées – et c'est pareil pour les hommes et pour les femmes –, l'objet de cet amour n'a pas envie d'être poursuivi et a beaucoup de mal à le faire comprendre…

— Et c'est comme ça que, *parfois*, certaines femmes sont amenées, par amour, par passion, par désespoir, qui sait, à commettre des actes extrêmes…

Les deux femmes se taisent et, pendant plusieurs secondes, semblent se défier des yeux.

Enfin, Jannie se détourne et, le sourire aux lèvres, s'adresse à la caméra.

— *Ça nous regarde !*, c'est fini pour cet après-midi. Prochain rendez-vous ce soir à 22 h 45. Nous allons remercier le Dr Luce Garry, en lui donnant rendez-vous la semaine prochaine, pour une nouvelle analyse des comportements de séduction de nos candidates… Au revoir, Luce !

La présentatrice se penche pour faire la bise à son

invitée. D'un geste léger, elle écarte doucement les cheveux de Luce Garry et pose ses lèvres sur sa joue… Les yeux de Claude enregistrent une image fugace qui la fait sourire : à l'oreille, la belle doctoresse porte une boucle en forme de coquillage, identique à celle de la présentatrice. L'image suivante, plus fugace encore, lui fait perdre son sourire. Pendant que Jannie se retournait vers la caméra pour prendre congé du public, Luce Garry a porté la main à son oreille et compris ce que la présentatrice avait voulu révéler. Sur les lèvres exsangues de la psychiatre, Claude a distinctement lu une phrase silencieuse mais menaçante.

« *Je vais te tuer !* »

LE CHÂTEAU DE L'ARAIGNÉE

Dominique Damati a les cheveux attachés en chignon sur la tête. Telle une lycéenne, elle serre contre elle une pile de dossiers. Elle est telle que Charly la revoit lorsqu'il pense à elle – ce qui lui est arrivé souvent depuis leur dernière rencontre. Elle est belle, ses yeux pétillent, un sourire moqueur illumine sa bouche tendre.

— Bonjour, docteur Lhombre. *Long time no see*[1].

La gorge sèche, Charly croasse : *Bonjour, docteur... Damati*, mais ne peut guère faire plus.

Dominique Damati fait deux pas vers lui, se hisse sur la pointe des pieds, l'embrasse légèrement au coin de la bouche, se recule et, considérant la statue qui se dresse devant elle, éclate d'un rire léger. Elle pose une main fraîche sur la joue de Charly.

— Eh bien, on dirait que tu as vu un fantôme !

— Mmmhh... C'est un peu l'effet que ça me fait, répond-il sur un ton pincé. Pourquoi n'as-tu rien dit ?

— Quand ça ?

— Quand je t'ai écrit pour postuler... « Damati », ça ne me disait rien. Je n'ai pas deviné que c'était toi. Je ne savais pas que tu étais mariée.

1. *Ça fait longtemps...*

Dominique Damati pose le bout de son index sur ses lèvres comme pour réfléchir à la réponse, puis, levant la main vers l'épaule de Charly pour se hisser de nouveau à sa hauteur, elle lui glisse à l'oreille :

— Je ne le suis plus, mais il ne faut le dire à personne. Tout le monde me fiche la paix parce qu'on me croit mariée à un type formidable…

Le parfum de la jeune femme est doux, familier. Elle recule d'un pas.

— Et je ne voulais pas me priver de te faire la surprise. De plus, je n'aime pas beaucoup le courrier électronique, ça nuit à la spontanéité. Si je n'avais pas eu la perspective de te voir, j'aurais été plus explicite, mais comme ça, c'est plus drôle, tu ne trouves pas ?

— *Mmmhh*… C'est aussi pour ça que tu ne voulais pas recourir à une vidéoconversation ?…

— Non, ça, c'est pour me plier à la politique maison. Toutes les communications doivent laisser des traces écrites, les communications électroniques sont très strictement contrôlées, et il nous est interdit de bavarder en ligne.

Charly lève un sourcil.

— J'ai vu que la sécurité était très stricte ici, mais ça a l'air encore plus serré que je ne croyais.

— Beaucoup plus, répond Dominique avec un sourire énigmatique. Mais trêve de discussion, docteur Lhombre, vous êtes venu pour un entretien, allons nous entretenir.

Et elle lui prend le bras pour l'entraîner dans un couloir. Charly se laisse faire avec perplexité.

— Est-ce que tu as le droit de m'embaucher pour ce poste, alors que tu me connais ?

— Que veux-tu dire ?

— Il n'y a pas un conflit d'intérêt là-dessous ?

— Pas du tout ! J'embauche qui je veux. Bien sûr, je dois faire viser ton dossier par l'administration, mais si ta candidature est retenue, ça ne sera qu'une formalité.

— Et la candidature… tu la retiens toute seule ?
— Mais oui. Je suis une grande fille, tu sais…
Elle le fait entrer dans une pièce minuscule presque entièrement occupée par une armoire métallique, une table-bureau sur tréteaux et deux fauteuils de toile.
— Et… c'est réglementaire ?
Elle pose ses dossiers, s'assied au bureau, fait signe à Charly de s'asseoir, allume son ordinateur.
— Tout à fait. Je suis la directrice médicale du centre. J'embauche sur dossier les médecins que je juge aptes à assurer les postes vacants…
— D'accord, mais… sachant que je me présentais à ce poste, tu aurais pu être tentée…
Elle lève la tête de son écran et fronce les sourcils.
— De favoriser ta candidature ? Ce n'est pas mon genre…
— Ou… de la refuser d'emblée…
Elle secoue doucement la tête, perplexe.
— Pourquoi ferais-je une chose pareille ?
Charly s'assied enfin dans l'un des fauteuils de toile.
— Parce que… tu es en droit de m'en vouloir. Non ?
Le beau visage de Dominique Damati devient grave. Elle ferme les yeux, comme pour trouver l'inspiration.
— Mais non, je ne t'en veux pas. Tu ne m'avais rien promis. Tu m'avais toujours dit que tu voulais partir avec Soignants Sans Frontières. Tu m'as proposé de t'accompagner, j'ai préféré rester. Pourquoi t'en voudrais-je ? C'est à moi-même que je devrais en vouloir…
Les yeux de Dominique s'ouvrent, Charly croit les voir briller un peu plus, mais elle croise les mains devant elle et prend une pose plus professionnelle.
— Mais nous reparlerons du passé une autre fois. Il faut que je te présente le poste. Je te rappelle que même si ta candidature est retenue, je suis tenue de te prendre à l'essai pendant les trois premiers mois. Ton

embauche définitive devra être avalisée par le conseil d'administration…

— Je sais tout ça. Le… *docteur Damati* me l'a expliqué par courriel.

Le rire léger de Dominique résonne dans le petit bureau.

— Elle a bien fait son boulot ! Mais elle ne t'a pas dit l'essentiel : les patients que nous accueillons ici sont un peu particuliers.

— Ce sont des patients psychiatriques… Ils le sont inévitablement.

— Oui, cher ami. Mais ceux-là le sont *encore plus* que les autres. Le centre La Fontaine comporte deux secteurs qui partagent certains services et certains soignants, mais dont les objectifs sont très différents.

Elle fait un geste pour désigner quelque chose derrière elle.

— Le « Village », de l'autre côté du parking, est un centre de détention spécial pour les délinquants difficiles. Une partie de mon équipe médicale y travaille, sous l'autorité de l'administration pénitentiaire. Tu n'auras pas l'occasion d'y aller, mais nous avons régulièrement des réunions de travail communes avec les psychiatres et les infirmiers. On les aide à réfléchir à leurs dossiers, et eux aux nôtres.

— Je suis sûr que c'est très instructif… Tu y vas, toi ?

— De temps en temps, en tant qu'expert auprès du tribunal. Mais ça ne m'enthousiasme pas… Il y a beaucoup de tordus, là-bas…

— Et ici ?

— Ici, nous sommes au Château. Le centre spécialisé le plus confidentiel du pays.

— Pourquoi ? ricane Charly. On n'y accueille que des hommes politiques ?

— Pire que ça : on n'y accueille que des médecins.

CONTEXTE, 5 :
L'HOMME AUX ABOIS

Le Tourmentais libéré – 4 octobre 2008

LE SUICIDE D'UN FONCTIONNAIRE À POIGNE DEVIENT UNE AFFAIRE POLITIQUE

La nouvelle a fait l'effet d'une bombe. Le Dr Yann Derec, ancien directeur de la région sanitaire de Tourmens, était un battant et un homme à poigne. Dans la nuit du 2 au 3 octobre, l'homme à poigne a craqué. Il a choisi lui-même l'issue de sa traversée du désert en se logeant une balle de revolver dans la tempe, au premier étage de son domicile, alors que son épouse se trouvait au rez-de-chaussée. Rien ne laissait prévoir pareille conclusion au conflit qui opposait à son ministre de tutelle un haut fonctionnaire aux méthodes directes et expéditives.

En juin dernier, après plusieurs mois d'escarmouches qui avaient inexorablement conduit à l'affrontement, le ministère lui avait retiré la direction de la région sanitaire. Il allait passer l'été « à réfléchir », avait-il déclaré au lendemain de cette mise au placard. Il y a quelques jours, lors d'un entretien exclusif accordé au

Tourmentais libéré, *il annonçait son retour sur la scène politique. Le Dr Derec avait des révélations à faire sur le fonctionnement du ministère, l'attribution des crédits, la gestion du budget des hôpitaux mis en place depuis l'accession au pouvoir du gouvernement actuel, et plusieurs autres situations d'après lui scandaleuses. Il n'avait alors pas précisé sous quelle forme il ferait ces révélations.*

On vient d'apprendre que les producteurs de Les Mensonges et les Faits, *l'émission politique phare de TVTourmens, l'avaient invité à venir jouer les contradicteurs-surprise face au ministre, qui devait en être l'invité le 3 octobre au soir. La surprise, c'est le suicide du Dr Derec qui l'a créée, provoquant l'annulation brutale de l'émission et mettant tout le gouvernement dans l'embarras.*

Contacté par nos soins, le ministère s'est abstenu de tout commentaire. Dans l'opposition, en revanche, à droite comme à gauche, on fait porter au gouvernement la responsabilité de ce suicide, en soulignant la brutalité avec laquelle le ministre de la Santé a tenté de mettre en œuvre une réforme qui se voulait différente des précédentes tentatives de redressement du budget de santé de la nation. (...)

DERRIÈRE L'AFFAIRE DEREC, UN ÉNORME ENJEU : LA GESTION DES HÔPITAUX FRANÇAIS

Le conflit qui opposait le Dr Yann Derec, directeur de la région sanitaire de Tourmens, à son ministre de tutelle dépasse largement les frontières administratives de la capitale provinciale. L'ancien praticien hospitalier devenu haut fonctionnaire était en effet à la tête de plusieurs milliers de salariés et gérait un budget de plusieurs centaines de millions d'euros. Les lourds

« dégraissages » d'effectifs, les fermetures de services, les suppressions de lits – décisions toutes unanimement condamnées par les syndicats – n'ont pas réussi à convaincre le nouveau gouvernement – pourtant plus dur que le précédent dans sa gestion des affaires sanitaires et sociales – que le Dr Derec était son allié. Afin d'asseoir son autorité face à un inconditionnel de la majorité sortante, et dans un probable souci d'apaisement avec les partenaires sociaux, le ministre avait décidé de le limoger. Mais les dossiers du directeur de la région sanitaire avaient bien évidemment leurs équivalents dans toutes les régions de France.

Concepteur et promoteur, dès son entrée en fonction en 1999, d'un système informatique ultra-performant de partage interrégional des données, M. Derec avait accès depuis plusieurs années à nombre de secrets bien cachés sur la gestion des hôpitaux. Il y a quinze jours, Le Canard enchaîné *révélait que la direction du CHU de Brennes (région Centre-Ouest) aurait depuis 2001 affecté à ses dépenses de fonctionnement chroniquement déficitaires une ligne budgétaire annuelle de 600 000 euros initialement destinée à l'embauche et à la rémunération des praticiens de l'Unité spécialisée de Traitement de la Douleur (USTD).*

Ce qui apparaît aujourd'hui comme un véritable détournement de fonds avait été signalé à plusieurs reprises au ministère – en vain – par le responsable de l'USTD. Mais le ministère faisait la sourde oreille. Il aura fallu les révélations du Canard *pour que les USTD de plusieurs autres CHU français fassent état de détournements similaires. Or, les révélations de l'hebdomadaire satirique s'appuient sur des documents confidentiels auxquels seuls de hauts fonctionnaires dûment accrédités ont accès. Il n'est évidemment pas possible d'affirmer que l'ancien directeur de la région sanitaire a servi d'informateur au* Canard enchaîné, *mais le duel télévisé entre le Dr Derec et le ministre laissait présager bien d'autres révélations.*

Le jour de son limogeage, Yann Derec avait clairement affirmé qu'il ne se laisserait pas museler. Paradoxalement, le conflit personnel qui l'opposait au ministre avait donné un coup de fouet aux revendications syndicales du personnel des hôpitaux régionaux. La disparition brutale de l'ancien directeur, même si elle résulte de sa propre décision d'en finir, pourrait donc faire monter de plusieurs degrés la température d'une situation déjà explosive.

Pour les deux oppositions, en tout cas, l'affaire Derec est d'ores et déjà une affaire d'État. (...)

UNE BALLE DANS LA TÊTE

Jean Watteau considère son interlocutrice avec un sentiment mêlé d'incrédulité et d'incompréhension. C'est une jeune femme d'une trentaine d'années, blonde et vêtue de l'uniforme de la gendarmerie – chemise, pantalon et blouson bleus.

— Pouvez-vous répéter ? demande-t-il.

Son interlocutrice sourit sans se démonter.

— Bien sûr, monsieur le Juge. Je disais donc : M. le Procureur et Mme la Présidente du tribunal ne veulent pas mettre un autre magistrat investigateur sur ces deux affaires. Ils sont navrés de votre accident, mais vous demandent de continuer à les instruire.

— Mais c'est absolument irrégulier… Je suis en arrêt de travail !

— Officiellement, les dossiers ont été confiés à Mme le Juge Bordage, mais en réalité, vous êtes toujours aux commandes. Le juge Bordage est d'accord, bien entendu. C'est elle qui signera les commissions rogatoires, c'est elle aussi qui procédera aux auditions de témoins tant que vous n'aurez pas repris votre activité, mais c'est vous qui dirigerez l'enquête. Et je suis ici pour discuter avec vous de la marche à suivre.

— Pourquoi avoir confié ces enquêtes à la gendarmerie ? Bénamou et sa P.J. sont déjà sur l'affaire d'Artigues !

— Et il en reste chargé, monsieur le Juge. Je crois d'ailleurs qu'il doit passer ce matin pour vous en parler. Mais la seconde affaire a été confiée à la gendarmerie. Je commande la brigade de recherche, ce qui explique ma visite.

— La *seconde affaire ?* Celle qu'on m'a annoncée le matin de mon accident ? Le suicide du Dr Derec ?

— Exactement, monsieur le Juge.

Les yeux de Watteau se mettent à briller.

— C'est un suicide, mais l'enquête n'est pas close ?

— Pas vraiment, monsieur le Juge. Disons qu'elle pose… quelques problèmes.

Le magistrat scrute la jeune femme et lui désigne le second fauteuil à oreilles du salon.

— Eh bien, asseyez-vous, mademoiselle – euh… ?

— *Lieutenant* Hercé, monsieur le Juge.

— Pardonnez-moi, lieutenant. Je travaille depuis longtemps avec la gendarmerie, mais j'ai toujours été incapable de me débrouiller avec les grades.

— Au moins, sourit-elle, vous savez que lorsque l'officier est une femme, on ne lui donne pas du « mon » lieutenant…

— Oui… Asseyez-vous, je vous en prie. Et parlez-moi de ce suicide.

La gendarme dépose son attaché-case sur la table basse, l'ouvre et en sort posément un épais dossier qu'elle tend à Watteau. Tout aussi posément, elle commence à lui énoncer les faits.

— Docteur Yann Derec, quarante-cinq ans, marié, sans enfants. Directeur de la région sanitaire de Tourmens jusqu'au début de l'été, époque à laquelle il a été remercié par son ministre de tutelle. A passé officiellement les mois de juillet et août en vacances, en réalité dans une maison de repos discrète de la région.

— Au centre La Fontaine ?

— Oui, répond la jeune femme, surprise. Vous le saviez ?

— Non, mais Derec est... – enfin, *était* – médecin et haut fonctionnaire. Il était logique qu'il aille se faire soigner là-bas. Quand en est-il sorti ?

La jeune gendarme désigne le dossier.

— Fin août ou tout début septembre. Je peux retrouver la date exacte, si vous voulez.

Watteau tourne les pages d'un air pensif.

— Ce n'est pas urgent. Il est donc décédé chez lui dans la nuit du 2 au 3 octobre...

— Plus exactement le 3 au petit matin. J'étais de service lorsque nous avons été alertés par le Dr Wallace, médecin généraliste à Villeneuve-lès-Tourmens, qui soigne aussi les familles de la brigade. C'est moi qui ai dirigé les premières constatations. Le domicile des Derec est une assez grande maison de construction récente, avec un sous-sol et un étage...

Watteau lève un doigt.

— Le médecin généraliste... Que faisait-il là ?

— C'est le médecin des Derec. Mme Derec l'a appelé quand elle a découvert le corps.

— Où se trouvait le corps ?

— Sur leur lit, dans la chambre, à l'étage.

— Il s'est suicidé au petit matin *sur son propre lit* ? Et Mme Derec, où se trouvait-elle au moment du suicide ?

— D'après sa déposition, elle était au rez-de-chaussée. Il lui avait demandé d'aller lui chercher un verre d'eau. Il avait très chaud.

— Mmmhh... Oui, je me souviens de ce matin-là, hélas, dit Watteau en tapant sur son plâtre. La veille il avait fait très orageux et il s'était mis à pleuvoir en fin d'après-midi.

— Affirmatif. J'ai vérifié : l'orage a cessé vers minuit, ensuite il a plu par intermittence. Le sol était complètement détrempé le lendemain matin, quand je suis arrivée avec mon équipe.

— Votre équipe ?

— Trois brigadiers et mes deux techniciens.

— Tout ça pour un suicide ?

— Ce n'était pas un appel banal, monsieur le Juge. Le Dr Wallace a demandé à me parler en personne. Il avait le sentiment que quelque chose ne tournait pas rond, alors j'ai pris sur moi d'emmener une équipe appropriée…

— Et comment votre initiative a-t-elle été appréciée ?

Le lieutenant se met à rire.

— Plutôt bien, étant donné la qualité de la victime. Mes supérieurs sont plutôt nerveux ces derniers temps. Nous sommes pris entre deux feux. D'un côté, la population nous reproche les mesures sécuritaires du gouvernement, de l'autre, la compétence de la gendarmerie en matière d'enquête criminelle est régulièrement critiquée, tant par les magistrats que par les avocats. Cela dit, dans le cas présent, je pense ne rien avoir laissé…

La porte s'ouvre brusquement et Claude de Lermignat, essoufflée, entre dans le salon.

— Jean… Oh, pardon, j'ignorais que vous aviez de la visite.

— Lieutenant, je vous présente ma mère, Mme de Lermignat… Maman, voici le lieutenant Hercé, avec qui je vais travailler…

— Travailler ? Mais vous êtes… Ah, peu importe, je ne comprends rien à ce que vous faites en ce moment. Je suis désolée, j'avais… besoin de vous parler, murmure Claude sur un ton d'inquiétude.

— C'est urgent ?

Elle hésite.

— N-non… Non, j'imagine que vous avez plus urgent à faire, dit-elle en se raidissant. Ça peut attendre…

Elle se tourne vers la jeune femme.

— Est-ce que je peux vous servir quelque chose, lieutenant ? Un café ? Un thé ?

— Je ne refuse jamais un café, madame, merci !

Pendant que sa mère s'adressait au lieutenant, Jean s'est mis à feuilleter les photographies insérées en annexe du dossier.

— Je vois que vous avez pris des clichés de l'allée d'accès à la maison. *Avant* d'y circuler avec vos véhicules.

— Oui. Comme je vous l'ai dit, le sol était détrempé et l'allée portait des traces de pneus. Je ne voulais pas les compromettre… Par principe, je fais toujours arrêter les véhicules à distance des lieux d'investigation et je pars en éclaireur, avec mon appareil numérique à la main.

Watteau pose sur son interlocutrice un regard admiratif. Le lieutenant rougit.

— Et ces traces, que vous ont-elles dit ?

— Rien que nous ne sachions déjà. Les voitures du couple Derec étaient au garage et n'avaient pas bougé depuis la veille, avant qu'il se mette à pleuvoir. Il y avait en revanche deux séries de traces correspondant aux déplacements du Dr Wallace : il s'est rendu chez les Derec la veille de son suicide, à l'appel de son épouse. Elle voulait qu'il prescrive un somnifère à son mari, car il était très anxieux. Il devait participer à une émission télévisée importante, le lendemain. Le Dr Wallace a trouvé le Dr Derec perché sur une échelle : il était si énervé qu'il remettait en place des ardoises que l'orage avait déplacées sur le toit de son garage. Comme le docteur avait des échantillons de somnifères dans son coffre, il en a donné au Dr Derec, qui en a pris sur-le-champ, et est allé se coucher. Après le départ du médecin, Mme Derec a passé environ une demi-heure à ranger des papiers puis, comme elle était épuisée, elle est montée se coucher à son tour. Son mari s'était allongé tout habillé sur le lit. Elle s'est couchée près de lui, et s'est endormie. Au petit matin, il l'a réveillée et s'est plaint d'avoir soif. Elle est descendue lui chercher un verre d'eau. Pendant qu'elle était à la cuisine, elle a entendu, je la cite de mémoire : « Un bruit sec, comme une fenêtre qui claque », puis le même bruit une seconde fois, à quelques secondes d'intervalle. Elle est remontée dans la chambre et a découvert son mari mort sur le lit, un revolver fumant gisant sur le sol près de sa main. Elle a appelé le Dr Wallace, dont les pneus ont de nouveau laissé une trace très nette dans l'allée. Personne n'a circulé dans cette allée entre son départ la veille et son retour au matin. Et personne non plus entre son coup de téléphone et notre arrivée. Alors, bien sûr, un autre visiteur aurait pu s'approcher de la maison à pied, à travers bois. Mais en dehors de celles qu'avait laissées le Dr Derec, nous n'avons pas retrouvé d'empreintes. L'allée qui conduit au garage est goudronnée, mais le terrain meuble devant et autour de la maison avait été entièrement retourné pour semer du gazon. Personne n'aurait pu s'approcher sans laisser de traces.

Sur le guéridon installé à sa droite, Watteau saisit un paquet de tabac et une pipe.

— Ça ne vous ennuie pas ? demande-t-il.

Puis, sans attendre la réponse de son interlocutrice :

— J'imagine que lorsque Mme Derec a découvert son mari mort, elle n'a pas eu la présence d'esprit de ne pas toucher au corps ?

— Non, malheureusement... Elle s'est précipitée vers son mari en espérant qu'il vivait encore. Les photographies montrent l'état dans lequel nous avons trouvé le cadavre, mais je lui ai demandé de décrire précisément la position du corps quand elle est entrée dans la chambre. Nous avons soigneusement photographié les lieux, mais tout laissé en place en attendant un examen et un inventaire complet. La maison est gardée en permanence, Mme Derec est allée s'installer chez des amis et *bien évidemment* j'ai fait envoyer au laboratoire la chemise de nuit et le peignoir qu'elle portait quand elle a étreint le cadavre de son mari.

— Bien évidemment… murmure Watteau tandis que l'odeur de tabac emplit la pièce.

On frappe. Mme de Lermignat entre en poussant son plateau roulant. Elle offre au lieutenant un café et un sourire, dépose sans un mot une grande tasse fumante sur le guéridon placé à droite de son fils et quitte la pièce.

Tandis que le lieutenant Hercé déguste son café, Watteau poursuit son examen des clichés.

— Vous avez fait du beau travail. Je ne connais qu'une seule autre personne à Tourmens qui soit aussi méticuleuse.

— Marie Taranger, à la brigade criminelle…

— Vous la connaissez ?

— Nous avons suivi la même formation, à Las Vegas…

— Tout s'explique ! Bien, à présent, vous allez devoir m'expliquer ce qui « ne tournait pas rond »…

— Il y a d'abord la déclaration du Dr Wallace. Il m'a dit qu'il trouvait bizarre la manière dont le Dr Derec s'était tué. Et c'est un fait : j'ai été appelée sur bon nombre de suicides dans ma carrière, mais je n'ai jamais vu un homme se tirer une balle allongé sur son lit…

— Qu'est-ce qui vous fait croire qu'il était allongé ? Il a pu s'asseoir sur son lit et basculer quand il s'est suicidé…

— Oui, mais ce n'est pas dans cette position que sa femme l'a trouvé. Il était allongé sur toute la longueur du lit, et non en travers, comme cela aurait été alors le cas. Voyez le croquis que nous avons fait d'après sa déposition…

— Il se serait tiré une balle dans la tête allongé sur le ventre… Original !

— Je trouve aussi. Mais il y a autre chose…

— Je vous écoute.

— Nous n'avons pas retrouvé de traces de sang sur la moquette, au pied du lit. Or, s'il avait tiré dans la position que nous a indiquée Mme Derec, il aurait dû y en avoir. L'orifice d'entrée portait des traces de brûlures, comme on en voit lors des tirs à bout touchant, mais très peu de sang…

— En avait-il sur la main ?

— Non. En revanche, il avait des traces de poudre. Mais ça ne prouve pas grand-chose…

— Oui. Seulement qu'elle était près de l'arme quand elle a fait feu. Je lis ici que c'est un revolver Smith et Wesson à huit coups. C'était le sien ?

— Oui, elle était déclarée.

— La balle a perforé le crâne ?

— Non. Maintenant que vous le dites, c'est plutôt bizarre…

— N'est-ce pas ? Du 357 magnum à bout portant… Où la rangeait-il d'habitude ?

— Dans le coffre qui se trouve dans son bureau du rez-de-chaussée. Mme Derec ne sait pas quand il l'a montée dans la chambre. En tout cas, les munitions étaient encore dans le coffre.

— Mmhhh… Où avez-vous trouvé des traces de sang ?

— Sur le drap, sur sa chemise. Et bien sûr, sur la chemise de nuit et le peignoir de Mme Derec. Elle a dit avoir tenu la tête de son mari contre elle pendant qu'elle utilisait le téléphone, à la tête du lit, pour appeler le Dr Wallace… Il y a autre chose, ajoute le lieutenant. Quand je suis entrée dans la pièce avec l'un des techniciens, j'ai eu le sentiment que la moquette brillait par endroits, entre le lit et la porte de la salle de bains. Je vais vous montrer les photos.

Elle pose sa tasse vide, se lève, s'approche de Watteau,

se penche, lui prend délicatement le dossier des mains et l'ouvre sur une page bien précise.

— Des traces de pas !

— Oui. Celles-ci, qu'on distingue parfaitement parce qu'il avait marché dans la terre meuble devant la maison, ont été laissées par le Dr Wallace lorsqu'il est entré pour constater le décès. Les autres, un peu plus loin, ne sont visibles que sous lumière frisante… Si je ne les avais pas vues briller en entrant, nous serions passés à côté.

— Vous les avez *vues* en entrant…

— Je suis une maniaque de la moquette, répond le lieutenant avec humour. Et de bien d'autres choses. Ce qui explique qu'on m'ait chargée de la brigade de recherche et aussi, sans doute, que mon mariage n'ait pas duré… Je doute de trouver un homme qui accepte de vivre avec une maniaque de mon acabit…

— On ne sait jamais ! Un de mes amis, qui a le même… sens du détail, vous apprécierait beaucoup. Et réciproquement, je crois. C'est un excellent enquêteur. Malheureusement, il vit à San Francisco et ne prend jamais l'avion…

Le lieutenant se redresse.

— J'ai ensuite examiné la salle de bains. La fenêtre était ouverte, mais il n'y a pas moyen d'y accéder de l'extérieur sans laisser de traces et, comme je vous l'ai dit, il n'y avait que celles de Yann Derec derrière la maison.

— Et dans la salle de bains elle-même ?

— Rien d'interprétable. Comme la fenêtre était ouverte, la pluie avait aspergé la baignoire et le carrelage. Nous avons retrouvé des traces de boue, mais le Dr Wallace est allé se laver les mains après avoir examiné le corps de Yann Derec…

Le lieutenant consulte sa montre.

— Vous devez partir ? demande Watteau.

— Pas encore, monsieur le Juge. Mais le médecin

légiste doit procéder à l'autopsie dans une dizaine de minutes.

— Ah. Désolé de ne pas pouvoir vous accompagner, j'aurais aimé y assister.

— Précisément, je suis *aussi* venue pour ça.

Elle sort de son attaché-case un ordinateur portable ultraplat et désigne le téléviseur du salon.

— Vous permettez ?

— Je vous en prie, répond Watteau sans comprendre.

La jeune femme relie son ordinateur à la prise vidéo du téléviseur, allume celui-ci et tapote sur son clavier. Un message d'accueil apparaît à l'écran. Elle clique sur deux ou trois liens, tape un code d'accès et attend patiemment. Quelques secondes plus tard, Watteau voit le visage déformé mais familier du Dr Léopold, le médecin légiste de la gendarmerie, lui lancer un large sourire.

— Bonjour, lieutenant ! Toujours à l'heure, comme d'habitude !

— Bonjour, docteur, répond le lieutenant en orientant l'écran de son portable en direction de Watteau.

— Et bonjour à vous, monsieur le Juge !

— Bonjour, toubib. Ravi de vous entendre et... de vous *voir*... Moi qui pensais que le manoir de Lermignat était loin de tous les relais sans-fil de la région...

— Ah, il y a toujours un satellite de communication au-dessus de nos têtes, mon cher Jean ! Bon, parlons peu, parlons bien. J'ai deux nouvelles pour vous, une bonne et une mauvaise. La mauvaise d'abord : l'autopsie est déjà terminée, plusieurs coups de fil de la chancellerie m'ont « persuadé » de la commencer très tôt ce matin. Et maintenant, la bonne : vous allez être le premier à en connaître les conclusions, et j'en suis très heureux, car elles risquent de déplaire.

— Laissez-moi deviner. Il ne s'est pas suicidé ?

— Non. Mais cela, je suis sûr que l'irréprochable travail de la petite Hercé vous l'avait déjà suggéré.

Du coin de l'œil, Watteau voit le lieutenant rougir de nouveau.

— Et avec ce que j'ai trouvé, poursuit le légiste, le doute n'est plus permis.

Léopold marque un silence et fait un clin d'œil à ses interlocuteurs.

— Allez, mon vieux, lance Watteau, ne nous faites pas languir !

Le médecin lève la main droite et leur présente un flacon transparent contenant un projectile.

— Voici ce que j'ai trouvé dans son crâne.

— Et cette balle ne provient pas de son arme ?

— Celle-ci, oui. Mais pas l'autre !

De l'autre main, il brandit une pince en plastique. Un second projectile tombe dans le récipient.

LES CHORISTES

La salle de réunion du quatrième étage est vaste, mais la grande et moderne table ovale bordée de fauteuils de cuir contraste avec les lambris et le lustre ancien. Par l'une des deux grandes fenêtres, dans le jour qui se lève, Charly aperçoit la cour intérieure du Village illuminée par les puissantes lampes qui tombent des deux tours.

Les hommes et femmes en blouse assis autour de la table tournent la tête à leur entrée.

— Bonjour tout le monde, lance Dominique, je vous présente le Dr Lhombre, qui va se joindre à nous ce matin pendant la revue des dossiers.

Les membres de l'assistance se lancent des regards surpris. Assis à l'autre bout de la table, un homme grand, chauve et visiblement très nerveux, se met à scruter intensément le visage de Charly.

— Le Dr Lhombre a présenté sa candidature au nouveau poste de médecin généraliste attaché. Comme nous en sommes convenus avant l'appel de candidature, je lui ai proposé de passer une journée et d'assurer une nuit de garde au centre avant de retenir ou non sa candidature.

— Vous ne trouvez pas un peu lourd d'accueillir tous les candidats les uns après les autres ? demande une femme d'une quarantaine d'années à la chevelure flamboyante.

Dominique s'assied au bout de la table et, se tournant vers Charly :

— Comme tu le vois, la parole est libre, ici… Je te présente Luce Garry. C'est notre collaboratrice la plus… médiatique. Elle participe souvent à des émissions de télévision, et en ce moment à la plus en vogue…

Charly lance au Dr Garry un sourire séducteur.

— Eh bien ! Je regrette de regarder aussi peu la télé !

Luce Garry salue Charly d'un signe de tête, mais le compliment semble la laisser de marbre.

— Pour répondre à ta question, chère amie, je te rappelle que nous en avons déjà discuté. J'ai reçu d'autres CV, mais pour le moment, les candidats ne se bousculent pas. Alors, je pense que nous devrions nous montrer aussi accueillants que possible avec le seul qui ait pris la peine de venir jusqu'à nous. Inutile de perdre du temps, je lui ai déjà expliqué la procédure, mettons-nous au travail, je suis sûre qu'il n'aura aucun mal à nous suivre.

Elle sort une feuille de papier, trace une forme ovale, griffonne rapidement autour.

— *Je t'ai fait un plan de table pour que tu mémorises les noms*, murmure-t-elle. Mesdames et messieurs, avez-vous des questions ?

Pendant que les médecins gribouillent ou se grattent la gorge à tour de rôle, Charly les regarde avec amusement. Ils ont presque tous plus de quarante ans et, conformément à la démographie médicale, deux seulement des huit médecins présents sont des hommes. Il repère deux des trois internes, assises côte à côte. *À droite, Christiane*, lui murmure Dominique. *Interne de médecine générale. Tu la superviseras. À gauche, Sylvie. Elle est ici depuis dix-huit mois. Elle veut devenir psychiatre, alors on la soigne.* Le troisième interne – *beau garçon perdu au milieu des harpies* – manque à l'appel. *Il termine sa garde.*

Un ours d'une soixantaine d'années, barbe blanche, cheveux poivre et sel coupés court, lève son stylo.

— Oui, Louis ?

Louis Keller, indique le plan de table.

— Quand rencontrerons-nous les autres candidats ?

— Je suis incapable de vous répondre. Les médecins se font rares, le profil est très spécifique, il faut que j'examine les dossiers de près. Je ne veux pas les faire venir pour rien s'ils ne correspondent pas à nos attentes.

— Mais justement, est-ce qu'il n'y aurait pas intérêt à élargir… ou à reformuler le profil ?

À l'autre bout de la table, le médecin chauve – *Bernard Schillinger* – cesse de se ronger les ongles pour emboîter le pas à son confrère. Il porte un garrot en caoutchouc accroché à sa blouse, comme le font souvent les infirmières.

— Oui, moi aussi, je pense qu'on a beaucoup plus besoin d'un psychiatre que d'un généraliste qui n'y connaît rien… Car j'imagine que vous ne connaissez pas grand-chose à la psychiatrie…

Conscient qu'il ne doit pas répondre de front à la provocation, Charly se frotte les yeux, prend une profonde inspiration et déclare :

— J'ai été dix-huit mois interne en psychiatrie. Il m'en reste quelques… rudiments. Mais même si j'étais psychiatre estampillé, il me faudrait me familiariser avec le fonctionnement du centre, les dossiers de tous les patients, les protocoles thérapeutiques… C'est un travail d'équipe et j'ai l'habitude de travailler en équipe. Dans des situations compliquées.

— Peut-on savoir lesquelles ? demande une autre femme, assise à gauche de Dominique.

Colette Lacourbe.

— Je suis médecin légiste depuis quatre ans. J'ai

travaillé régulièrement en collaboration avec des juges d'instruction, des experts, la police judiciaire, la gendarmerie, le SAMU…

— Légiste ? C'est plutôt au Village que vous auriez dû présenter votre candidature ! lance l'interne la plus âgée. Ils ont plus de cadavres que nous !

Sylvie Girardi.

Irritée, Dominique Damati lève la main pour interrompre les rires.

— Charly Lhombre est généraliste et légiste, il a aussi été chef de clinique de médecine interne et a longtemps travaillé pour une ONG en Afrique. Il n'a rien d'un novice. Il maîtrise parfaitement des problèmes médicaux difficiles que nous rencontrons chez nos… *pensionnaires*. Je pense que nous aurions tort de ne pas lui laisser sa chance.

Presque tous les médecins hochent la tête pour acquiescer. Luce Garry pince les lèvres et Bernard Schillinger recommence à ronger l'ongle de son pouce.

— Bien, conclut Dominique, alors au boulot ! Nous avons beaucoup de dossiers à voir ce matin. Je vais vous demander de les faire glisser par ici afin que Charly puisse en prendre connaissance pendant la discussion. Qui sont les sortants du jour, Sylvie ?

— Mme Rose, Mlle Lenoir et M. Orange…

Charly étale les dossiers devant lui et éclate de rire. Tous les patients portent des noms de couleurs, d'arbres, de fruits ou de fleurs.

— On dirait une partie de *Cluedo* ou un film de Tarantino !

— Oui, j'avais oublié de te prévenir. Ici, on ne désigne jamais les patients par leur véritable nom. Ils portent tous un pseudonyme, qu'ils choisissent à leur arrivée dans la liste qu'on leur propose. Quand ils sortent, on attend trois mois avant de remettre le pseudo en circulation, pour éviter les confusions…

Charly fait cercle avec son index au-dessus de la table.

— Personne ici ne connaît leur identité ?

— Luce, Louis, Bernard et moi sommes les seuls. C'est le statut du centre qui l'exige, et c'est l'une des conditions pour que les autorités de tutelle nous financent sans nous poser trop de questions. Tu comprends bien qu'elles ne veulent pas que certains séjours fassent la une des journaux… Et pour répondre à ta question avant que tu la poses, les aide-soignants et les infirmiers sont embauchés sur des critères de moralité aussi stricts que ceux du personnel pénitentiaire… Des problèmes avec les sortants, Sylvie ? Non ? Alors, allons-y.

*
* *

— Mme Lerouge – 33 ans, tentative de suicide.

(…)

— M. Cerise – 41 ans, psychose maniaco-dépressive.

(…)

— Mlle Figue – 26 ans, syndrome dépressif réactionnel à la découverte d'une sclérose en plaques…

— *Figue ?*

— *Figue… C'est elle qui a choisi…*

— Qui a fait le diagnostic de SEP ?

— Le neurologue du service où elle était en stage – elle est étudiante en médecine. Il le lui a dit comme ça, de but en blanc, en ajoutant qu'elle ferait bien de s'économiser pour acheter une chaise roulante.

— Ah, la délicatesse proverbiale des neurologues…

(…)

— Mme Sapin – 28 ans, troubles du comportement alimentaire.

— Elle était interne dans un service de nutrition. Son chef de service a commencé à se poser des questions quand elle s'est mise à conseiller aux patientes de se faire vomir…

(…)

— M. Mangue – 30 ans, bouffées délirantes.

— Quand il prend ses neuroleptiques, il va très bien, mais quand il va bien, il ne veut plus les prendre, et il rechute. Ça fait six mois que ça dure. C'est notre patient le plus… attachant. On ne les garde pas si longtemps d'habitude.

— Et son délire a un thème particulier ?

— Des envahisseurs extraterrestres. Il dit que la fumée les fait fuir alors il fume six paquets par jour.

(…)

— M. Violette – 38 ans, « delirium tremens ».

(…)

— M. L'Orme – 35 ans, tentative de suicide.

— … un syndrome de *burn-out*[1] typique. Il s'est installé dans une banlieue difficile et faisait entre soixante et quatre-vingts actes par jour depuis six ans… Quand le médecin-conseil de la Sécurité sociale a pris rendez-vous pour discuter de son activité, il a craqué et a tenté de se pendre. C'est son fils de 14 ans qui l'a décroché…

(…)

— M. White – 44 ans, syndrome amnésique inexpliqué.

— Ah, ce patient-là nous quitte bientôt ! Le Dr Jenssen, qui nous rejoint à l'instant (*Waou ! Jolie femme ! Allons, ne me regarde pas comme ça, Dominique…*), va s'occuper de lui personnellement. Mary-Eve Jenssen est neurologue et vient de Minneapolis. Elle participe à une grande étude multicentrique sur les troubles de la mémoire et lorsque j'ai lu la description de son étude, je me suis dit que M. White correspondait tout à fait

1. Le *burn-out* est l'épuisement des soignants qui, après s'être investis massivement dans leur activité pendant des années, sont submergés par leurs responsabilités. Certains changent complètement de mode d'exercice, d'autres cessent brutalement d'exercer, un petit nombre se suicident.

aux critères d'inclusion. Vous pensez le faire transférer, Mary-Eve ?

— Oui, comme il est citoyen américain, ça ne pose pas de problème. Il vient de me donner son consentement pour participer à l'étude. J'espère simplement que le voyage ne va pas le perturber. Mais il est difficile de lui faire son bilan et de le suivre ici…

— Bien sûr. Alors, bon voyage à vous deux, Mary-Eve.

— *Ce n'est pas le voyage qui va le perturber, c'est plutôt elle... Ouch ! Eh, fais gaffe où tu plantes tes talons !*

(…)

— M. Lupin – 29 ans, trouble obsessionnel compulsif.

(…)

— Mme DuVert – 49 ans, alcoolisme.

(…)

— M. Legris – 35 ans, alcoolisme.

— C'est lui qui a choisi son pseudo ?

— Parfaitement.

— Alcoolique, mais pas sans humour…

(…)

— Mlle Lechêne – 24 ans, étudiante en médecine ; exhibitionnisme…

— Elle est hospitalisée seulement pour ça ? demande Charly tout haut.

— Il faut poser la question au Dr Keller…

— C'est une de mes patientes, cher monsieur. Si vous voulez, nous irons la voir ensemble et vous me direz ce que vous pensez de son état ! Mais je vous préviens, comme elle a toujours trop chaud, elle ne porte que son peignoir et ne noue jamais la ceinture…

— Ça va, je vous crois sur parole…

UNE FEMME DISPARAÎT

— Bon, mais qu'est-ce qu'ils fabriquent ?

Claude ne tient pas en place. La « quotidienne » de *Ça nous regarde!* retransmise par TVT aurait dû commencer depuis un quart d'heure, mais, sur l'écran, les publicités se suivent sans discontinuer. Elle a d'abord pesté contre la chaîne qui profite du succès de l'émission pour imposer au public des annonces plus crétinisantes les unes que les autres, mais lorsque les publicités ont été suivies par un court bulletin d'informations locales, puis par une suite d'auto-promotions pour les autres émissions de la chaîne, elle s'est dit que quelque chose ne tournait pas rond. Depuis qu'elle suit l'émission religieusement, jamais on ne les a fait poireauter ainsi.

Brusquement, elle lève les yeux au ciel.

— Mais qu'est-ce qu'il m'arrive ?

Elle n'en revient pas d'être devenue dépendante de cette émission, même si la seule chose qui l'intéresse, depuis le premier jour où elle en a vu un extrait, est la visible relation d'amour-haine entre Jannie Le Guen et la psychiatre-conseil de l'émission, Luce Garry. En quatre jours, elle a vu les deux femmes passer par toutes les facettes de la relation passionnelle. La séduction : « — Vous portez une très jolie robe, aujourd'hui (clin d'œil), ma petite Jannie. – C'est pour mieux vous plaire, Luce ! » La vacherie : « — Comme vous avez les yeux cernés, Luce (moue moqueuse) ! Vous n'avez pas vu la maquilleuse ? — Je n'ai pas pu : vous ne l'avez libérée qu'au moment du passage à l'antenne… » La nostalgie : « — Comme la vie peut être triste, parfois… — Oui (soupir), surtout quand on vit séparé(e) de la personne qu'on aime… » La scène de jalousie : « — Vous nous quittez déjà ? — Mes patients ont besoin de moi… — Mais nous aussi (larme à l'œil) nous avons besoin de vous ! »

Tout ceci, bien entendu, noyé dans un fatras de bavardages sans intérêt autour de candidats éperdus à l'idée de mettre en scène la banalité de leur vie sous les yeux de millions de personnes. Le petit jeu amoureux des deux femmes passe probablement inaperçu aux yeux de spectateurs morts de fatigue et d'ennui, mais il n'a pas échappé à Claude, qui ne cesse de trouver dans la moindre phrase et le moindre regard appuyé la confirmation de ce qu'elle a d'emblée ressenti : ces deux femmes s'aiment et se déchirent en direct. Elle en est persuadée, elle en mettrait sa main à couper. Par peur du ridicule, elle n'a pas osé en parler à son fils ou à ses rares amies. Mais elle a voulu s'assurer qu'elle ne rêvait pas en entreprenant, dès le second jour, d'enregistrer l'émission.

— Vous avez acheté un magnétoscope numérique ? s'est exclamé Jean en la voyant ouvrir le carton. Maman ! J'ai la jambe dans le plâtre ! Qui le fera fonctionner pour vous ?

Claude n'a pas relevé, mettant le méchant commentaire de son fils sur le compte de sa méchante humeur. Excédé d'avoir à rester coincé dans sa chambre, il a vite décidé d'élire domicile dans une pièce du rez-de-chaussée, passe le plus clair de son temps de son côté du salon et commente désormais les moindres faits et gestes de sa mère lorsqu'elle s'installe dans l'autre. Pour ne pas avoir à subir ses sarcasmes, celle-ci a donc décidé d'enregistrer

Ça nous regarde! et de la regarder dans le salon de télévision du premier étage. Et quoi qu'en pense Jean, elle est parfaitement capable de manipuler le magnétoscope numérique. Elle n'a d'ailleurs pas mis beaucoup de temps à repérer les fonctions les plus pratiques…

Le Dr Garry et Jannie ne se retrouvent ensemble qu'à 19 h 30, lors du rappel des événements « marquants » surpris depuis la veille par les webcams installées à Tourmens et dans le monde entier. À 22 heures, lorsque son fils va se coucher, Claude monte s'installer devant le grand écran, met l'enregistreur en marche et, grâce au ralenti, à l'arrêt sur image et à l'écran en mosaïque dont elle joue désormais parfaitement, scrute tous les signes que chacune des deux femmes fait à l'autre – œillades, hochements de tête, contacts fugaces, rires complices, regards implorants ou furieux…

Si elle lit bien – et elle est convaincue de les lire comme un livre ouvert, ces deux-là –, le torchon brûle entre les deux amantes. Jannie est de plus en plus provocante, de plus en plus exigeante, de plus en plus directe. Luce se fait de plus en plus froide, de plus en plus distante, de plus en plus cassante. L'une veut retenir, l'autre veut fuir. La tension monte ; chaque émission est l'occasion d'une nouvelle escarmouche. En regardant l'émission d'hier et en se repassant toutes les scènes cruciales des jours précédents grâce au très pratique système de repères électroniques qu'elle peut insérer dans les enregistrements, Claude a senti que les choses se précipitent. C'est évident : Jannie a lancé un ultimatum à Luce. Et Luce ne le supporte pas. La rupture est proche. Si Claude ne s'est pas trompée, elle aura lieu ce soir, à l'occasion de la grand-messe vespérale hebdomadaire de *Ça nous regarde!*… Si la rupture n'a pas lieu en direct, du moins Claude en devinera-t-elle certainement les stigmates.

Et voilà pourquoi elle attend, frémissante, le début de l'émission.

Enfin, le générique retentit. La caméra tournoie autour du plateau. Le public applaudit et accueille la présentatrice.

— *Mais ce n'est pas Jannie !*

Un clone de Melanie Griffith – beaucoup moins intelligente que son modèle – entr'aperçue lors des bandes-annonces de l'émission, s'adresse à la caméra.

— Chers téléspectateurs, chers web-invités, bonsoir ! Pardonnez notre retard, mais ce soir, pour la grande « Hebdo » de *Ça nous regarde !* je remplace Jannie Le Guen, qui a décidé de prendre quelques jours de repos bien mérité…

— *Incroyable ! Qu'est-ce qui lui a pris ? Elle n'a pas pu laisser l'émission en plan !*

— … Je vous rassure, nos chroniqueurs et nos spécialistes sont là, fidèles au poste…

La greluche blonde présente les invités et, après avoir cadré en gros plan une autre greluche « responsable de casting dans une grande maison de production », un garçon efféminé, « concepteur d'intérieurs pour la jet-set », et un bellâtre à chemise échancrée, « conseiller éditorial de nombreuses revues et mari d'une très jolie star », la caméra se pose sur le visage détendu de Luce Garry…

— Comment allez-vous, Luce ?

— Très bien, très très bien, répond le médecin, avec aux lèvres un sourire que Claude ne lui a jamais vu.

Son visage aussi a changé : elle s'est fait couper les cheveux et paraît plus jeune. Mais un détail fait soudain battre le cœur de la châtelaine à tout rompre. Comme le premier jour, Luce Garry porte à l'oreille droite sa boucle en forme de coquillage. Aujourd'hui, à l'oreille gauche, elle en porte une seconde. Celle de Jannie ?

Pendant plusieurs minutes, Claude reste assise, interdite, devant l'écran. Elle n'entend rien, ne voit rien, n'arrive pas à mettre de l'ordre dans ses idées, dominées par une seule pensée, une pensée qu'elle refuse, qu'elle rejette, mais que son intuition lui hurle.

Elle l'a tuée. Luce voulait rompre, Jannie refusait, elle l'a tuée.

— Mais non, se dit-elle à haute voix. L'explication est plus simple. Elles ont rompu, Jannie ne peut ou ne veut plus présenter l'émission en présence de son ex-amie…

Mais non ! Si elles avaient seulement rompu, Jannie serait sur le plateau et Luce en aurait disparu ! Jannie la retenait, lui imposait de venir à l'émission. La rupture la libérait. Elle l'a tuée !

— Tu rêves, ma fille ! Tu t'es fait tout un cinéma autour de ces deux femmes mais tu n'as rien de tangible, tu as pu tout inventer !

Je n'invente pas. Je le sens dans mon ventre. Il se passait quelque chose entre ces deux femmes, et il est arrivé quelque chose à Jannie. Luce Garry a l'air trop calme, trop détendue pour que ce soit naturel... Et je serais prête à parier que juste avant l'émission, tout le monde ignorait que Jannie était absente. Luce est la seule qui n'ait pas l'air inquiet. Si elle n'est pas inquiète, c'est parce qu'elle sait où est Jannie, *et parce qu'elle est sûre que Jannie ne peut plus la menacer.*

— Cette menace dont tu parles, tu n'en as aucune preuve. Et peut-être Luce est-elle tout simplement soulagée de ne pas avoir affaire à Jannie ce soir…

Mais pourquoi porte-t-elle sa boucle d'oreille ?

— Elles avaient peut-être toutes les deux la même paire !

Pour couper court à la voix qui contredit ses sentiments les plus profonds, Claude bondit sur ses pieds.

Il faut que j'en aie le cœur net !

Mais comment faire ? Elle se précipite sur le téléphone et compose le numéro du standard de *Ça nous regarde !*, qui apparaît périodiquement au bas de l'écran.

Bien entendu, on la met en attente. Encore une

escroquerie destinée à engraisser la chaîne et l'opérateur téléphonique. Elle raccroche. Que faire ? Elle veut être sûre, mais comment ? Que fait-on quand on subodore qu'un crime a eu lieu ? Elle ne veut pas appeler la police, d'abord parce qu'elle sait bien qu'on ne la croira pas. Ensuite parce que la seule idée de délation la révolte. Alors ? Elle ne peut pas en parler à Jean, elle sait comment il réagira. Il va d'abord la considérer de son air sévère et déclarer qu'on n'accuse pas quelqu'un d'assassinat sur une intuition. Ensuite, il sourira et se moquera de son soudain attachement à une émission qu'elle aurait, il n'y a guère, qualifiée de crétinisante... Non, elle ne peut pas lui en parler. Si Charly Lhombre était là, elle se confierait à lui, mais il est très pris par ses remplacements et ne dort pas au manoir en ce moment.

Elle regarde sa montre – 23 h 45. Son angoisse ne fait que croître lorsque, soudain, le visage rassurant de Raoul d'Andrésy lui apparaît.

— Vous savez que si vous avez besoin de moi, où que je sois, vous pouvez m'appeler...

Elle monte dans sa chambre, ouvre sa table de nuit, en sort son petit carnet d'adresses. Au milieu de numéros de téléphone depuis longtemps inutiles, elle a noté, il y a quelques mois seulement, celui du téléphone mobile de son ami.

— Il a bien fallu que je m'équipe de cet engin malgré mon grand âge, s'est-il excusé en le lui donnant. Je me déplace beaucoup et si l'on a besoin de me joindre... si *vous* avez besoin de me joindre, ma chère...

Claude a noté le numéro en se promettant de ne jamais l'utiliser. Elle tient trop à sa propre intimité pour envahir celle de Raoul. Mais ce soir, oui, elle a besoin de lui parler. Si elle le dérange, elle s'excusera et proposera de le rappeler au matin.

La voix enregistrée de Raoul d'Andrésy lui propose de

laisser un message. Claude est prise au dépourvu. Elle hésite une seconde, puis se lance :

— Bonsoir, Raoul, c'est Claude. Je voulais… vous parler. Mais ça peut attendre. Au revoir ! Et, rougissant comme une collégienne, le cœur battant, elle raccroche.

Son cœur bat encore très vite, à peine deux minutes plus tard, lorsque la sonnerie de son téléphone retentit. C'est Raoul. Elle est prise de panique et ne trouve pas ses mots, bafouille et, submergée par l'émotion, fond en larmes. Sans perdre son calme ni chercher à comprendre, il déclare :

— Claude, si vous m'appelez à cette heure, c'est que vous avez besoin de moi. Alors, je serai chez vous dans vingt minutes.

— Dans vingt minutes ? Où êtes-vous donc ?

— Jamais loin de vous.

LA NEF DES FOUS

Après le départ des médecins, Dominique et les deux internes ramassent les dossiers. Charly se gratte la tête.

— Vous avez plus de patients que ça, quand même. Avec les trois sortants et ceux que vous avez présentés, ça ne fait qu'une quinzaine…

— Oui, répond Dominique, il y a plus de patients que ça. Nous avons une quinzaine de patients chroniques, qui sont ici… depuis longtemps, et qui ne vont probablement pas sortir de sitôt. Ils sont hospitalisés au troisième étage. Le deuxième étage est celui des aigus, que nous avons passés en revue ce matin. Et au premier… on accueille les invités…

— Les invités ?

— Des patients qui viennent de leur propre chef… ou qu'on nous envoie de France, de Navarre et du reste de l'Europe. La renommée du centre dépasse largement les frontières. Dans le monde médical, s'entend. Hors du monde médical, officiellement, l'activité thérapeutique du Château n'existe pas. C'est un bâtiment administratif destiné au personnel et à la gestion du centre de détention spécialisé… L'existence d'un hôpital psy destiné à soigner des médecins attirerait très vite l'attention de la presse et du public…

— Et pourquoi cette… discrétion ?

Dominique fait signe aux internes de les laisser en tête à tête et attend que la porte se soit refermée sur elles pour répondre.

— À cause des *invités*, justement. Ils viennent pour « surmenage », mais en réalité pour sevrage de leur dépendance à l'héroïne, à la codéine, aux amphétamines ou à ce que tu veux. D'autres sont là pour « cure de sommeil » – en réalité parce qu'ils ont commis des attouchements sexuels sur leurs patientes, majeures ou mineures.

— Comme des sexologues… indélicats, par exemple ?

— Oui, ou des généralistes qui se sont fait élire maire dans leur petite commune et qui profitent de leur double statut pour faire taire les adolescentes dont ils tripotent les seins en consultation, ou des gynécologues. Enfin je n'ai pas besoin de te faire un dessin…

— Non, j'ai déjà entendu plusieurs histoires de ce genre. Mais… ces gars-là n'entrent pas ici volontairement, j'imagine ?

— Bien sûr que non. Certains y sont contraints par une décision de justice ; d'autres par leur employeur – la direction d'un hôpital, le plus souvent. Et une petite partie – mais ça, c'est du folklore – sont envoyés ici en stage par le nouveau dispositif de contrôle de la Sécurité sociale…

— Le *quoi ?*

Dominique considère Charly avec un mélange de tendresse et d'incrédulité.

— Mais où as-tu passé les trois dernières années ?

— En remplacements. À droite et à gauche, dans la campagne tourmentaise. Les généralistes sont harassés, leur nombre est en chute libre, ceux qui restent sont contents que quelqu'un vienne prendre le relais, mais quand on remplace, on ne lit plus le journal. J'ai même pris pendant six mois la suite d'un médecin mort d'un infarctus dans sa voiture. Sa veuve aurait voulu que je lui succède – elle m'offrait carrément le cabinet – mais je ne tenais pas à m'enterrer là-bas. Un de mes copains, Bruno Sachs, s'est installé tout seul il y a quinze ans, et malgré tout, dans son coin de campagne paumé, il a fini par trouver l'amour…

— Quel veinard… murmure Dominique avec un battement de cils ironique.

— Ouaip. Mais je ne crois pas que j'aurai cette chance…

— Qui sait ? Alors, tu ne connais pas les dernières dispositions réglementaires ? Les prescriptions des médecins sont déjà surveillées depuis longtemps : on a d'abord examiné si chaque praticien prescrivait plus ou moins de bilans biologiques, de radiographies, de médicaments que son voisin. Et puis, il y a cinq ou six ans, un petit génie de l'informatique a proposé à la Sécu l'adaptation d'un logiciel chinois. À partir du profil de prescription, les ordinateurs extrapolent le profil *psychologique* du médecin. En gros, après quelques mois d'analyse, au vu des variations de ses actes médicaux, le logiciel est capable de suggérer que le médecin a une maladie chronique, qu'il est alcoolique ou toxicomane, qu'il a une maîtresse – et que c'est la visiteuse de *tel* labo –, qu'il joue au casino, qu'il va divorcer, qu'il couve un *burn-out, etc.*

— Non ! Comment ?

— Eh bien, si un médecin diminue son activité, se fait remplacer souvent et longtemps sans passer son temps libre en formation continue, on est en droit de penser qu'il a un problème de santé ou qu'il en a marre ; s'il augmente brusquement son activité en multipliant d'un seul coup les actes techniques – un cardiologue dont les épreuves d'effort ou les échocardiographies sont multipliées par 2 ou 3 par rapport à son activité antérieure, par exemple –, c'est qu'il a besoin d'argent. En 2007, juste après les élections, les énarques chargés du redressement de la Sécurité sociale ont obtenu du nouveau gouvernement l'accès aux déclarations de revenus et aux comptes bancaires des plus gros prescripteurs du pays. Je ne te parle pas des généralistes de campagne, bien sûr, mais des radiologues de ville, des directeurs de laboratoire d'analyse, des actionnaires des plus grosses cliniques... Tout laisse une trace comptable. En l'analysant, on en tire des conclusions... Le fameux logiciel détermine si l'argent qui entre est dépensé en chambres d'hôtel ou en bijoux, ou dans la décoration d'un appartement où l'épouse ne met jamais les pieds, ou bien si la carte de crédit du médecin est systématiquement débitée au casino de Tourmens, etc.

— Je ne les plains pas, mais ça reste monstrueux ! On peut faire dire aux chiffres ce qu'on veut !

— Je suis bien d'accord avec toi. Le nouveau gouvernement était pris entre deux feux : il lui fallait assainir les comptes de la Sécu, mais il ne pouvait le faire sans aucun contrôle de l'activité des médecins. Depuis deux ans, des accords officieux stipulent que les médecins dont l'activité médicale se révèle... coûteuse pour la Sécurité sociale doivent faire l'objet – le terme va te plaire – d'*une rééducation comportementale*, sous peine d'interdiction d'exercer. On les contacte discrètement, on leur met délicatement le nez sur leurs notes de frais, on leur recommande gentiment de régler leurs problèmes – et on nous les envoie tranquillement. Le Château est le seul centre agréé. Et ça permet au ministère de contrôler tout ce qui s'y passe...

— Tu veux dire qu'une partie de tes... pensionnaires sont de pauvres types désignés par une machine ?

— L'expression « pauvres types » n'est pas du tout appropriée. Ils sont loin d'être pauvres. Et certains sont extrêmement nocifs... Évidemment, comme les plus gros prescripteurs sont aussi de gros pourvoyeurs de fonds électoraux, pour eux la procédure est une mascarade destinée à donner le change à la Sécu et aux syndicats...

Pendant leur « cure » ici, ils sont pris en charge par des conseillers financiers spécialement formés…

— … qui leur apprennent à truquer leur comptabilité ?

— … ou, en tout cas, à ne plus se faire repérer… En échange de ce séjour purement formel, organisé et supervisé par une commission spéciale du ministère, la Sécu n'a plus le droit de scruter leur activité pendant les dix années suivantes.

— Bref, c'est une arnaque !

— Oui, admet Dominique avec colère. Malheureusement, c'est cette arnaque qui assure l'essentiel du financement de ce centre. C'est ce qui nous permet de faire le vrai travail… et de soigner des patients qui en ont vraiment besoin.

— Les médecins malades ?

— Eux, mais aussi les toxicos et les schizophrènes enfermés à côté, fait-elle en désignant le Village… Aucun service hospitalier ne veut les accueillir quand ils ont besoin de soins. Quand un des patients du Village a un problème médical, nous le soignons ici, dans une chambre sécurisée.

— … Et tu as demandé la création de ce poste pour avoir un généraliste à demeure…

— C'est ça… Nous avons aussi embauché un chirurgien. Tu le rencontreras plus tard, mais ce matin il est au bloc.

Elle le regarde intensément, puis se rassied et poursuit :

— Puisque tu en parles, qu'est-ce qui t'attire, dans ce poste ? Autant que je m'en souvienne, quand tu étais interne en psy, tu essayais plutôt d'y mettre le bazar…

Charly sourit intérieurement en pensant à ses frasques de jeune homme, dans le sillage du mouvement antipsychiatrique… *C'est ici que l'entretien commence.* Il s'assied deux chaises plus loin, regarde Dominique, se remémore l'annonce lue dans une revue professionnelle :

Centre spécialisé propose poste à deux tiers temps à médecin 35-50 ans, ancien interne de CHU, ayant au moins 5 années d'expérience clinique (médecine générale ou médecine interne). Expérience en psychiatrie et médecine légale souhaitée. Maîtrise de l'anglais parlé et écrit indispensable.

— Je ne sais pas en quoi consiste le poste, mais le profil…

Il hésite, attendant la réaction de son interlocutrice. Puis, comme elle ne dit rien, il incline la tête et murmure :

— On dirait qu'il a été rédigé pour moi.

Dominique se raidit.

— J'ai déjà entendu ça. Le jour où tu m'as annoncé ton départ, il y a… (Elle bascule doucement vers le dossier de son grand fauteuil et soupire)… quinze ans ?

Charly arbore un visage contrit.

— Quatorze… Pardonne-moi. Je m'en suis souvenu au moment où je le disais…

— Oui… Mais tu n'as pas répondu à ma question.

— Je manque d'éléments…

Elle pose ses mains à plat sur la table.

— Nous avons *besoin* de quelqu'un comme toi. Tous les patients qui viennent ici – les vrais, pas les potiches – ne sont pas seulement dérangés dans leur tête. Ils ont un corps, ce corps souffre, et les psychiatres sont souvent mal armés pour faire face à cette souffrance-là. Ça fait plusieurs mois que je me bats pour avoir un poste supplémentaire à temps partiel et quand j'ai fini par l'obtenir, tous les psys du centre me sont tombés dessus pour me proposer un ou une de leurs amis. Quand ils ont compris que je ne voulais pas d'un psy supplémentaire, inutile de te dire qu'ils m'ont fait la gueule…

— Et toi, tu me vois à ce poste ?

— Tu as tout ce que le profil exige. Et plus, même. Et puis…

— Oui ?

— Et puis j'aimerais travailler avec quelqu'un sur qui je peux compter.

— Ah. Tu penses en avoir besoin ?

— On n'a jamais trop besoin de loyauté, ici. C'est un lieu dangereux.

— Dangereux ? Tu as des patients violents ?

— Pas mes patients…

Dominique se lève, fait trois pas vers la fenêtre et croise les bras. Troublé, Charly se lève à son tour, s'approche tout près d'elle et, après avoir longtemps hésité, pose délicatement la main sur l'épaule de son amie. La tête de la jeune femme s'incline, sa joue effleure la main brune.

— Je suis contente que tu sois ici, tu sais ?

Avant que Charly ait eu le temps de répondre, une sirène assourdissante retentit dans le Château.

CONTEXTE, 6 :
UN HOMME D'EXCEPTION

AFP

AFFAIRE D'ARTIGUES : L'ENQUÊTE PIÉTINE

L'enquête sur l'assassinat d'Henry d'Artigues semble au point mort. Le juge Jean Watteau, magistrat investigateur chargé de l'affaire, a dû s'en dessaisir, officiellement pour raisons de santé (d'après un communiqué du palais de justice de Tourmens, à la suite d'un accident du travail). Le magistrat qui a repris ses dossiers, Mme le Juge Bordage, a invoqué le secret de l'instruction et s'est refusée quant à elle à toute déclaration à ce point de l'enquête. Rappelons qu'Henry d'Artigues a été retrouvé mort, tué de deux balles de pistolet automatique, à son domicile, au matin du 13 septembre. Âgé de 61 ans, cet avocat d'affaires très lié à un grand nombre d'hommes politiques des ancienne et nouvelle majorités était très connu du Tout-Paris pour lequel il organisait de nombreuses manifestations artistiques et culturelles – expositions, récitals, galas, etc. Henry d'Artigues était également réputé pour les dîners privés qu'il organisait régulièrement dans son hôtel particulier de Tourmens. Affaire de mœurs ? Assassinat crapuleux ? Crime politique ? Les enquêteurs n'excluent aucune piste, mais certaines sources officieuses indiquent que ces pistes sont plutôt minces.

SHOCK CORRIDOR

Sans un mot, Dominique s'est précipitée hors de la salle de réunion. Surpris, Charly sort dans le couloir et la voit s'engouffrer dans l'escalier. Il dévale les marches derrière elle et le bruit des pas de Dominique le guide jusqu'à la porte du second sous-sol. Il débouche dans une salle aux murs en béton et au plafond bas, dont l'une des extrémités est bloquée par un blockhaus équipé de vitres fumées et grillagées. À droite du blockhaus, une porte vitrée doublée d'une grille donne sur un large couloir aux parois nues, uniformément éclairé et long d'une cinquantaine de mètres. Au milieu du couloir, un homme en survêtement est prostré, assis à même le sol. Deux gardiens en gris l'encadrent. Ils le prennent par le bras, parlementent avec lui et semblent lui demander de se mettre debout, mais l'homme garde les bras croisés et secoue la tête en signe de dénégation. L'un des deux gardiens fait un signe en direction de l'autre bout du couloir. Deux autres hommes, munis de matraques, s'approchent, menaçants, pour leur prêter main-forte.

Debout à la porte vitrée, Dominique Damati s'écrie :

— Non ! Laissez-le !!!

Elle frappe frénetiquement à l'une des vitres du blockhaus. Une fenêtre s'entrouvre sur le visage d'un homme en uniforme.

— Pierre-Marie, ouvrez-moi le sas !!!

— Mais, docteur…

— Ouvrez !!!

Charly entend un verrou claquer ; la grille s'efface avec un sifflement. Dominique tire la porte vitrée et s'engouffre dans le couloir. Sans réfléchir, Charly la suit. En les voyant, deux des gardiens se tournent vers eux et lèvent leur matraque.

— Je suis le Dr Damati, j'ai une autorisation ! crie la jeune femme en brandissant un badge accroché à son cou.

— Et lui ? demande une des matraques en désignant Charly.

— Il est avec moi.

— S'il n'a pas d'autorisation, madame, il faut qu'il sorte…

Dominique se retourne vers Charly…

— Je suis désolée, il a raison… Retourne là-bas.

— Tu ne risques rien ?

— Rien du tout. (Elle désigne l'homme assis par terre.) Bobby est inoffensif, mais ils ont besoin de moi pour qu'il leur obéisse. Je ne veux pas qu'ils le brutalisent et le mettent en cellule d'isolement. (Elle tend ses clés à Charly.) Va t'installer dans mon bureau, je te retrouve là-bas dès que j'ai terminé.

À contrecœur, Charly acquiesce et rebrousse chemin à reculons jusqu'à la grille, sans quitter Dominique des yeux. La grille s'ouvre et Charly sort du couloir. Pendant que grille et porte vitrée se referment, il voit Dominique faire signe aux quatre hommes en gris de s'éloigner. Elle s'accroupit près de Bobby, lui parle, lui prend la main, l'aide à se lever. Bobby est immense et massif, il mesure une bonne tête de plus que les gardiens, deux de plus que la psychiatre. Au bout du couloir, une autre grille s'efface. Dominique la franchit et Bobby la suit docilement, encadré par les quatre uniformes.

*
* *

Le ventre tenaillé d'inquiétude, Charly entre dans le bureau de Dominique. Désœuvré et perdu, il s'assied devant l'ordinateur. Les vibrations font bouger la souris optique et l'écran s'illumine sur une mosaïque de quatre images. Sur la première, il reconnaît le hall d'entrée. Sur la deuxième, des vues se succèdent à quelques secondes d'intervalle : les paliers d'étage et les couloirs des chambres, l'entrée de la cafétéria du personnel, les bureaux des infirmières. La troisième caméra est braquée sur une salle vide dans laquelle, devant une petite estrade, sont installées une trentaine de chaises. La quatrième caméra montre en enfilade le couloir souterrain que Dominique vient d'emprunter. Brusquement, une silhouette apparaît et s'avance vers le bout du couloir. Malgré la déformation du *fish-eye* et l'angle peu naturel, Charly reconnaît l'homme qui parcourt l'écran de gauche à droite et s'éloigne de l'objectif. Blouse blanche, crâne chauve, garrot en caoutchouc accroché à la blouse – c'est Schillinger.

Pour tromper son inquiétude, Charly se met à réfléchir. Il a déjà compris que l'ordinateur de Dominique est branché sur le réseau intérieur du centre ; bientôt, il découvre que les caméras sont plus nombreuses encore qu'il ne l'imaginait. Au bout de cinq minutes d'exploration, il a le vertige. Des ascenseurs à la cave, chaque recoin du centre est couvert par une caméra, à l'exception des chambres elles-mêmes. Certains écrans presque noirs, dans lesquels il distingue une faible lueur, lui donnent à penser qu'il y en a peut-être même dans les ascenseurs et les placards à balais. Chaque image porte d'ailleurs en bas à droite le nom du secteur couvert :

« Salle Réunion Niv. 4 », « Hall Entrée » et voici le « Bureau Dir. Médical » dans lequel un homme brun aux cheveux un peu trop longs est en train de tapoter sur le clavier de l'ordinateur de (*la ravissante, de la délicieuse, de la – Bondieu tu es toujours aussi belle et c'est pas sur ton clavier que j'aimerais mettre les mains, non, j'aimerais bien... Pardon, je veux dire « j'aimerais volontiers te... » – parce que « bien », je ne peux pas en être sûr et de toute manière si tu ne me laisses pas m'approcher de toi ma belle inaccessible et Oui, je sais bien que Non on ne peut pas remettre ça comme ça quinze ans après comme si rien ne s'était passé, Dommage, parce que bien sûr tu as changé, comme moi, mais tu es toujours la même et quand je te vois je me dis que j'aime toujours*) Dominique Damati, et l'horloge numérique indique... que la montre de Charly retarde. Il lève les yeux vers le plafond. Au bout de quelques secondes, il localise la diode de la caméra, cachée derrière une grille d'aération dans un coin, au-dessus de la porte. Au moins, le voici fixé sur les conditions de sécurité du Château. Et il est probable que toutes les images qui viennent de défiler devant lui sont soigneusement stockées dans d'énormes banques de données et scrutées seconde après seconde par une flopée de gardes-chiourmes, de barbouzes, de gros bras...

Charly repousse le clavier avec fureur et se maudit d'avoir présenté sa candidature à ce foutu poste. En temps normal, il aurait fui le Château comme la peste après avoir observé ce qui s'y passe, mais voilà : Dominique est là, et ça change tout. Sa présence en ces lieux le stupéfie. Il se souvient d'une soignante, pas d'une femme de pouvoir embringuée dans un système totalitaire. Il est impressionné par l'autorité dont elle a fait preuve pendant la réunion. Pourquoi a-t-elle accepté la direction de ce lieu ultra-sécuritaire ? Et pourquoi lui a-t-elle dit qu'elle consultait rarement au « Village » alors que, visiblement, elle connaît très bien au moins *un* des détenus – un détenu capable de tromper la surveillance des gardiens et de se planter dans un couloir gardé alors que sa prison est probablement quadrillée par un nombre de caméras encore plus considérable qu'au Château !!!

Il y a du mouvement sur l'écran de l'ordinateur : la silhouette de Schillinger vient d'apparaître à nouveau dans le couloir de communication et, d'un pas rapide, s'avance cette fois-ci de droite à gauche, en direction de l'objectif. Visiblement agitée, Dominique Damati le suit à quelques mètres. Elle lui parle, mais il ne s'arrête pas et poursuit son chemin. Elle le rattrape, le saisit par le bras, l'oblige à se retourner, l'apostrophe de plus belle. Schillinger se dégage, repousse brusquement son interlocutrice, pose un index menaçant sur son sternum et aboie quelque chose. Dominique Damati s'immobilise. Son visage se crispe, elle fait un pas en arrière, ses bras tombent lentement le long de son corps et la voici à présent pétrifiée au beau milieu du couloir tandis que Schillinger lui tourne le dos et sort du champ. Elle reste immobile plusieurs secondes, puis, lentement, poursuit sa route vers le Château.

Charly bondit hors du bureau. Schillinger vient de sortir de la cage d'escalier et entre dans une salle de consultation. En faisant tout son possible pour garder son calme, Charly s'approche, frappe à la porte et demande :

— Qu'est-ce que c'était, cette alerte ?

Le chauve est occupé à fouiller dans un tiroir. Il s'interrompt et lance à Charly un regard furieux.

— Rien. Rien qui vous concerne, en tout cas !

— Désolé que vous le preniez comme ça, mais si on est amenés à travailler ensemble…

— Rien n'est moins sûr, mon vieux ! Il y a d'autres candidats. Le Conseil doit donner son accord, et pour ce qui me concerne…

— Oui ? demande Charly doucement, à deux doigts de lui sauter dessus.

— … Je ne suis pas sûr qu'un type comme vous ait sa place ici.

— Je pensais que l'équipe soignante…

— Rien du tout ! Cette sa… Damati veut nous mettre devant le fait accompli. Je ne suis pas le seul à trouver ça inacceptable. De plus…

Les yeux de Schillinger débordent à présent d'une franche animosité. Charly remarque que ses pupilles sont anormalement dilatées, injectées de sang, et qu'il transpire abondamment. Il éructe :

— … De plus, je ne vous aime pas. Je vous trouve bien trop curieux.

— C'est bon à savoir. Pour ma part, en ce qui vous concerne, j'hésite encore entre con et méchant. Mais je ne suis pas obligé de choisir…

Désarmé par ce sarcasme, Schillinger ne répond rien. Pour changer de sujet, Charly désigne le garrot que Schillinger porte accroché à sa blouse.

— Vous faites vos prélèvements vous-même ?

La porte de l'ascenseur s'ouvre. Charly fait un pas en arrière pour sortir du bureau. Dominique s'approche de lui, livide.

— Tu… m'excuses. J'ai besoin de parler à ce… à Schillinger.

— Rien à vous dire ! s'écrie l'autre. Foutez-moi le camp d'ici !

Charly prend doucement Dominique par l'épaule et l'entraîne avec lui vers l'ascenseur. Elle le regarde, cherche ses mots.

— Laisse tomber, dit-il, ça vaut mieux pour nous tous. S'il pose le petit doigt sur toi, comme tout à l'heure, je ne pourrai pas m'empêcher de lui casser la gueule.

Elle le regarde, incrédule.

— Mais comment… ? Tu nous as vus sur mon moniteur ! Je l'ai laissé branché ?

— Oui. Qu'est-ce qu'il t'a dit, dans le couloir de la mort ?

— Je ne peux pas t'en parler. Je ne veux pas.

À la manière dont elle lui répond, il sent – il sait, il se souvient – qu'il ne doit pas insister.

— Okay… Et… Bobby, tu peux m'en parler ?

Elle entre dans l'ascenseur, prend une profonde inspiration, s'adosse à la paroi.

— Où va-t-on ? demande Charly en posant les doigts sur les boutons d'étage.

— Au troisième…

Il appuie sur le bouton du troisième puis, au bout de quelques secondes, arrête la cabine entre deux étages.

— Raconte-moi.

— Quoi ? Bobby ?… Il n'y a pas grand-chose à dire de lui… et tout de même beaucoup… C'est un homme extraordinaire… Peintre, poète, informaticien de génie. Pour son malheur, il est schizophrène. Il avait fait quelques épisodes délirants de courte durée, qui n'avaient pas été traités. Un jour, il y a quatre ans, il s'est mis à délirer à son boulot. Pensant qu'il avait pris une cuite, son patron l'a engueulé. Bobby a cru qu'il voulait le tuer, il a eu peur et lui a sauté dessus. Tu as vu sa carrure, la taille de ses mains ? Il l'a tellement tabassé que le type a perdu un œil, une oreille et n'aura plus jamais un visage regardable. Bobby a été jugé très vite et envoyé dans un hôpital psychiatrique sécurisé. C'est moi qui ai fait son expertise. Quand j'ai été nommée à ce poste, j'ai proposé qu'il soit transféré au Village.

— Tu l'aimes bien…

Elle lui envoie un sourire ironique.

— Tu crois qu'on peut être psy et « aimer » ses patients ? Même quand il s'agit d'une brute épaisse ?

— Je l'ai vu te suivre comme un petit enfant suit sa mère, alors j'ai du mal à croire qu'il n'est que ça.

— Tu as raison et tort à la fois. Quand il va bien, il est adorable. Et drôle, en plus. Quand il délire, il est très, très dangereux.

— Et là, il délirait ?

— Je n'en suis pas sûre. En tout cas, il m'a eu l'air parfaitement sensé quand je lui ai parlé. Et quand il délire, impossible de lui faire entendre quoi que ce soit. Mais tout à l'heure, il était terrifié. Il cherchait à fuir. C'est pour cela qu'il est allé dans le couloir. Il a déjà réussi à plusieurs reprises, je ne sais pas comment, à y entrer sans se faire arrêter par les gardiens.

— Il voulait se… cacher dans le couloir ?

— Non, au contraire. Il m'a dit qu'il voulait qu'on le voie. Et qu'on le mette en cellule de réclusion.

— Bizarre, non ?

— Pas si bizarre que ça. Là, au moins, il se sent en sécurité.

— Mais il ne t'a pas dit ce qu'il fuyait.

— Non. Il n'a pas eu besoin de me le dire. Je le sais.

Elle pose ses doigts sur la bouche de Charly, comme pour l'empêcher de poser d'autres questions. Charly prend doucement la main de Dominique, pose un baiser sur ses doigts, passe la main dans ses cheveux.

— Je vois, dit Charly. C'est en rapport avec ce connard sorti de *Trainspotting ?*

— Que veux-tu dire ?

— Je sais reconnaître un toxicomane quand je le croise. À quoi carbure Schillinger ?

Dominique ne répond pas.

— Okay. *Le mystère s'épaissit, et la Belle ne veut rien dire*… Tu es sûre que tu veux me confier ce poste ?

— Et toi, es-tu bien sûr que tu veux le prendre ?

— Je ne me suis pas encore décidé.

Dominique remet l'ascenseur en marche.

— Alors, allons faire la contre-visite ensemble. Tu auras le temps d'y réfléchir.

— Deux balles différentes ? Entrées par le même orifice ? Il ne voulait vraiment pas se rater ! déclare Bénamou avec une moue ironique.

— C'est ce que je pense aussi, réplique Watteau sur le même ton. Il a pris la peine de se tirer une première balle – du 9 mm sorti d'un pistolet automatique, d'après la balistique, mais elle est trop déformée pour qu'on puisse en dire plus – puis d'enfoncer le clou, si j'ose dire, avec son 357 magnum. C'est une méthode de suicide intéressante…

— Au moins, renchérit le lieutenant Hercé, le Dr Derec ne nous a pas refait le coup du fonctionnaire qui s'est suicidé dans les Bouches-du-Rhône, au début des années 1980… De *deux* balles de 38 spécial, à travers un coussin…

Les deux hommes s'esclaffent.

— Intéressante affaire, commente Watteau, jamais élucidée malheureusement… Dans notre histoire, avoir affaire à deux projectiles *différents*, c'est plus simple…

— Plus simple ?

Watteau ne répond pas. Brusquement saisi d'une étrange agitation, il a saisi une sorte de long sceptre en bois terminé par une main minuscule et l'a glissé sous son plâtre. Il se gratte furieusement pendant une bonne minute, puis soupire de soulagement. Le commissaire et le lieutenant se raclent la gorge, un peu gênés.

— Bien plus simple, reprend le juge comme si de rien n'était. Il n'est pas difficile de deviner que la deuxième balle a été tirée sur un cadavre. C'est ensuite, que le problème se complique. Pourquoi tirer deux fois avec des armes différentes ?… Lieutenant, commissaire ? Des suggestions ?

— Deux assassins, suggère Bénamou avec humour. Le deuxième arrive trop tard, il ne sait pas que Derec est déjà mort, il lui tire dessus une seconde fois…

— Acrobatique… Pour tirer deux fois dans le même orifice, il faut quand même s'appliquer un peu… Et puis, nous ne sommes pas dans l'*Orient-Express*. Je ne vois pas comment deux personnes auraient pu se succéder en si peu de temps dans cette chambre sans alerter Mme Derec…

— Vous supposez qu'elle est étrangère à la mort de son mari, remarque le lieutenant.

— Elle était tout de même seule avec lui, renchérit Bénamou.

— Oui, c'est bien ce qui m'incline à penser qu'elle n'y est pour rien. Elle n'avait pas besoin de deux armes différentes pour le tuer. Il lui suffisait de tirer *une* fois…

— Ou alors elle l'a tué avec une première arme, puis utilisé l'arme de son mari en espérant que la seconde balle détruirait la première et que le crime passerait pour un suicide… ? risque la jeune femme.

— Ça me semble bien compliqué… Non, nous avons deux armes, il est logique de penser que deux personnes se sont succédé au chevet de ce pauvre homme. La première voulait le tuer et y est parfaitement parvenue. La seconde savait forcément que Derec était déjà mort. Cette seconde personne a toutes les chances d'être Mme Derec… qui aura peut-être dit toute la vérité… en omettant seulement le coup de feu qu'elle a elle-même tiré sur son mari.

Dubitatif, Bénamou secoue la tête.

— Pourquoi faire un truc pareil ?

— Pour faire croire au suicide. Si le Dr Wallace ne s'était pas douté de quelque chose et n'avait pas appelé personnellement le lieutenant Hercé, ça aurait pu marcher…

Le lieutenant Hercé libère le téléviseur de Watteau de l'ordinateur portable.

— Admettons, mais pourquoi simuler un suicide ? Pour la famille, c'est pire qu'un meurtre, non ?

— Mmhhh, vous avez raison, lieutenant, le suicide est une situation très choquante et souvent, la famille cherche des raisons, des boucs émissaires, pour faire face au chagrin. Mais l'inverse aussi est parfois vrai. Un suicide peut sembler préférable à un meurtre.

— S'il a été assassiné, pourquoi l'assassin n'a-t-il pas aussi tué Mme Derec pendant qu'il était dans la maison ? demande Bénamou. Pourquoi laisser en vie un témoin potentiel ?

— Peut-être parce qu'elle était sa complice…

— Je ne crois pas, dit Watteau. Si Mme Derec avait été sa complice, elle l'aurait mieux aidé que ça… en lui fournissant d'emblée l'arme de son mari par exemple. *Mais peut-être l'assassin voulait-il que Mme Derec reste en vie.* Lieutenant, pourriez-vous mettre à profit les heures qui viennent en m'épluchant les comptes bancaires – connus et cachés – et les relevés d'appels téléphoniques du couple Derec ?

— Je n'attendais que votre feu vert, monsieur le Juge…

— Cela dit, je ne vous cache pas, à tous deux, que nous avançons en terrain mouvant. Derec était une personnalité politique explosive. En l'empêchant de participer à cette fameuse émission, face au ministre, sa mort arrange beaucoup de monde...

— Parler, c'était dangereux, il le savait sûrement. Il aurait pu monnayer son silence...

— S'il avait été vénal. Mais à lire ses déclarations, je n'en ai pas le sentiment. Il était maladivement loyal envers son parti et je pense qu'il avait envie de pourrir la vie du nouveau ministre. Alors, l'assassinat politique est tout à fait envisageable. Et pourrait par là même expliquer qu'on ait épargné Mme Derec... Une dernière chose, lieutenant ! J'ai vu sur les clichés que la maison Derec dispose de deux entrées. Vos techniciens ont-ils examiné la porte arrière ?

— Oui, à l'intérieur et à l'extérieur. Pas de traces de pas, et les empreintes relevées sur les poignées sont celles du couple. Même chose pour les fenêtres...

Le lieutenant Hercé range son portable dans son attaché-case. Watteau ramasse le dossier posé près de lui pour le lui rendre.

— Vous pouvez le garder, dit-elle, j'ai déjà fait un double pour le juge Bordage.

Bénamou s'approche de la gendarme, pose la main sur son bras et, l'air de rien, marmonne :

— Dites-moi, vous avez trouvé des empreintes *partout ?*

— Je vous demande pardon ? Ah, je vois ce que vous voulez dire ! Oui, partout. Pas de poignée fraîchement astiquée, pas de tentative de faire disparaître des traces. Rien de tout ça. Rien de suspect, en dehors de cette balle en trop...

— Et des empreintes retrouvées sur la moquette, tout de même... murmure Watteau, pensif. Quand vos techniciens vont-ils examiner les clichés ?

— Je devrais avoir les résultats cet après-midi.

— Bien. N'hésitez pas à repasser me voir ce soir, à n'importe quelle heure.

— Je n'y manquerai pas, monsieur le Juge. J'ai une tâche pénible à accomplir cet après-midi, alors ça me changera les idées…

— Vous pouvez en parler ?

— Oh, oui, ce n'est pas une affaire d'État, mais c'est préoccupant tout de même. Une collègue a été hospitalisée pendant six semaines parce que sa grossesse se passait mal. Elle ne pouvait pas reprendre le service, alors elle m'a appelée à son retour de l'hôpital pour que j'envoie un de mes hommes récupérer son arme. Quand elle a ouvert le coffret métallique où elle la gardait enfermée, l'arme avait disparu. Elle-même est originaire du secteur et fait partie d'une famille nombreuse, alors il y a beaucoup de va-et-vient dans son logement. Je dois dresser avec elle la liste de toutes les personnes qui sont passées là depuis deux mois ! Ensuite, il faudra que je les fasse toutes interroger, en espérant qu'on identifiera celle qui a volé son Sig Pro…

— Je compatis…

Le lieutenant referme l'attaché-case, salue Watteau de la tête et, lorsque celui-ci lui tend la main, elle la serre avec chaleur, sourit, rougit, puis sort du salon.

*
* *

— Gentille, cette demoiselle gendarme, grommelle Bénamou, paternel.

— Je trouve aussi…

Le commissaire désigne le plâtre de Watteau.

— Vous survivez ?

— Difficilement. Aidez-moi à me lever, voulez-vous ?

— Je croyais que vous deviez rester immobile…

— Je ne dois pas poser le pied par terre, mais il faut bien que je me déplace de temps à autre. Vous n'imaginez pas que je dors dans ce salon ou que ma vessie et mon intestin vont cesser de fonctionner pendant trois semaines !

Une fois debout, Watteau saisit deux béquilles métalliques rangées derrière le fauteuil à oreilles et clopine vers la grande fenêtre. Bénamou le considère en silence. Il sait que lorsque le juge s'éloigne, c'est parce qu'il ne veut pas parler. Quelques minutes s'écoulent et il l'entend pousser un profond soupir.

— Qu'est-ce que vous avez à me dire sur l'affaire d'Artigues, commissaire ?

— Pas grand-chose, monsieur le Juge. Il n'y a eu ni lutte, ni vol. L'entrée est équipée d'un vidéophone et il n'aurait probablement pas ouvert en pleine nuit à un inconnu ; il connaissait donc probablement son assassin. On a tiré au ventre, ce qui ne ressemble pas à une exécution. Le légiste m'a confirmé qu'il n'avait pas eu de rapports sexuels dans les heures précédentes. Bon, ça n'élimine évidemment pas une histoire de mœurs…

— Ni une histoire d'amour…

Surpris par ce commentaire, Bénamou penche la tête pour marquer sa perplexité.

— Nnn-on… Apparemment, d'Artigues vivait seul. Il recevait souvent, mais d'après sa femme de ménage, il mettait toujours ses invités dehors à minuit. C'en était même devenu un sujet de plaisanterie.

— À minuit ? Toujours ?

— Toujours. Je sais que ça paraît bizarre, mais c'était comme ça. Et les voisins interrogés ont confirmé. Il n'était ni envahissant ni exhibitionniste. Beaucoup de gens entraient et sortaient de chez lui pendant la soirée, mais jamais au petit matin et rarement dans la journée.

— Sage. Trop sage, sans doute. Ce… parangon de vertu n'avait aucun vice ?

Il y a de l'irritation dans la question de Watteau.

— Pas qu'on sache.

— Et quel genre d'affaires traitait-il ? « Import-Export », c'est vague.

— Je me demandais quand vous me poseriez la question… Celle-là au moins, je peux y répondre, même si c'est confidentiel – il n'est pas sûr qu'on puisse l'utiliser pour l'enquête… Il était le conseiller juridique de trois ministres.

L'éclat de rire de Watteau fait sursauter le commissaire. Le juge lui fait face et ouvre de grands yeux.

— *Conseiller de trois ministres* ? d'Artigues ?

— Ça vous surprend ?

— Plutôt…

— C'est pourtant ce que m'ont confié mes collègues des RG. Et ils avaient des raisons de le savoir, vu qu'ils l'avaient mis sur écoute.

— Pas sur ordonnance d'un juge, j'imagine ?

— Non, c'était une histoire politique.

— Évidemment…

Watteau s'appuie pensivement sur une de ses béquilles et lève l'autre en direction de Bénamou.

— Vous êtes certain qu'il n'avait personne dans sa vie ?

— Autant qu'on peut l'être, monsieur le Juge. Seule sa chambre était occupée, nous n'avons retrouvé ni d'autres vêtements que les siens dans la maison, ni objets personnels qui auraient pu appartenir à quelqu'un d'autre. Ce monsieur semblait avoir une vie sociale active, mais une vie privée très rangée.

— *Personne* n'a une vie personnelle aussi inexistante ! s'exclame le juge, irrité.

Bénamou n'en croit pas ses oreilles. Jamais il n'a vu Watteau dans cet état. Il est sur le point de rétorquer : *Si. Vous, monsieur le Juge…* mais s'en abstient en voyant que son interlocuteur a anticipé la réplique. Il se racle la gorge. Les épaules de Watteau s'affaissent.

— Désolé, commissaire, ce plâtre me met les nerfs en pelote.

L'expression fait sourire le policier.

— *Y a pas d'offense*, monsieur le Juge. Et puis je comprends ce que vous voulez dire, un type comme lui avait certainement une vie privée. Le seul problème, c'est qu'on n'en trouve pas trace. Ni sur sa ligne fixe, ni sur son portable, ni sur ses comptes en banque, qui étaient également surveillés par les RG. S'il avait une maîtresse, il ne lui parlait jamais et il ne la retrouvait pas chez lui.

— Il fréquentait peut-être des lieux de rencontre…

— C'est possible, mais là encore, rien ne l'indique. Il aimait recevoir mais sortait rarement le soir, et apparemment jamais tard dans la nuit.

— Est-ce qu'il faisait l'objet d'une surveillance visuelle ?

— Pas par les RG en tout cas. Sa ligne était sur écoute parce que – vous allez rire ! – chacun des trois ministres voulait savoir quand les autres l'appelaient !

— Connaissant nos hommes politiques, ça ne m'étonne pas.

— … Mais de fait, il ne parlait jamais business au téléphone. Je ne sais pas si on aura accès aux enregistrements… Nous ne sommes pas censés en connaître l'existence… Mais mon collègue m'a parlé de dizaines d'heures de conversations soporifiques avec des amis, toujours les mêmes, tous férus de vin, d'églises baroques et d'opéra.

À cette évocation, un sourire éclaire brièvement le visage de Watteau. Sans s'interrompre, Bénamou poursuit :

— En fait, la seule piste que nous ayons pour ce crime, monsieur le Juge, c'est vous…

— *Quoi ? Qu'est-ce que j'ai à faire avec cette histoire ?*

Surpris par la réaction du magistrat, Bénamou lève la main pour le calmer…

— Excusez-moi, je n'avais pas terminé, j'allais dire : « C'est vous qui l'avez suggérée. »

— Comment ça ?

— Le jour du meurtre, juste après que vous avez eu votre accident… Quand vous avez examiné le cadavre, vous avez dit qu'il avait dû mettre beaucoup de temps à mourir. L'autopsie l'a confirmé. On lui a tiré dessus au milieu de la nuit, mais il n'a succombé à une hémorragie interne qu'au bout de plusieurs heures. Quelqu'un qui le voulait mort l'aurait achevé. Et vu le calibre de l'arme – c'était probablement un pistolet –, ça pouvait être n'importe qui… Alors, il s'agit peut-être d'un crime passionnel, le geste impulsif de quelqu'un qui s'est enfui après avoir commis son geste…

— Mmhhh… Oui, celui de quelqu'un qui voulait le voir souffrir longtemps… Combien de balles a-t-on tiré ?

— Deux. La première a perforé l'abdomen de part en part. Nous l'avons retrouvée dans une cloison. La seconde a sectionné la moelle, et s'est logée contre une vertèbre.

— Voilà pourquoi il n'a pas pu se relever… Une minute ! Que vouliez-vous dire en parlant du calibre de l'arme ?

— Bon dieu ! Je viens de réaliser…

Watteau hoche la tête pour indiquer qu'il a compris.

— C'est du 9 mm ? *Mmhhh*… Alors, je pense qu'il va falloir demander à vos techniciens et à ceux de la gendarmerie de comparer leurs découvertes…

LE VISITEUR

La longue silhouette de Raoul d'Andrésy s'extrait souplement de la Torpédo blanche. Comme souvent lorsqu'elle le voit apparaître, Claude ne peut retenir un petit cri d'admiration. Raoul porte un costume blanc, une écharpe blanche. Même ses chaussures vernies sont blanches. Il est superbe et absolument anachronique, comme s'il sortait tout droit d'un film muet des années 1920. Ses cheveux blancs sont coupés court, et Claude sait qu'il est plus âgé qu'elle, mais l'énergie, la jeunesse et l'élégance qui émanent de lui sont celles d'un homme qui n'a pas encore 60 ans. Il fait le tour de sa voiture à grandes enjambées, gravit le perron du manoir, s'incline pour poser un baiser sur la main de son hôtesse et, la voyant trembler, prend son bras pour la reconduire à l'intérieur.

— Ne restez pas dehors, vous allez prendre froid…

— Je n'ai pas froid, j'ai… peur !

— Peur de quoi, mon amie ?

Sans répondre, Claude le conduit jusqu'au grand salon, le fait asseoir, lui propose à boire.

— Je ne suis pas venu prendre le thé. Je suis venu parce que vous m'avez appelé, et si vous m'avez appelé…

— C'est parce que je deviens folle ! répond-elle, éperdue.

Raoul se lève, prend les mains de Claude et la fait asseoir sur le canapé.

— Ça tombe bien, j'adore les histoires de fous. Racontez-moi la vôtre.

*
* *

Quand elle a terminé son récit, Raoul demande à voir les enregistrements de l'émission. Claude entreprend de les lui montrer et de les lui commenter. Au bout de quelques minutes, Raoul laisse échapper qu'il boirait volontiers un café ; Claude se confond en excuses, lui tend la télécommande et se lève.

— J'ai très envie d'un café à l'italienne, ajoute-t-il au moment où elle sort.

Amoureusement, Claude dose soigneusement la poudre noire dans la cafetière en fonte, installe celle-ci sur la cuisinière et la surveille attentivement jusqu'à ce que le café soit prêt.

Quand elle regagne le salon, Raoul est occupé à examiner plusieurs séquences qu'il a habilement affichées en mosaïque sur le grand écran plasma. Claude sourit. Par délicatesse, son ami n'a pas voulu lui demander de le laisser examiner les séquences seul.

Elle s'assied près de lui, verse du café dans deux tasses et en tend une à son invité. Elle se tait et guette la moindre mimique de son visage pendant qu'il examine les extraits de l'émission. Mais les traits de Raoul d'Andrésy restent absolument impassibles.

Au bout d'une vingtaine de minutes, enfin, il met le magnétoscope en pause et hoche la tête. Sur l'écran, les deux femmes joue contre joue arborent la même boucle d'oreille. Claude lui reverse du café.

— Eh bien, nous sommes d'accord sur deux choses, au moins : le Dr Garry a une très, très belle voix…

— Vous trouvez, vous aussi ?

— Oui, sans aucun doute. Et ces deux-là avaient… quelque chose en train.

Son amie soupire de soulagement.

— Ah, quel bien vous me faites ! Je n'arrêtais pas de me dire que j'avais peut-être tout inventé et que la relation entre ces deux femmes était le pur produit de mon imagination…

Raoul avale une gorgée de café et cligne de l'œil malicieusement.

— À vrai dire, je suis un peu surpris que vous ayez su la voir…

— J'ai eu quelques amies lesbiennes, au cours de ma longue vie, et vous savez très bien que je n'ai pas de préjugés…

— Je vous taquinais… Ce dont je suis moins sûr, évidemment, dit-il doucement en posant sa tasse, c'est de la manière dont il faut expliquer la disparition de la jolie Jannie…

— Vous pensez que j'ai trop d'imagination ?

— Franchement, je ne sais pas… Je suis toujours mal à l'aise quand on suggère qu'une femme ait pu en assassiner une autre.

— Vous ne croyez pas que ce soit possible ?

— Oh, bien sûr que si, ma chère. J'ai croisé quelques femmes criminelles, autrefois. J'ai le regret de dire que j'ai même été assez proche de certaines d'entre elles…

Claude pose la main sur celle de Raoul.

— Ne vous excusez pas, je sais que vous avez eu une existence agitée… Pensez-vous impossible que le Dr Garry ait fait du mal à son amie ?

— Impossible, non. Plausible… je ne sais pas. Mais je sens bien que cette idée vous torture, et que rien de ce que je pourrai dire ne vous tranquillisera. Aussi, je ne vois qu'une solution…

— Laquelle ?

— Enquêter.

— Raoul ! Vous n'allez pas…

— Moi ? Non. *Nous* ! Demain, nous essaierons ensemble d'élucider l'énigme. En attendant, ma chère, si vous le permettez, je pense préférable que vous alliez dormir. Il est bien tard et la journée s'annonce longue. Je suis sûr que votre lit vous attend impatiemment. Si vous avez une couverture à me prêter, ce canapé sera parfait.

Claude ne répond pas mais son regard se porte en direction du fauteuil à oreilles installé à l'autre bout du salon. Raoul comprend et lui prend tendrement la main.

— Ne craignez rien. Levez-vous à six heures et, avant que votre fils ne soit debout, nous serons loin !

*
* *

Au petit matin, lorsqu'elle entre dans le salon, Claude découvre Raoul en train de lui servir à son tour une tasse de café fraîchement percolé. Il est vêtu d'un costume de sport sorti de nulle part.

— Non, pas de nulle part, dit-il en surprenant son regard. J'ai toujours des affaires dans la Torpédo. Pour faire face à des situations comme celle-ci.

À peine Claude a-t-elle fini de boire son café que déjà son ami lui tend un imperméable, la prend par le bras, l'entraîne hors du manoir et la fait monter dans la voiture blanche.

— Que comptez-vous faire ?

— Eh bien, tenter de répondre à la question qui vous tourmente : le Dr Luce Garry a-t-elle fait subir un mauvais sort à sa jeune amie ? Cette question, il y a au moins deux manières de l'aborder : d'abord tenter de retrouver

Jannie ; si elle est introuvable, nous irons interroger Luce !

— Mais nous ne savons pas où elles vivent !

— La belle affaire ! J'ai commencé à mettre la main sur des personnes et des objets perdus alors que j'avais à peine dix-sept ans… Et à l'époque, je n'avais pas d'instruments comme celui-ci…

Les doigts fins de Raoul effleurent le tableau de bord en bois. Un volet se relève et laisse apparaître un écran vidéo.

— Un ordinateur de bord ? Dans une Torpédo ?

— À cœur vaillant, rien d'impossible. Il y a un mini-clavier dans la boîte à gants. Voulez-vous taper votre adresse, s'il vous plaît ? Ça nous fera gagner du temps.

Prise d'une excitation juvénile, Claude s'exécute. Des lignes brisées s'affichent sur l'écran. Sur un plan au 10 000e, une lumière clignote – « Manoir de Lermignat ».

— Et maintenant, l'adresse du studio où TVTourmens tourne les « quotidiennes » de *Ça nous regarde !* Vous la connaissez, j'imagine ?

— J'ai l'impression de ne connaître plus que ça.

À peine a-t-elle indiqué leur destination qu'une voix féminine s'élève des haut-parleurs de la Torpédo.

— Sortez du Manoir de Lermignat et empruntez la départementale…

— Mais… *c'est ma voix !* s'écrie Claude.

La Torpédo démarre en trombe.

— Quand je vous disais que je ne suis *jamais* loin de vous !

CONTEXTE, 7 : L'EMPIRE DES SENS

« (...) La pratique médicale expose à des tentations sexuelles auxquelles de rares médecins, égarés ou dérangés, cèdent. Pourtant, l'acte médical, permis par des droits particuliers reconnus aux médecins, a pour principe absolu de n'être d'aucune façon mêlé à une relation sexuelle. Il importe donc que les médecins en soient bien informés et convaincus et que leur formation les aide à éviter toute transgression. Comme tout écart expose à des conséquences fâcheuses voire dramatiques et doit être sanctionné, des dispositions ou précautions pratiques doivent être respectées, adoptées ou renforcées selon les situations.

La pratique médicale expose à des contacts intimes susceptibles de dégénérer en relation sexuelle. Or, celle-ci correspond à un interdit absolu, *si évident sans doute qu'il n'est pas précisément identifié dans le Code de déontologie médicale*[1]. Si cela va sans dire, peut-être cela ira encore mieux en le disant, comme le suggèrent diverses observations, pas nouvelles mais plus facilement mises en évidence ces dernières années. Ce rapport

1. *Sic* !

envisage seulement la sexualité au cours d'une relation de soin, excluant les rapports entre enseignants et étudiants en médecine, de même qu'entre diverses catégories de soignants qui n'ont pas la même spécificité.

***

(...) La position respective du patient et du médecin correspond à plusieurs configurations que l'on peut schématiser comme suit :

— patiente habituelle, séduisant involontairement un homme médecin qui va se laisser aller à un viol caractérisé, éventuellement précédé par une « prémédication » (médicamenteuse, par hypnose ou persuasion) de la patiente ;

— patiente ordinaire sollicitée ou agressée par un médecin dérangé ;

— patiente consentante, voire provocatrice, invitant à un rapport éventuellement considéré comme « thérapeutique » ;

— femme médecin harcelée par un patient masculin ;

— d'autres situations sont possibles en relation homosexuelle. (...)

Le type de contact en cause est plus ou moins caractérisé :

— palpation un peu appuyée, caresse prolongée,

— sur une région génitale, mammaire, buccale...

— pénétration de doigts ou génitale allant jusqu'à un coït complet.

Enfin l'acte incriminé peut être :

— un viol caractérisé,

— un rapport par consentement mutuel, sous prétexte thérapeutique, demandé par l'un ou proposé par l'autre, ou par plaisir apparemment dissocié de l'acte médical,

— un ou des contacts ambigus.

L'incidence de ces écarts est difficile à évaluer. Elle est en augmentation apparente, entraînant des sanctions aggravées, probablement en raison d'une évolution vers une moindre tolérance à la fois des victimes, du public et du corps médical. En France, la Section disciplinaire du Conseil national de l'Ordre des médecins a eu à connaître une quarantaine d'affaires de ce type au cours des dix dernières années. Aux États-Unis, sur 1 % des praticiens sanctionnés chaque année, 10 % des sanctions sont motivées par une conduite sexuelle inappropriée. Psychiatres et gynécologues seraient plus exposés que d'autres. (...)

L'interdit de relations sexuelles entre médecin et patient relève de la même logique inhérente à "l'exception médicale" que l'interdiction de donner la mort, le secret médical ou l'interdiction de faux certificats. Son origine remonte à Hippocrate et à la fondation, par son école, d'une médecine moderne désormais basée sur une approche et une observation clinique du patient. À partir de ce moment, une bonne pratique médicale passe par un abord intime du patient qui accepte de remettre sa vie entre les mains du médecin, de se laisser examiner et de lui confier les secrets de sa vie privée. Tous les termes de cette relation sont propres au médecin et à la pratique de la médecine (...) et s'accompagnent du droit, dérogatoire du droit commun, donné au médecin de faire des actes autrement prohibés et réprimés. Ce droit particulier ne représente pas un "privilège" pour le médecin, mais correspond à une nécessité de la pratique médicale pour permettre aux patients de recevoir convenablement les soins que leur état requiert. Ce principe a été exprimé le mieux récemment dans la loi, inséré à l'article 16-3 du Code civil :

"Il ne peut être porté atteinte à l'intégrité du corps humain qu'en cas de nécessité médicale pour la personne." »

(Extrait de *Pratique médicale et sexualité*, rapport du Pr Bernard Hoerni adopté lors de la session du Conseil national de l'Ordre des médecins de décembre 2000 et mis en ligne sur le site de l'Ordre.)

LA FEMME PUBLIQUE

Charly frappe à la porte ; une voix l'invite à entrer. En entrant, il constate que Mlle Lechêne n'est pas en peignoir. Vêtue d'un pantalon de survêtement et d'un simple débardeur, elle est assise en tailleur sur son lit. En le voyant, elle pose un petit cahier noir et rouge et un stylo sur sa table de nuit.

— Bonsoir, je suis le Dr Lhombre. Je suis nouveau au centre, c'est moi qui fais la contre-visite ce soir.

Le visage de la patiente semble las. Elle examine son visiteur.

— Je vous ai peut-être interrompue, poursuit Charly.

Elle s'éclaire.

— Lhombre ? Quel joli nom ! Venez à la lumière, que je vous voie ! dit-elle en tapotant le bord du lit pour l'inviter à s'asseoir.

Charly sourit à son calembour, mais prend une chaise et s'installe à distance respectable. Il ne tombe plus dans ce genre de panneau depuis longtemps et trouve ça reposant.

Mlle Lechêne semble déçue. Elle fait la moue et croise les bras.

— Vous vous méfiez de moi ?

— Voyons, qu'est-ce qui peut vous faire penser une chose pareille ?

— Vous ne voulez pas vous asseoir sur le lit ? Il est très confortable…

— Merci, mais comme je suis grand, je suis plus à l'aise si je peux m'affaler un peu et étendre mes jambes…

La patiente ramasse sur la couverture le capuchon en plastique de son stylo et le fait tourner entre ses doigts.

— Qu'est-ce qui vous amène ici, ce soir ? Vous faites connaissance avec les malades ?

— Mmhhh… Je viens plutôt voir comment ils vont, s'ils progressent…

Elle lève les yeux vers le plafond.

— Si je progresse… Comment saurais-je si je progresse ?

— Ah, mais il n'y a que vous qui pouvez le savoir, mademoiselle…

— Ce n'est pas moi qui ai demandé à être enfermée ici…

— Vous n'êtes pas enfermée…

— Si, bien sûr ! réplique-t-elle avec colère. C'est mon père qui m'a fait entrer dans cette taule ! Et il ne veut pas que j'en sorte, sinon…

— Sinon ?

Elle baisse la tête, comme prise en faute. Puis l'incline et regarde Charly de côté, avec un sourire malicieux.

— Il me coupera les vivres… Et moi, j'aime bien pouvoir dépenser sans compter…

— Ce n'est pas pour ça que vous êtes ici…

— Non… Vous le savez ?

— J'ai lu votre dossier, mais ce qui est écrit dans le dossier n'est pas toujours ce que dit le patient.

— C'est vrai… Il y a probablement plein de mensonges dans ce dossier. On m'accuse sûrement d'être manipulatrice et perverse, et je ne suis rien de tout ça…

— Et pourquoi vous… accuse-t-on de tout ça, à votre avis ?

— Parce que les gens ne me comprennent pas…

Elle se lève, les mains derrière le dos, se hisse et, sur la pointe des pieds, esquisse un léger pas de danse, s'étire, écarte les bras en un geste qui fait pointer ses seins sous le débardeur, puis fait un pas vers Charly.

Sans se démonter, Charly désigne le cahier.

— Quand je suis arrivé, vous écriviez… Des poèmes ? Votre journal ?

La question semble prendre la jeune femme par surprise.

— N-non… Enfin, oui, c'est ça, mon journal… Intime…

Il fait mine de se lever pour le prendre.

— Je peux lire ? Peut-être que je comprendrais mieux…

Elle bondit.

— Sûrement pas ! C'est personnel !

Elle se retourne vers la table de nuit, saisit le cahier, le fourre dans un grand sac posé près du lit et, prenant conscience de son erreur, bredouille et cherche à reprendre sa posture de séduction. Charly referme brusquement le dossier et se lève, visiblement en pétard.

— Bon ! Vous testerez votre numéro sur quelqu'un d'autre. Je ne sais pas pourquoi vous êtes ici, mais vous en faites trop. *Bonjour chez vous !*

En une seconde, le visage de la jeune femme se décompose. Avant que Charly ait le temps de quitter la pièce, elle se place devant la porte.

— Vous allez me dénoncer ?

Il fait mine de réfléchir.

— Un médecin du centre n'hésiterait pas, mais je ne travaille pas encore ici, et le secret médical existe, même pour les simulateurs. Alors, je vais me la boucler… Mais je n'aime pas qu'on pompe l'énergie des soignants pour rien. Et je n'arrive pas à comprendre comment vous avez pu faire illusion…

Il s'arrête.

— À moins que…

Elle arbore une grimace contrite, acquiesce d'un mouvement de tête.

— Je vois, murmure Charly avec irritation… *Qui a monté ce coup foireux avec vous ?*

— Le Dr Keller. C'est lui qui m'a hospitalisée ici…

— Et Do – et le Dr Damati ?

— Elle n'est pas au courant. Je voulais que Keller la prévienne, mais il m'a dit qu'elle n'accepterait jamais.

— Qu'elle n'accepterait pas une fausse patiente ? C'était couru ! Et d'ailleurs, qu'est-ce que vous fabriquez ici ?

— Je suis journaliste au *Tourmentais libéré*. J'enquête sur les « invités » du premier étage. Il y a quelques mois, j'ai croisé un ancien infirmier du Château qui m'a expliqué ce qui se passe ici. Mon patron connaît Keller, il l'a contacté et lui a demandé de me faire admettre pour que je puisse aller et venir sans problèmes.

— Pourquoi ici, et pas au premier ?

— Les séjours ne dépassent jamais quinze jours, au premier étage. Il fallait que je puisse rester plus longtemps.

— Et, *juste comme ça*, Keller a accepté ?

La jeune femme ne répond pas. Charly ironise :

— Son compte en banque doit adorer la presse… Belle mentalité. Cela dit, vous faire passer pour une exhibitionniste, c'est une ficelle un peu grosse. Et tout le monde doit vous fuir comme la peste.

Elle se met à rire.

— Pas vraiment… Vous n'avez pas idée à quel point ça fascine les mecs – surtout les politiques…

— Et pour les faire parler, vous les mettez dans votre lit ?

Elle secoue la tête vivement, prend un air offensé.

— Vous me prenez pour qui ?

— *Mmmhh*… Laissez-moi réfléchir… Pour une journaliste sans scrupules et sans cervelle. Ça vous va ? Vous jouez un jeu dangereux. Il y a pas mal de tordus, entre ces murs. Un de ces jours, l'un d'eux sera tellement sûr que vous pensez avec vos fesses – c'est bien ce que vous voulez faire croire ? – qu'il ne vous entendra pas crier *Non*.

— Ne soyez pas stupide ! Je ne risque absolument rien ! Il y a plus de caméras que de fenêtres, dans cet hosto.

— Certes, *mais il n'y en a pas dans les chambres*. Ne vous méprenez pas : je me fous complètement de ce qui peut vous arriver. Fricotez tant que vous voulez avec les pervers du premier étage, vous êtes assez grande pour assumer les risques. Mais je ne veux pas qu'un pauvre type se retrouve en taule à cause de vos conneries. Si je vous vois approcher à moins de dix mètres d'un vrai patient, je vous jette dehors sur-le-champ, même si vous êtes en slip. À présent, ôtez-vous de mon chemin, j'ai des malades à soigner.

En quittant la chambre, Charly claque la porte. Dominique sort du bureau des infirmières.

— Tu as l'air fâché.

— Un peu… répond-il en se demandant comment éviter de lui mentir.

— Parce qu'elle a essayé de te séduire ?

Il choisit le sarcasme.

— Non, parce que, manifestement, je ne suis pas son type.

— Pas de chance…

— Comme tu dis ! Depuis le temps que je cherche la femme idéale dans les coins les plus invraisemblables, je pensais que j'allais la trouver…

Dominique le regarde sans rien dire, puis tourne les talons, laissant Charly partagé entre le soulagement et la tristesse.

LE CORBEAU

La lettre arrive au journal vers 8 h 30, avec le courrier du matin. Comme elle ne porte aucune marque particulière, elle n'attire pas l'attention. Adressée au rédacteur en chef, elle passe entre de nombreuses mains avant d'arriver sur le bureau de celui-ci. C'est son assistante qui l'ouvre.

Le texte en est court, mais clair :

Mme Derec voulait quitter son mari, mais il refusait le divorce.

L'assistante porte immédiatement la lettre au rédacteur en chef. Le rédacteur en chef saute au plafond. Tout s'explique ! Il en était sûr ! Les photos et les images de Mme Derec aperçues à la télévision montrent un visage dur et insensible. Une veuve ne fait pas cette tête-là. Même Jackie Onassis avait l'air malheureux quand son second mari est mort ! Cette femme cache quelque chose ! Il décroche son téléphone et charge le journaliste qui a couvert le suicide d'appeler ses contacts au palais de justice.

Le journaliste rappelle une demi-heure plus tard, et

l'assistante transfère son appel. Il apprend au rédacteur en chef que Mme Derec a été convoquée le jour même par le juge d'instruction, en tant que témoin assisté, officiellement pour « éclaircir quelques détails contradictoires de sa déposition ». En réalité, d'après un de ses informateurs les plus fiables, le rapport balistique est depuis plusieurs jours sur le bureau du ministre de l'Intérieur et du ministre de la Justice ; certains éléments – qui n'ont pas été révélés – contredisent la thèse du suicide. L'avant-veille, une réunion a été organisée avec le ministre de la Santé pour lui faire part de la situation et le prévenir qu'une instruction pour homicide est inévitable : Anne de Froberville, présidente du tribunal de Tourmens, et Ronan Corel, procureur de la République, tous deux réputés incorruptibles, n'ont en effet pas l'intention de laisser les politiques étouffer l'affaire et soutiennent pleinement leur magistrat investigateur.

Le rédacteur en chef se frotte les mains à l'idée de ce scoop, qu'il reçoit à temps pour l'intégrer à son édition du soir. Il a eu raison d'engager ce jeune journaliste : c'est un fouille-merde, mais il lui fournit toujours ce qu'il y a de meilleur à publier. En revanche, le rédac-chef a eu tort de ne pas accepter la demande d'augmentation que son assistante lui a réclamée, trois semaines plus tôt. Cela fait cinq ans qu'elle travaille pour lui et lui apporte une aide sans faille, elle pensait mériter un peu plus de considération. C'est une femme de confiance, mais une confiance qui n'est pas payée de retour finit toujours par se transformer en frustration. Aussi n'éprouve-t-elle strictement aucun scrupule à se rendre dans un bureau temporairement inoccupé, à décrocher le téléphone et à négocier, auprès de plusieurs concurrents du *Tourmentais libéré*, ce qu'elle vient d'entendre par la porte entrouverte du bureau de son patron.

Trois quarts d'heure plus tard, le téléphone se met à sonner dans l'appartement où Madeleine Derec a trouvé refuge. Ce n'est pas elle qui décroche, mais l'amie qui l'héberge. Dès qu'elle entend le correspondant se présenter, elle raccroche. Le téléphone sonne de nouveau. Elle décroche, et c'est une autre voix qui demande à parler à Mme Derec et pose la même question. Cette fois-ci, après avoir raccroché, elle débranche le téléphone.

En début d'après-midi, une quinzaine de journalistes et cinq caméras sont postés devant l'entrée du palais de justice de Tourmens. Ils attendent que Mme Derec, assistée de son avocat, se rende à la convocation que lui a envoyée le juge Bordage, chargée de l'enquête sur le suicide du Dr Derec. Lorsque la veuve sort de la limousine noire, les questions fusent. *Pensez-vous vraiment que votre mari s'est suicidé ? Étiez-vous sur le point de vous séparer de lui ? Aviez-vous demandé le divorce ? Pourquoi le juge Bordage vous a-t-elle convoquée ?*

Le visage fermé, les yeux masqués par des lunettes noires, les cheveux noirs enfouis sous un châle, Mme Derec gravit sans hâte mais sans hésitation les marches du palais de justice et entre dans le hall. Tandis que deux policiers en tenue bloquent le passage aux journalistes, un huissier la conduit avec son avocat au bureau du juge Bordage.

Lorsqu'elle s'assied, le juge lui explique la procédure expérimentale mise en œuvre à Tourmens : outre la transcription effectuée par le greffier, les interrogatoires font désormais l'objet d'un enregistrement vidéo, dont une copie est remise immédiatement, avec le double du procès-verbal imprimé, à l'avocat des personnes interrogées. Le juge demande si le témoin a bien compris la procédure. Le témoin répond qu'elle a compris.

Ce que le juge Bordage a omis de préciser – car c'est absolument irrégulier –, c'est que la caméra n'est pas reliée seulement à un enregistreur numérique. Elle transmet l'entretien, via un relais satellite, sur un téléviseur à plasma installé dans le salon du manoir de Lermignat.

Le juge n'a pas précisé non plus qu'elle est équipée d'un minuscule récepteur d'oreille et que Jean Watteau, pendant l'interrogatoire, lui suggère quelques questions complémentaires.

Lorsque Mme Derec et son avocat sortent du palais de justice, deux heures et demie plus tard, les journalistes sont toujours là. Contre toute attente, la veuve s'arrête sur le perron et sort de son sac une feuille pliée en quatre, puis se met à lire une déclaration rédigée à la hâte avec son avocat après la rencontre avec le juge.

*
* *

La déclaration est retransmise par le journal de 20 heures de toutes les télévisions de France.

« Je remercie tous ceux qui, faisant fi des rivalités politiques, m'ont témoigné, par leur présence ou par leurs écrits, leur sympathie, leur soutien et leur compréhension. Je savais depuis toujours que mon époux était un homme exceptionnel. Il est réconfortant, dans mon chagrin, de découvrir que je n'étais pas la seule à le savoir. Quant à ceux qui voudraient me donner des leçons de pleurs, de cris et d'hystérie, je leur rappelle que le chagrin n'est pas incompatible avec la dignité. Je plains ceux qui ont plus de douleur que moi au point de me reprocher ma réserve. Je plains ceux qui ont plus de haine que moi. Comme le disait La Bruyère : *Regretter ce qu'on aime est un bien en comparaison de vivre avec ce que l'on hait.* »

— Mais qu'avez-vous donc à vous reprocher, madame, pour dire publiquement une chose pareille ? murmure Jean Watteau, interloqué.

L'INTROUVABLE

— Le privilège du grand âge, déclare Raoul pendant qu'ils roulent vers Tourmens, c'est qu'il rend insoupçonnable.

— Que voulez-vous dire ?

— En nous voyant, personne n'imaginera que nous sommes un couple de détectives amateurs enquêtant sur un crime…

Claude joint les mains comme si elle allait applaudir. Une joie juvénile brille dans ses yeux.

— Si je ne me retiens pas, je vais me croire dans un film…

— Surtout, ne vous retenez pas. Je suis ravi de vous voir aussi excitée. Et puisque vous parlez de film, il est temps de nous inventer une identité.

— Une identité ? demande Claude.

— Nous n'allons pas nous présenter sous nos vrais noms, ce serait maladroit…

— Vous parlez seulement de moi, bien sûr. *Votre* vrai nom, vous ne le portez plus depuis longtemps !

Raoul soupire.

— Par prudence, mon amie… Il était un peu trop célèbre.

— Et comment allons-nous nous appeler ?

— Eh bien, que diriez-vous de « M. et Mme Charles » ?

— Charles ? Nick et Nora ? Comme les personnages de *L'Introuvable ?*

— C'est de circonstance, non ? Si vous voulez, on s'arrête devant un chenil, on achète un fox-terrier et on le baptise Asta !

Claude éclate de rire et serre le bras de Raoul. Il tourne la tête vers elle et elle ne voit plus seulement l'ami de longue date, l'ami cher, mais un homme pour lequel elle a la plus grande admiration et le sentiment le plus tendre. Cela fait longtemps qu'elle n'a pas ressenti cela. Depuis la mort de Daniel, le grand amour de sa vie, il y a bientôt dix ans. Elle se détourne et se tait.

— Il vous manque ?… demande Raoul au bout de quelques minutes.

Claude sursaute.

— Quoi ? Qui ?

— Daniel…

Claude rougit.

— Bien sûr qu'il me manque. Même si nous ne vivions pas ensemble…

— C'est un homme difficile à remplacer… soupire Raoul.

— Personne ne peut le remplacer, répond sa compagne, le regard fixé sur la route.

Elle tourne la tête vers lui et il voit que, sur son visage, la tristesse s'efface derrière un irrépressible sourire.

— … Mais vous étiez amis, murmure-t-elle. Il serait heureux de savoir que je profite pleinement de cette vie avec vous.

***

Raoul – Claude le sait bien – a vécu jadis une vie aventureuse et en a gardé le goût du secret, un humour communicatif mais aussi un bon nombre de contacts discrets et efficaces. Lorsqu'ils ont quitté le manoir en trombe, au petit matin, elle ne lui a pas posé de question, mais ce n'est pas l'envie qui lui a manqué.

Lorsqu'il gare la Torpédo devant un bel immeuble ancien du quartier le plus chic de la rive droite de Tourmens, elle laisse échapper :

— Mais où allons-nous ?

— Rendre visite à Jannie Le Guen.

— Comment avez-vous découvert son adresse ?

Raoul ne lui répond pas, il sort de la voiture et fait le tour pour lui ouvrir la portière.

— Et comment allons-nous…

Raoul pousse devant lui la lourde porte de l'immeuble et s'efface pour laisser Claude entrer sous le porche. Il n'y a pas de boîtes à lettres, mais une loge de concierge. Raoul frappe à la porte vitrée. Un jeune homme d'à peine vingt-cinq ans leur ouvre. Il a le crâne rasé, une petite perle à l'oreille et porte un tablier de cuisinière sur un jean moulant et un débardeur. En découvrant le couple anachronique qui se tient devant lui, il sourit comme un enfant.

— Madame, monsieur ?

Avant que Raoul ait eu le temps d'ouvrir la bouche, Claude prend sa voix la plus suave.

— Nous cherchons notre petite-nièce, Jannie Le Guen, Nous devions la retrouver aujourd'hui, mais j'ai laissé à la maison le carnet dans lequel j'avais noté le numéro de son appartement et son numéro de téléphone. Oh, *Nicolas*, dit-elle à l'attention de son compagnon, je suis tellement étourdie… Ne me grondez pas !

Le concierge a l'air désolé.

— Ah, mais je ne comprends pas ! Jannie… enfin, Mlle Le Guen, s'est absentée il y a trois jours déjà, et je ne crois pas qu'elle soit rentrée, elle ne m'a pas réclamé son courrier. D'ailleurs, elle s'est fait remplacer pour l'émission d'hier. D'habitude, elle me prévient quand elle s'absente plusieurs jours, mais pas cette fois-ci… Il faut dire que son départ en week-end s'est fait au dernier moment…

Le couple échange des regards étonnés.

— Ce n'est pas possible ! s'exclame Raoul sur un ton pincé. Elle nous a invités à passer la journée avec elle pour l'anniversaire de… *Nora !* Si elle avait eu un empêchement, elle nous aurait prévenus !

« Nora » a sorti de la poche de son imperméable un mouchoir et se tapote les paupières. Visiblement ému par la détresse de la vieille dame, le jeune homme regarde sa montre puis propose :

— Il est déjà 10 heures, je peux appeler chez elle, pour vérifier. Elle est peut-être rentrée dans la nuit.

Il décroche de sa ceinture un téléphone mobile bleu turquoise et compose un numéro, puis un autre.

— Chez elle et sur son portable, je tombe sur la boîte vocale, dit-il enfin. Je suis désolé, je ne vois pas ce que je peux faire… Je n'ai pas le droit de vous laisser entrer chez elle…

— Je comprends très bien, et vous avez parfaitement raison ! acquiesce Raoul. Mais comprenez-nous. Notre petite-nièce ne nous a pas habitués à ce genre de comportement. La première fois que nous faisons le voyage pour lui rendre visite dans son appartement… C'est non seulement vexant mais… inquiétant.

— Très, très inquiétant ! insiste « Nora ». Mais j'y pense, *Nicolas !* s'exclame-t-elle en prenant son compagnon par le bras, peut-être sa collègue saura-t-elle où elle se trouve ! N'avons-vous pas également noté son numéro de téléphone ?

— Si, ma chère, mais malheureusement, il est également dans votre petit carnet…

« Nora » éclate en sanglots, ce qui ne manque pas de bouleverser le jeune homme.

— Oh, je suis désolé, madame. De quelle collègue de Mlle Le Guen parlez-vous ? Je la connais peut-être.

— Sa collègue le Dr Garry, qui participe à l'émission elle aussi.

— Ah, oui, son *amie* Luce… répond le jeune homme sur un ton indéfinissable. Elle sait très probablement où elle se trouve, car c'est elle qui est passée la prendre, vendredi soir, pour la conduire à la gare. Elle a une très jolie décapotable blanche… Malheureusement, je ne sais pas comment la joindre…

— Mais vous avez peut-être un numéro de téléphone où joindre Jannie en cas d'urgence, suggère « Nicolas ». Si d'aventure on cambriolait son appartement, ou s'il y avait un incendie dans l'immeuble…

Le jeune homme hésite, puis leur fait signe d'attendre. Il revient avec un répertoire à spirale et l'ouvre à la page L.

— Après tout, c'est une situation urgente, dit-il. Vous venez de loin ?

— De très loin…

— Alors il n'est pas question de vous laisser à la rue ! Tenez, dit-il en l'inscrivant sur un carré de papier gommé. Voici le numéro qu'elle m'a donné pour ce genre de situation.

— Merci infiniment !

— Vous êtes un amour ! s'exclame « Nora » et elle saute au cou du jeune homme.

*
* *

— Eh bien, *Nora !* s'esclaffe Raoul d'Andrésy lorsqu'ils ont tous deux regagné la Torpédo. Je vois que vous n'avez pas mis de temps à entrer dans la peau du personnage !

— J'ai un excellent professeur de comédie…

— Et votre brillante improvisation nous a permis de confirmer une grande partie de vos doutes. Premièrement,

Jannie a bien disparu puisque même son jeune concierge…

— … qui a l'air de *très bien* la connaître…

— … ignore où elle se trouve. Deuxièmement, il nous a indiqué que le Dr Garry…

— … « Son *amie* Luce… » Vous avez entendu le ton sur lequel ce charmant garçon a dit ça ?

— *Mmhhh*… l'a conduite à la gare vendredi soir… Et troisièmement, dit-il en sortant son téléphone portable, nous avons un numéro à appeler… Voyons ce qu'il nous dit…

— Vous croyez que quelqu'un…

Raoul lève un index pour l'interrompre. Son visage s'éclaire. Il pose l'index sur le micro du téléphone et chuchote.

— C'est une boîte vocale privée…

Claude colle l'appareil à son oreille et son sourire s'élargit encore. Elle coupe la communication.

— Comme vous le savez, *Nick*, mes préférences vont aux hommes, mais je crois que je comprends Jannie. La voix de Luce Garry est vraiment ir-ré-sis-tible !

LOVE STORY

Parka sur le bras et sacoche à la main, épuisé par la contre-visite, Charly entre dans l'ascenseur pour rejoindre Dominique dans son bureau. Lorsque les portes se rouvrent, Dominique est devant lui. Elle lui fait signe de rester dans la cabine, s'avance, trébuche et bascule en avant. Il ouvre les bras pour la recevoir. Elle reste collée contre lui un instant, puis s'écarte lentement et, après avoir appuyé sur le bouton du quatrième étage, s'adosse à la paroi métallique.

— Tu as l'air fatiguée, dit-il.

— J'ai eu une longue journée. Toi aussi.

— Oui… J'ai du mal à réaliser que ces malheureux sont *tous* médecins… Je veux dire : qu'avant de se retrouver ici, ils tenaient la vie ou la santé de dizaines de gens entre leurs mains…

— Tout le monde a tendance à oublier que nous sommes des êtres humains… Nous les premiers.

L'ascenseur atteint le quatrième étage. Dominique sort la première, traverse le couloir et déverrouille une porte. Elle se retourne, lui tend la clé.

— Voici ta chambre pour la nuit. La coutume veut que le nouveau assure la garde le jour de son arrivée.

Elle s'efface pour le laisser entrer. La pièce est claire.

Un grand bureau, une armoire, un large canapé recouvert de cuir. Une porte, au fond de la pièce, ouvre sur un cabinet de toilette équipé d'une large douche. Il scrute le plafond.

— Sympa. Et ici, au moins, il n'y a pas de caméra. Pourquoi en a-t-on mis une dans ton bureau ?

— Parce que je suis la patronne. Autant dire la personne qui a le plus besoin d'être surveillée…

Il fait le tour du bureau, allume l'ordinateur posé dessus. Derrière le bureau, il aperçoit un petit réfrigérateur et s'accroupit pour en examiner le contenu.

— Tu veux une bière ?

Dominique ne répond pas. Charly lève la tête. Elle est adossée à la porte encore ouverte de la chambre et regarde sa montre.

— Il est trop tard pour toi ? Tu dois rentrer ? demande-t-il.

— Rentrer ? Non. Je rentre rarement avant la nuit, en ce moment. Il est encore tôt.

Elle entrouvre les lèvres, semble réfléchir à ce qu'elle va dire ensuite.

— Va pour une bière !

Il décapsule deux bouteilles, lui en tend une. Elle s'assied devant l'ordinateur, tapote sur le clavier.

— Le webmestre du réseau te donnera un code d'accès personnel. En attendant, je te mets en ligne avec le mien.

La mosaïque des couloirs apparaît sur l'écran.

— Je suis censé rester devant l'écran pour surveiller l'immeuble ?

— Non, crétin… Les gardiens de nuit sont là pour ça, ils te signaleront toutes les activités inhabituelles… Mais il y en a rarement.

— Tu prends des gardes, toi, de temps à autre ?

— Non, mais je suis d'astreinte chez moi. Presque tous les soirs.

— Pas ce soir ?
— Ce soir aussi.
— Mais pas chez toi…
— Pas encore. Je ne suis pas pressée de rentrer. Il m'arrive souvent de dormir ici, tu sais ?
Elle ôte sa blouse et la jette sur le dossier d'une chaise.
— Tu parles comme si tu étais mariée à ce boulot…
Elle soupire.
— Ce n'est pas faux. Je suis mariée à mon boulot depuis… longtemps.
— Mais tu as été mariée à un homme…
— Officiellement, pendant cinq ans. En réalité, pendant deux mois. Et pour tout te dire, je l'avais déjà planté dans la suite où nous devions passer notre nuit de noces.
— Avant, ou *après ?*
— Après qu'il a posé une main sur moi ; avant qu'il ne pose l'autre.
Charly ne peut pas s'empêcher de rire.
— Je vois ça d'ici. Pauvre bougre. Mais pourquoi l'as-tu épousé, pour commencer ?
— Je n'ai pas envie d'en parler.
— Ce serait trop long à raconter ?
— Trop court. Si court que j'en ai honte.
— Et pourquoi avoir fait croire pendant longtemps que tu étais toujours mariée ? Pourquoi avoir gardé le nom de ton mari ? Et aussi… (Il désigne la main de Dominique.)… pourquoi portes-tu un anneau qui ressemble furieusement à une alliance ?
— Pour éloigner les indésirables…
— Ça ne marche pas très bien !
— Pourquoi dis-tu ça ?
— Parce que je n'ai pas envie de m'éloigner…
— Mais toi, tu n'es pas indésirable…

*
* *

Ils s'asseyent chacun à un bout du canapé et se mettent à parler au passé. Une heure plus tard, deux autres bouteilles vides ont rejoint les premières sur la table basse et ils sont toujours assis là, et ils se parlent encore. Il lui demande ce qu'elle fait là, si elle n'a pas l'impression de vendre son âme à un système policier, en psychiatrisant ainsi les soignants…

— Plus je t'entends parler, Charly, et plus j'ai l'impression que tu ne t'es jamais remis des années 1970. Le Château n'est pas une prison. On ne *psychiatrise* plus personne depuis longtemps, tu sais ? Ce n'est pas à toi que je vais l'apprendre, la maladie mentale est une réalité. Et les malades ne sont jamais obligés de rester ici… Malheureusement. Il y en a quelques-uns que nous aimerions pouvoir retenir pour les soigner…

— Je sais. Ce qui me pose problème, c'est que les gouvernements successifs se sont moins préoccupés de les soigner que de les retenir, et même de les enfermer.

— Tu es toujours en quête d'une révolution à faire…

— Oui, répond Charly. Mais tu te souviens des *Professionnels ?* – « Peut-être qu'il n'y a jamais eu qu'une seule révolution… Toujours la même »…

— « Les bons contre les méchants », c'est ça ?

— C'est ça. Et la question qui se pose…

— … c'est… « Qui sont les bons ? »

Ils rient doucement, tous les deux, en se remémorant le western de Richard Brooks et le sourire éclatant de Burt Lancaster.

— La question se pose toujours, tu sais… soupire Dominique avec de la tristesse dans ses yeux.

Il hésite, puis murmure :

— Qu'est-ce qui te fait… souffrir ?

Elle le regarde et fait non de la tête.

— Je ne peux pas te le dire. Tu me haïrais.

Tiraillé entre le désir de la prendre dans ses bras et celui de la frapper, tant il lui en veut de son silence, Charly tape bruyamment du plat de la main sur le dossier du canapé.

— Alors, je dors là-dedans ? J'espère qu'il est facile à ouvrir.

Elle lui fait signe de se lever et de l'aider à écarter la table basse, puis elle retire les coussins du canapé et tire sur le mécanisme pour déplier le lit.

— Très facile.

Avec un gémissement de fatigue, Charly s'assied puis se laisse tomber en arrière sur le canapé. Sans prévenir, Dominique s'installe à califourchon sur lui, le saisit par les poignets, étend ses bras en croix sur la couverture. Puis, sans le quitter des yeux, elle lâche ses poignets et défait le premier bouton de sa chemise.

— Aussi facile que ça…

Elle s'interrompt pour le regarder. Charly ne bouge pas. Elle défait le second bouton. Il lève la main et la pose sur sa joue.

— Tu es sûre de ce que tu fais ?

Elle ne s'interrompt plus, et défait le troisième.

— Je suis une grande fille, tu sais. Je l'étais déjà quand on s'est rencontrés. Toi, en revanche…

Elle glisse la main sous la chemise de Charly, frissonne :

— Je me souviens…

Les yeux de Charly l'interrogent. Elle pose le front sur sa poitrine, murmure, comme pour lui répondre :

— Je me souviens de toi. De ton odeur. De nous.

Elle passe la main dans la tignasse poivre et sel.

— Tes cheveux étaient plus sombres…

— *Mon cœur était plus clair…*

Elle lui ôte la chemise, à présent. Les mains de Charly

s'élèvent vers la poitrine de Dominique et défont un à un les boutons de son chemisier.

— Je me souviens…

Il glisse la main sous le chemisier, caresse son dos nu et elle sourit.

— … que tu sais défaire les soutiens-gorge d'une main.

Ils se déshabillent l'un l'autre lentement, en se retenant d'aller trop vite. Charly approche sa bouche de l'oreille de Dominique et fredonne.

— *Hey, Babe… Say you're mine, all mine…*

— Je me souviens…

Elle frissonne encore, beaucoup plus fort cette fois-ci.

— … que tu m'appelais *Babe*… Ça fait longtemps…

— Oui, longtemps, mais tu te souviens de tout…

— Je me souviens de tout, murmure Dominique, je me souviens et je te remercie pour tout ce que tu m'as donné…

Elle pose sa bouche partout sur lui tandis qu'elle le déshabille, et il essaie désespérément de la suivre, mais elle ne le laisse pas faire.

— Je me souviens, et je t'en veux pour tout ce que tu ne m'as pas promis…

Ils sont nus tous les deux à présent, elle est toujours assise sur lui et le regarde.

Ils ne bougent pas. Elle ne dit plus rien. Il est partagé entre l'émotion et l'incrédulité. Incapable de trouver les mots justes, encore une fois il choisit le sarcasme.

— Tu ne vas pas faire passer le même genre d'entretien à tous les candidats…

Elle pose ses lèvres sur sa bouche pour le faire taire, l'embrasse longuement, tendrement.

— *Mmmm*… C'est bon, dit-elle… Je me souviens de ta bouche… Non… Il n'y a pas d'autre candidat.

— Comment ça ? Il n'y a que moi ?

Elle lève les mains, enfouit son visage dedans. Il la sent pleurer. Ou rire, peut-être. Il la prend par les épaules, la fait allonger près de lui, écarte les mains de son visage et l'embrasse. Au goût salé de ses larmes il sait qu'elle rit et pleure à la fois. *Oh, Charly, Charly, salaud, crétin, tu sais bien*, il sent ses mains le prendre par les hanches et, tandis qu'elle l'attire contre elle, il croit l'entendre dire *il n'y a jamais eu que toi.*

DIAGNOSTIC : MEURTRE

Le Dr Wallace est un beau garçon de trente-cinq ans, pas très grand mais mince et athlétique, souriant et chaleureux. En entrant dans le bureau du juge, il lui tend la main. Le juge Bordage se lève, lui serre la main et l'invite à s'asseoir.

— Que puis-je faire pour vous ? demande le praticien.

Le juge sourit.

— Répondre à mes questions…

— Je vous en prie, posez-les. Je ferai tout mon possible pour vous aider. Je tiens vraiment à ce que cette malheureuse histoire soit classée le plus vite possible. Mme Derec a suffisamment souffert comme ça…

Il désigne le second bureau de la pièce, pour l'heure inoccupé.

— Vous n'avez pas de greffier avec vous ?

— Pas aujourd'hui. Disons que je profite du fait que vous êtes assermenté pour avoir avec vous un petit entretien officieux. Je voulais seulement être sûre que le brigadier qui a pris votre déposition n'avait rien omis. Vous savez que ces dernières années, la gendarmerie a été beaucoup critiquée…

— Je sais, mais la BR de Tourmens n'est pas

n'importe quelle brigade, proteste le médecin. Je connais bien tous les officiers, et un grand nombre de gendarmes. Et j'ai eu à de nombreuses reprises l'occasion de travailler avec eux. Alors, si mon opinion a la moindre valeur, je peux vous assurer qu'ils sont dignes de confiance.

— Je n'en doute pas une seule seconde, mais comme l'enquête sur ce… suicide est délicate, et ses ramifications… complexes, je ne veux rien laisser au hasard. D'autant plus qu'on m'a confié le dossier au dernier moment. Le magistrat initialement pressenti pour l'instruire a dû se dessaisir…

— J'ai lu ça dans la presse. C'est le juge Watteau, c'est ça ? Il a eu un accident, à ce que j'ai entendu dire ?

— Oui, un accident…

(*Vous pouvez dire « stupide », Sandrine*, pense Watteau en entendant l'hésitation de sa collègue. *Je ne vous en voudrai pas…*)

— … malheureux. Et quand un juge doit se dessaisir, il est de la plus haute importance de vérifier chaque détail, serait-il apparemment sans importance. Je vais revenir sur votre déposition et vous poser quelques questions. Vous voulez bien ?

— Je vous l'ai dit : je tiens à ce que tout ça soit réglé au plus vite. L'idée selon laquelle Mme Derec aurait assassiné son mari n'est pas seulement ridicule, elle est révoltante. Quand je suis arrivé chez eux, le chagrin et la douleur de cette femme ne laissaient aucun doute.

— Justement, je lis qu'elle vous a appelé vers 7 heures du matin, c'est cela ?

— Oui, à peu de chose près. Je ne me rappelle plus l'heure exacte, mais il était 7 h 25 quand je suis arrivé devant chez eux.

— Vous n'avez rien remarqué de particulier, aux alentours de la maison ? Elle est située au bout d'une allée goudronnée, à cent mètres d'une petite route. Vous n'avez croisé personne en arrivant ? Une voiture, un tracteur ?

— Ni voiture, ni tracteur, ni vache, répond le médecin en riant.

(*Un matin d'octobre, à 7 heures, il fait sombre.*)

Le juge Bordage hoche la tête.

— Il faisait encore nuit, j'imagine ?

— Oui, il faisait encore nuit.

— Vous souvenez-vous quelles lumières étaient allumées quand vous vous êtes garé devant la maison ?

— Eh bien… la lampe extérieure, à l'entrée… le couloir, bien sûr… Mais aussi, je m'en souviens très bien, la chambre à coucher et la salle de bains…

— Et Mme Derec vous a ouvert tout de suite ?

— Elle était prostrée derrière la porte. Quand elle m'a appelé pour me dire que son mari s'était tué, je lui ai conseillé de sortir de la chambre, qu'elle ne pouvait rien faire, qu'elle ne ferait que compliquer l'enquête en y restant. Elle ne voulait pas le quitter, mais je lui ai dit que c'était important, qu'il fallait que j'examine son mari sans que tout ait été déplacé, qu'il faudrait appeler la gendarmerie… J'avais dû réussir à la convaincre, car elle m'attendait dans l'entrée.

— Bien, dit le juge Bordage en griffonnant quelque chose sur un bloc posé devant elle… Vous étiez déjà passé voir le Dr Derec la veille, n'est-ce pas ?

— Oui, vers 23 heures. Il était très énervé. Il avait beaucoup plu ce jour-là et l'eau s'infiltrait dans son garage. Il avait sorti une échelle en aluminium et s'était mis en tête de remettre des ardoises en place. Évidemment, sa femme était très angoissée de le voir aussi agité et perché sur un toit. C'est pour cela qu'elle m'avait appelé. Elle voulait que je lui prescrive un somnifère, pour qu'il dorme. J'ai insisté pour qu'il descende du toit du garage, je l'ai obligé à rentrer chez lui, et j'ai parlementé pendant une bonne heure avant qu'il accepte de prendre le tranquillisant que j'avais dans mon coffre et qu'il monte se coucher. Je l'ai même accompagné jusqu'à sa chambre.

— Pourquoi était-il si énervé ce soir-là ?

— Parce qu'il avait décidé de vider son sac. Les producteurs d'une émission de télévision l'avaient appelé dans l'après-midi pour lui demander de venir apporter la contradiction au ministre de la Santé, en direct, le soir suivant. Il avait accepté, mais la perspective de révéler un certain nombre de dossiers confidentiels devant plusieurs millions de spectateurs l'angoissait beaucoup, on peut le comprendre…

— Pensez-vous que ça aurait pu le conduire à se suicider ?

Le médecin prend le temps de réfléchir.

— C'est possible. Il n'exprimait pas de pensées suicidaires, ce soir-là, mais ça ne veut rien dire. Je suis allé dépendre des hommes qui s'étaient supprimés après des journées sans histoires pendant lesquelles ils n'avaient pas cessé de sourire…

(*Mais est-ce que la perspective du scandale aurait pu pousser sa femme à le tuer ?* murmure Watteau.)

— Et… est-ce que la perspective du scandale aurait pu inciter son épouse à le tuer ? demande le juge Bordage.

— Sûrement pas ! s'exclame le généraliste.

(Un peu trop vive, cette dénégation, je trouve…)

Le juge Bordage se frotte l'oreille.

— Vous avez l'air bien catégorique.

— Je le suis. Mme Derec est une femme charmante, qui vénérait son mari et l'a toujours soutenu. Je ne l'imagine pas le tuant pour éviter le scandale. Elle était la première à vanter son courage et son intégrité. Voilà pourquoi l'hypothèse du suicide, si improbable soit-elle, est la seule explication possible.

Pensive, comme absente, le juge Bordage se frotte l'oreille une nouvelle fois.

— Je vois. Encore un ou deux détails, docteur. Je sais que le spectacle devait être bouleversant, même pour vous, mais je sais que vous avez l'habitude de travailler avec les services de police, et je compte sur votre sens de l'observation pour vous en souvenir. Avez-vous remarqué quoi que ce soit d'anormal quand vous êtes entré dans la chambre ?

Le médecin lève la tête et prend une grande inspiration.

— Évidemment, je ne sais pas dans quelle position se trouvait le corps quand sa femme l'a trouvé…

— Bien évidemment… Mais elle nous l'a décrit dans sa déposition.

— Alors, voyons… Yann Derec était allongé de tout son long, sur le dos, au bord du lit. Il était encore habillé. Enfin, il était en pantalon, chemise et chaussettes. Son bras gauche pendait dans le vide, et le revolver était par terre, à quelques centimètres de sa main.

— Vous en êtes sûr ?

— Absolument. En dehors de prendre le pouls du Dr Derec et d'écouter si son cœur battait encore, je n'ai touché à rien, bien entendu.

— Bien entendu ! Le rapport d'enquête dit que vous êtes entré dans la salle de bains pour vous laver les mains.

Le médecin secoue la tête d'un air embêté.

— Oui, je sais, j'ai été idiot. Je n'aurais pas dû le faire… J'avais à peine touché au cadavre, mais vous savez comment c'est, quand on est médecin, on se lave les mains cinquante fois par jour, ça devient une manie. Je n'ai pas pensé à descendre le faire dans la cuisine. J'espère que ça ne porte pas à conséquence…

— Non, non, je ne pense pas. De toute manière, il n'y avait rien de particulier dans la salle de bains, j'imagine ?

— Non, rien qui me vienne à l'esprit…

(*Reparlez-lui de Madeleine Derec.)*

— Je reviens à Mme Derec… Vous comprenez bien que même si le suicide semble probable, nous ne pouvons pas éliminer complètement l'éventualité d'un meurtre…

Le Dr Wallace regarde fixement le juge.

— Je comprends bien, mais… Mme Derec n'a pas *pu* tuer son mari. S'il y a un doute sur le suicide, ça ne peut pas être elle… Elle n'aurait tout de même pas…

— « Elle n'aurait tout de même pas… » ? Que voulez-vous dire ?

— Non. Non, c'est ridicule, c'est révoltant. Et là, vous touchez au secret professionnel, madame le Juge, il y a des choses que je ne peux pas révéler…

Le juge Bordage est sur le point de le contredire, mais (*Ne dites rien, Sandrine. Laissez-le poursuivre…)* elle se ravise et croise les mains devant elle.

— Non, non, poursuit le Dr Wallace. Si jamais le suicide était mis en doute, je ne sais comment, il faudrait chercher ailleurs. Un crime politique, un règlement de comptes. Derec avait beaucoup d'ennemis, et l'émission dont il était l'invité était certainement susceptible de lui attirer de gros ennuis. C'est bien pourquoi il était aussi angoissé. Alors, je ne sais pas, quelqu'un a pu apprendre qu'il allait y participer…

— Et venir l'assassiner la veille, chez lui, en pleine nuit ? Plutôt risqué, ne trouvez-vous pas ?

— Oui, je sais, ça paraît peu vraisemblable, répond le médecin, abattu. Mais l'idée que Madeleine… que Mme Derec ait pu… Non, ça n'est pas pensable.

— Vous n'ignorez pas qu'une lettre anonyme l'accuse d'avoir eu une liaison…

— Avec qui ? C'est absurde. Vous n'allez tout de même pas croire une lettre anonyme ? Depuis l'affaire de la Vologne, nous savons que les lettres anonymes ne sont pas destinées à dire la vérité… Et si vous le voulez bien, madame le Juge, je préfère en rester là.

À la surprise du médecin, qui semblait s'attendre à de

nouvelles questions, le juge Bordage en reste là, se met à ranger les papiers sur son bureau et, après une seconde d'inattention, elle se lève et fait le tour du bureau.

— Merci de votre disponibilité, docteur. Je serai sûrement amenée à vous rappeler, de manière plus officielle cette fois-ci, mais vous m'avez d'ores et déjà beaucoup éclairée.

— J'en suis très heureux, répond le médecin avec un sourire charmeur.

*
* *

À peine le médecin a-t-il franchi la porte du juge Bordage que Watteau se tourne vers la jeune femme en uniforme bleu assise face à l'écran plasma.

— Lieutenant, est-ce que vos techniciens ont tiré quelque chose des empreintes trouvées sur la moquette ?

Le lieutenant Hercé se penche sur son attaché-case. Sur l'écran plasma, le juge Bordage fait un signe à la caméra.

— Merci et bravo, Sandrine ! lance Watteau à l'attention de sa collègue. Je vous rappelle dans un moment !

Il éteint le téléviseur. Le lieutenant lui tend un rapport d'expertise.

— Voici leurs conclusions, mais vous allez être déçu. Les deux séries d'empreintes ont été laissées par le Dr Derec.

— Les deux ? Celle qui portait des traces de boue, et l'autre, qui était seulement humide ? Ils en sont certains ?

— Absolument. Ce sont les mêmes chaussures qui ont laissé les deux séries d'empreintes. Et vous savez que ce genre de traces est caractéristique.

— Oui, je sais…

— D'ailleurs, ce sont les chaussures que Yann Derec portait la veille, quand il a fait le tour de toute la maison pour l'examiner, avant de grimper sur le garage. C'est ce qui nous permet d'affirmer que personne d'autre ne s'est approché de cette maison pendant la nuit. Même si quelqu'un était arrivé à pied par l'allée, avec toute cette gadoue autour de la maison, il aurait laissé des traces. Or, nous n'avons retrouvé que les siennes.

Watteau se tait. Au bout de plusieurs minutes, le lieutenant rompt le silence.

— Je crains que le Dr Wallace ait défendu Mme Derec en vain… Nous savons déjà que le Dr Derec ne s'est pas suicidé et comme personne – à part un homme volant – n'a pu entrer dans la maison… Elle seule pouvait le tuer. J'ai beau avoir beaucoup de sympathie pour cette femme, je ne vois pas d'autre explication…

— Alors il va falloir m'expliquer pourquoi elle lui a tiré deux fois dans la tête, dont une balle de pistolet de même calibre que celles qui ont tué d'Artigues.

— Le 9 mm est un calibre très répandu, monsieur le Juge. Ça n'est peut-être qu'une coïncidence, et tant que nous n'aurons pas d'expertise balistique comparative… Or, vous savez combien il est difficile de faire travailler ensemble la gendarmerie et la police nationale…

— Deux meurtres la même nuit, avec des armes de même calibre, et deux hommes mêlés à la politique de santé de ce pays… Ce n'est sûrement pas une coïncidence et je ne vais pas attendre la balistique pour explorer cette hypothèse. Mon seul souci, à l'heure actuelle, c'est que je ne vois pas du tout comment une seule et même personne aurait pu commettre ces deux meurtres. Si nous savions *comment*, il ne serait probablement plus très difficile de deviner *qui*.

— Oui mais, en admettant même que les deux meurtres soient liés, qui nous prouve qu'il n'y a qu'un seul assassin ?

— Rien. C'est mon intuition qui me le dit…

Le lieutenant Hercé ne commente pas. Elle a appris

depuis longtemps à respecter les intuitions. Jusqu'à un certain point.

Watteau a saisi la pipe froide posée près de lui et, les bras croisés, mordille furieusement le tuyau de bruyère. Il demande à revoir l'enregistrement de l'entretien. Le lieutenant manipule son ordinateur portable et, au bout de quelques secondes, le bureau du juge Bordage réapparaît sur l'écran. Au bout de quelques instants, Watteau se tourne à nouveau vers la jeune femme.

— Il me semble que vous avez fait un schéma de la maison des Derec…

— Affirmatif.

— Pouvez-vous me le ressortir ? Je l'ai regardé rapidement, parce que je ne savais pas trop quoi en faire, mais à présent, je vois tout à fait.

Elle le sort du dossier et le lui tend. Le sourire réapparaît sur le visage de Watteau.

— *Mmhhh.* C'est bien ce que j'espérais. Alors, vous qui avez une mémoire quasi photographique, pouvez-vous me dire où était l'échelle de M. Derec quand vous êtes arrivée ?

— Bien sûr. Elle était posée à l'extérieur, contre la porte du garage.

— Bien. Et où se trouvaient les ardoises déplacées qu'il voulait remettre en place ?

— Du côté de l'entrée.

— Parfait. Maintenant, j'ai besoin de revoir les photos que vos techniciens ont prises du terrain, autour de la maison.

Watteau examine longuement, attentivement, les dizaines de clichés soigneusement numérotés pris par les techniciens de la brigade.

— Que cherchez-vous, monsieur le Juge ?

— Les plumes de l'homme volant, repond le magistrat.

Les premières photos du dossier sont celles qui ont été

prises à l'intérieur de la maison. Les techniciens n'ont rien laissé au hasard. La chambre a été photographiée sous tous les angles, mais aussi le couloir de l'étage, l'escalier, l'entrée, le paillasson.

— C'est ça ! s'exclame Watteau en jetant les photos sur la table devant lui.

Il saisit ses béquilles derrière le fauteuil, se met debout et, animé d'une excitation surprenante, esquisse un pas de danse sur trois pieds.

Le lieutenant Hercé le regarde, stupéfaite.

— Dire que je l'avais sous le nez et que je ne l'ai pas vu ! Regardez-moi bien, lieutenant ! Que voyez-vous ? Décrivez-moi !

— Euh…

— Comment suis-je habillé ?

— Vous portez un survêtement bleu.

— Qu'est-ce que j'ai aux pieds ?

— D'un côté, vous avez un plâtre. De l'autre une chaussette et une pantoufle.

— C'est plutôt une mule qu'une pantoufle, mais peu importe. Où est l'autre ?

Le lieutenant tourne les yeux vers le fauteuil.

— Je n'ai aucune raison de garder une mule inutile au pied de mon fauteuil. Où donc peut-elle être ?

— Eh bien, j'imagine que, comme tout le monde ou presque, vous les rangez dans un placard de votre entrée.

— Exact ! Et c'est probablement là qu'elle se trouve. À présent, répondez à cette question toute simple : quand vous êtes entrée dans la chambre du Dr Derec, il était en chemise, pantalon et chaussettes – *mais où étaient ses chaussures ?*

CONTEXTE, 8 :
SPÉCIAL DERNIÈRE

Progrès pharmacologiques,
Le bulletin d'information interne de WOPharma SA
n° 93, novembre 2008

À LA POINTE (PAGE 2)

Alors que la commercialisation du programme HealthWatcher D, qui vient d'obtenir son agrément auprès de l'Agence de Validation de la Commission européenne, est annoncée pour la fin de l'année 2008, le HealthWatcher P pourrait être lui aussi commercialisé dans un avenir très proche. L'étude actuellement en cours menée par une équipe hospitalière de Tourmens et portant sur l'administration continue de deux médicaments majeurs – l'un pour la maladie de Parkinson, l'autre pour les troubles bipolaires – touche à sa fin et les résultats préliminaires sont extrêmement encourageants. De larges extraits du compte rendu final seront bien entendu publiés dans Progrès pharmacologiques. *Parallèlement, le protocole de l'étude portant sur le programme HealthWatcher S conçu conjointement par une équipe médicale et une commission spécialisée du ministère de la Justice devrait être finalisé très prochainement.*

L'expérimentation proprement dite pourrait commencer dès le premier trimestre 2009 dans un centre hospitalier spécialisé agréé par la chancellerie. (…)

INFORMATIONS GÉNÉRALES (PAGE 3)

Mme Bénédicte Beyssan-Barthelme, présidente du directoire de WOPharma, a annoncé le 7 octobre dernier que le groupe WOPharma prendra d'ici fin novembre une participation à hauteur d'un tiers du capital dans la société Cliniques de France, premier groupe hospitalier privé français.

« Notre entrée dans Cliniques de France est pour WOPharma l'occasion de compléter sa politique d'expansion en développant notamment un pôle dédié au traitement des affections aiguës post-chirurgicales et aux soins journaliers des patients en hospitalisation longue. L'union du premier groupe pharmaceutique européen et du premier groupe hospitalier privé français est une étape naturelle dans l'expansion de nos activités de recherche et de développement », a déclaré Bénédicte Beyssan-Barthelme. (…)

NÉCROLOGIE (PAGE 7)

Henry d'Artigues (1947-2008) est décédé, dans des circonstances tragiques, à son domicile de Tourmens, le 3 octobre dernier. Conseiller auprès de Mme Bénédicte Beyssan-Barthelme, présidente du directoire de WOPharma depuis 1989, Henry d'Artigues animait chaque année l'atelier d'été du service Recherche et Développement. L'équipe rédactionnelle de PP s'associe à sa famille en ces temps de chagrin.

LA FEMME À ABATTRE

Quand le Dr Wallace, de retour d'une visite à l'infirmerie de la gendarmerie, passe devant le bureau du lieutenant Hercé, celle-ci est en train d'en sortir avec un énorme dossier qui ne semble pas vouloir tenir dans ses bras et s'éparpille par terre. Le docteur pose sa sacoche et, galamment, se précipite au secours de la jolie gendarme.

— Où alliez-vous avec ce monstre ? demande-t-il en l'aidant à ramasser papiers et photographies.

— Oh, je ne veux pas vous embêter avec ça.

— On dirait… le dossier Derec, c'est ça ? Je reconnais la maison sur les clichés.

— Je suis désolé, docteur, je ne peux pas en parler avec vous, vous me comprenez ?

— Bien entendu…

— Encore que, s'il ne s'agissait que de moi, je vous demanderais bien votre avis…

— Sur ce malheureux suicide ? Je crois que j'ai tout dit au juge…

Fanny Hercé secoue la tête.

— Bon, je vous le dis en confidence, dit-elle tout bas, mais ce n'est pas un suicide, nous en avons la preuve balistique, désormais.

— Ah bon ? Comment ça ?

— Il y avait *deux* projectiles de 9 mm dans le crâne du Dr Derec.

— Non ? Alors, là, évidemment…

— Et comme nous n'avons trouvé aucune trace autour de la maison, la seule explication c'est que… Mme Derec a tué son mari.

— Non ! C'est incroyable ! Vous en êtes sûre ?

— Personnellement, j'ai du mal à y croire, mais Mme le Juge Bordage a l'air d'en être convaincue. Seulement, elle manque d'éléments probants pour l'inculper…

— Ah bon ? Même avec *deux* balles dans la tête ?

— Eh oui ! Les techniciens de l'identification criminelle ont ressorti deux ou trois rapports d'expertises effectuées sur des affaires anciennes et qui montrent qu'il n'est pas impossible à un suicidé d'actionner deux fois de suite la détente d'un revolver à double action… Alors, ils sont en train de tester l'arme de nouveau. Si le juge met Mme Derec en examen, l'avocat ne manquera pas de se saisir de ces expertises et des tests pour contester le renvoi devant la chambre d'accusation…

— Je vois…

— Alors, pour ne pas… griller ses cartouches, en quelque sorte, elle m'a demandé de la réinterroger, en espérant qu'elle se confiera plus facilement à moi… Une gendarme, ça n'est pas comme un juge… Et comme je suis patiente et rassurante, j'ai déjà un bon nombre de passages aux aveux à mon actif…

Le Dr Wallace tend au lieutenant les dernières photos qu'il a ramassées.

— Merci ! dit-elle. Faut que j'y aille. Comment va l'adjudant Gérard ? Il avait tout de même trente kilomètres à faire, alors j'ai préféré le garder à l'infirmerie et vous appeler avant de le renvoyer chez lui.

— Je ne peux pas vous dire ce qu'il a, *secret professionnel oblige*, mais je peux vous dire qu'il n'y a pas de quoi s'inquiéter !

— Tant mieux !

Elle lui sourit, lui tourne le dos et se dirige vers la salle d'interrogatoire, puis se retourne vers lui.

— J'y pense, docteur, vous avez déjà assisté à l'interrogatoire d'un suspect ?

— N-non…

— Ça vous dirait d'assister à l'interrogatoire de Mme Derec ? Ce n'est pas très régulier, mais comme il n'y aura que vous dans la salle d'observation, je ne suis pas obligée de le noter dans mon rapport…

Elle lui fait un clin d'œil charmeur. Le médecin hésite à peine.

— Oui, pourquoi pas ? Je ne crois pas une seule seconde que Mme Derec ait pu tuer son mari, mais si elle avouait, je voudrais voir ça !

— Alors venez, je vous montre le chemin.

Le lieutenant fait entrer le médecin dans une pièce de petite taille, dont un des murs est entièrement occupé par une vitre donnant sur la salle d'interrogatoire. Dans l'autre pièce, Madeleine Derec, prostrée, est assise derrière une table.

— C'est une glace sans tain… Elle ne vous voit pas…

— Je sais, il m'arrive de regarder *Julie Lescaut* et *Navarro*, comme tout le monde ! lance Wallace.

— Ah oui ? Moi je préfère *New York Section Criminelle*. Mais évidemment, le système pénal américain n'a rien à voir avec le nôtre…

— Nos gendarmes sont les meilleurs au monde ! lance le Dr Wallace tandis que le lieutenant referme la porte en souriant.

***

Debout, bras croisés, devant le miroir sans tain, le Dr Wallace regarde le lieutenant interroger la veuve.

— J'avais quelques questions complémentaires à vous poser, madame… Je vais essayer de ne pas vous retenir trop longtemps… D'abord : qui, à part vous et le producteur de l'émission, savait que votre mari devait participer à l'émission de TVTourmens, le jour de sa mort ?

— Qui ? Personne d'autre.

— Vous n'en avez parlé à personne ?

— À personne. J'avais peur qu'on menace Yann, pour le dissuader d'y aller. Je n'en ai même pas parlé à ma sœur, dont je suis pourtant très proche. Mais au sein de la chaîne, quelqu'un a peut-être commis une indiscrétion…

— Non, car le producteur avait contacté votre mari sans en parler à personne. Il n'avait prévenu ni son présentateur ni sa direction. Il avait l'intention de recevoir votre mari une heure avant le direct, et de mettre tout le monde devant le fait accompli.

Le Dr Wallace se frotte le nez et pose sa main sur sa bouche.

— Dans la journée qui a précédé sa mort, est-ce que votre mari a quitté votre domicile ?

— Non. Moi non plus. Nous étions très tendus, tous les deux, et nous n'avions envie de voir personne. Il a passé une grande partie de la journée à étudier les dossiers dont il voulait parler le lendemain soir. Et puis il a plu à verse et j'ai trouvé une flaque d'eau dans le garage, à cause des infiltrations. Alors, quand la pluie a cessé, il s'est mis en tête d'examiner toute la maison pour vérifier qu'il n'y avait pas d'autres fuites, il est allé prendre l'échelle en aluminium, l'a posée un peu partout autour de la maison pour vérifier les gouttières… il était très énervé. J'étais tellement angoissée de le voir tomber que j'ai appelé le Dr Wallace.

— Justement, cette échelle, savez-vous où il l'a rangée, au moment où le docteur est arrivé ?

— Il l'a simplement repliée et posée contre la porte du garage. Je pense qu'il avait l'intention de ressortir pour finir sa réparation. Heureusement, le docteur l'en a dissuadé…

Le Dr Wallace se gratte le menton et, sans perdre les deux femmes des yeux, commence à faire les cent pas le long de la vitre.

— Combien de temps le Dr Wallace a-t-il passé avec vous, ce soir-là ?

— Oh, plus d'une heure. Mon mari était très énervé et quand il l'a vu arriver, il a commencé par lui dire de partir, qu'il ne voulait pas le voir, qu'il n'avait pas besoin de lui. Comme ils se connaissaient depuis longtemps, il a fini par accepter de parler avec lui. Le Dr Wallace a été très réconfortant, très rassurant, et il lui a dit que s'il voulait faire face à ce qu'il traversait, il valait mieux qu'il dorme, qu'il se repose. Il lui a dit que moi aussi, j'avais besoin qu'il aille mieux. Ça a fini de le convaincre. Le Dr Wallace lui a donné un tranquillisant qu'il avait dans sa mallette et il a attendu que mon mari se sente plus détendu pour l'accompagner dans notre chambre.

— Il a passé beaucoup de temps avec lui, à l'étage ?

— Non, quelques minutes à peine. Quand il est redescendu, il m'a dit que mon mari était si tendu que le médicament l'avait assommé, et qu'il s'était couché tout habillé… Après le départ du médecin, je suis montée voir mon mari, et effectivement il dormait profondément.

— Quelle heure était-il ?

— Je ne sais pas exactement. Le Dr Wallace est parti vers 23 h 15. Je suis montée le voir quelques minutes après…

— Et quand vous avez vu votre mari allongé sur le lit, vous souvenez-vous s'il avait enlevé ses chaussures ?

Le Dr Wallace cesse de faire les cent pas et scrute le visage de Madeleine Derec.

— Euh… non, je ne me souviens pas, mais il les avait sûrement enlevées. Je n'ai jamais vu Yann sur un lit avec des chaussures…

— Elles ne se trouvaient pas dans la chambre quand nous avons examiné le corps, le lendemain matin. Est-ce vous qui les avez prises ?

Les yeux de la veuve sont vides, elle semble ne pas comprendre la question.

— Si je les ai… prises ? Non. Je ne les ai pas prises. Pourquoi aurais-je pris ses chaussures ? Et puis, ce soir-là j'étais si bouleversée que je n'étais pas dans mon état normal. D'ailleurs, le Dr Wallace m'avait donné le même tranquillisant, pour que je dorme, moi aussi. Quand j'ai vu que mon mari dormait profondément, j'ai préféré ne pas prendre de cachets : je voulais pouvoir me réveiller s'il avait besoin de moi. Mais ses chaussures… Non, je ne vois pas du tout de quoi vous voulez parler.

— En fait, j'ai une question qui peut paraître toute bête, et sans intérêt, mais qui nous préoccupe un peu. Votre mari a laissé des traces de pas sur la moquette de votre chambre. Nous en avons conclu qu'il était monté se coucher avec ses chaussures aux pieds, et qu'il les avait enlevées en s'allongeant. Mais les chaussures n'étaient pas dans la chambre. Nous les avons trouvées dans la penderie de l'entrée. Or, les empreintes qu'il a laissées dans la chambre étaient propres, tandis que ses chaussures, lorsque nous les avons retrouvées en bas, étaient sales.

Un large sourire apparaît sur le visage du Dr Wallace.

— Avez-vous le souvenir de les avoir descendues ? Votre mari devait aller à cette émission le lendemain, vous avez pu les prendre machinalement, pour les nettoyer… Je sais que je vous demande de faire un effort terrible, mais avez-vous le souvenir… ?

— Non… Pas le moindre… Je n'ai pas touché à ses chaussures… (Elle fond en larmes.) Je ne comprends pas que vous me parliez de ça, c'est tellement… stupide…

— Je suis désolée, madame. Je n'ai plus qu'une question, la plus difficile sans doute. Y a-t-il la moindre vérité dans la lettre anonyme reçue par *Le Tourmentais libéré* ces jours derniers ? Aviez-vous une… relation extra-conjugale ? Je vous le demande car l'enquête n'est pas close, le juge désire que nous procédions à plusieurs compléments d'enquête, et votre vie privée va certainement être scrutée dans ses moindres détails… Est-ce que vous ne préféreriez pas vous confier…

Madeleine Derec lève la tête. Ses yeux sont rouges, mais son visage est digne.

— Je n'ai rien à vous confier. Je n'avais pas de liaison. Je n'ai jamais trompé mon mari. Puis-je rentrer chez moi ?

Impitoyable, le lieutenant Hercé sort de son attaché-case un listing imprimé et l'étale sur la table.

— Le juge Bordage a ordonné aux télécoms de nous remettre vos relevés téléphoniques. La nuit de la mort de votre mari, quelqu'un a passé un coup de téléphone long de plusieurs minutes au numéro que voici. Connaissez-vous le destinataire de cet appel ?

— Non… répond Madeleine Derec, stupéfaite.

— C'est le numéro personnel d'Henry d'Artigues.

— Henry d'Artigues… Je ne… Il a été…

— Assassiné la nuit où votre mari est mort. Oui.

— Je ne comprends pas…

— L'appel a été passé à 23 h 23, peu après le départ du Dr Wallace. Or, vous avez déclaré que votre mari dormait. S'il dormait, pourquoi avez-*vous* appelé Henry d'Artigues, madame Derec ?

Dans la salle d'observation, le Dr Wallace soupire.

CONTEXTE, 9 : SANG POUR SANG

(Information commerciale)

WOTechBio – une division de WOPharma, Inc – développe une gamme révolutionnaire de systèmes de surveillance et d'administration des traitements

WOTechBio – division de recherche biotechnologique de WOPharma – est vouée au développement de systèmes destinés à améliorer l'administration et la sécurité des traitements médicaux et la surveillance biologique des patients.

Constatant que nombre de patients prennent mal ou ne prennent pas leur traitement, la division Recherche et Développement de WOTechBio, en collaboration avec la direction médicale de WOPharma, a lancé dès 1995 un grand projet de recherche visant à la mise au point de systèmes de surveillance biologiques destinés au corps médical. Ces systèmes devaient présenter plusieurs caractéristiques :

— facilité d'emploi, tant par le patient (pose et retrait simples, confort absolu, port prolongé sans dommage)

que par les professionnels de santé (utilisation ponctuelle ou répétée, analyse des informations, suivi au long cours)

— petite taille

— fiabilité

— adéquation au traitement et au suivi des affections chroniques les plus fréquentes (hypertension, insuffisance cardiaque, insuffisance rénale, insuffisance respiratoire, maladies psychiatriques, diabète, hypercholestérolémie...).

Grâce à des procédés révolutionnaires, WOTechBio a mis au point, au cours des dix dernières années, une série de puces et de capteurs très performants, permettant de surveiller en temps réel les constantes biologiques d'un patient. Les capteurs et puces mis au point par WOTechBio ne sont pas plus encombrants qu'un bracelet-montre. Ils se portent au poignet et, au moyen de micro-électrodes, mesurent en permanence, à travers la peau, des données biologiques aussi diverses que les gaz du sang, la glycémie, le cholestérol HDL, le ionogramme, la créatininémie, la numération globulaire et plaquettaire, la tension artérielle, etc.

À terme, ces capteurs devraient pouvoir être insérés sous la peau, voire associés à une puce directement à l'intérieur d'un organe (le foie, le pancréas, le cœur, le cerveau...), pour y effectuer des mesures encore plus fines. Équipés d'un émetteur à infrarouges, ils pourront transmettre ces informations à des récepteurs extérieurs spéciaux (inclus dans un téléphone portable, par exemple), ce qui permettra au médecin d'en prendre connaissance à distance et d'envoyer par la même voie de nouvelles instructions à la puce...

La médecine de demain est en marche !

DITES-LUI QUE JE L'AIME

En se garant dans l'avenue, Raoul ne peut se retenir de siffler. Porte cochère, larges fenêtres, plafonds probablement très hauts – le cabinet privé du Dr Garry se situe dans un immeuble ancien de grand style, rive droite, au sein du quartier le plus huppé de Tourmens.

— Avez-vous une idée de ce que gagne une psychiatre, chère *Nora* ?

— Dans un quartier pareil ? Sûrement beaucoup d'argent ! Je ne compte pas le nombre de grandes bourgeoises que j'ai entendues se plaindre de leur mère, de leur mari, de leurs enfants…

— Eh bien, il est temps de découvrir si cette chère Luce mérite ses honoraires, dit-il en lui tendant les clés de la Torpédo. Voulez-vous repasser me prendre dans une petite heure ?

— Vous êtes sûr que vous faites bien ? Ne vaudrait-il pas mieux que ce soit moi qui y aille ?

— Non, ma douce…

Raoul scrute le visage de sa compagne pour vérifier qu'il ne l'a pas choquée en l'appelant ainsi, mais en voyant le sourire de Claude, il poursuit :

— … C'est à moi de jouer, j'ai l'habitude de ce genre de mission. Et votre tour viendra…

Claude hoche la tête, pensive.

— Très bien. Vous savez sûrement ce que vous faites. Et puis, Luce Garry est une femme. Vous connaissez bien les femmes… Je n'ai donc pas de raison de m'inquiéter pour vous, n'est-ce pas ?

— Ah, ça ! Je n'en jurerais pas ! Comme je vous l'ai dit, il m'est arrivé de croiser une ou deux mantes religieuses…

Il se tourne vers le siège arrière, prend sur la banquette une canne à pommeau d'argent, et sort de la voiture. Claude s'installe derrière le volant et met le contact.

— Ne vous faites pas prendre, cher *Nick*, lui dit-elle quand il se penche vers elle.

— Comptez sur moi, dit-il en posant un baiser sur sa main.

Et, la canne à la main, Raoul s'éloigne de la voiture en direction du passage protégé. Lorsque le feu passe au rouge, il entreprend de traverser l'avenue au milieu des piétons. Ses épaules s'affaissent insensiblement, il ralentit le pas, se met à boitiller. Quand il arrive de l'autre côté, il a vieilli de vingt ans. Un sourire admiratif aux lèvres, Claude met la Torpédo en marche.

*
**

— Pouvez-vous me redonner votre nom ? demande la secrétaire.

— Perenna. Don Luis Perenna, répond le vieil homme.

— Je suis désolé, je n'ai pas de rendez-vous à ce nom aujourd'hui. Est-ce le Dr Garry elle-même qui vous l'a donné ?

— Non, elle ne m'a pas donné de rendez-vous mais il est urgent que je la voie, mademoiselle. Très, très urgent…

Le vieil homme a l'air désespéré.

— Il faut absolument que je la voie, c'est de la plus haute…

Il porte la main à sa poitrine, semble avoir du mal à respirer, oscille sur ses jambes, lâche sa canne, s'appuie lourdement sur le bureau de la secrétaire.

— Oh mon Dieu ! s'exclame la jeune femme en bondissant de sa chaise. Ne bougez pas, j'arrive !

Elle se précipite dans la salle d'attente, en ressort avec une chaise, aide le vieillard à s'asseoir, ramasse la canne et la lui tend, lui propose un verre d'eau. M. Perenna lève la main pour la rassurer.

— Ça va aller, ça va aller, je suis tellement ému, vous comprenez…

— Je comprends très bien, monsieur Perenna. Je vais faire mon possible pour que le Dr Garry vous reçoive avant ses rendez-vous. Elle doit arriver d'un instant à l'autre. Si vous voulez aller vous installer dans la salle d'attente ? Vous pouvez marcher ?

— Oui, oui, ça va mieux. Je peux encore tenir debout…

Il se laisse conduire dans un vaste salon décoré de peintures modernes et meublé de profonds fauteuils. Deux personnes y sont déjà installées, un livre à la main. Elles lèvent brièvement la tête à leur entrée, puis se replongent dans leur lecture. Une fois assis, M. Perenna pose la main sur le bras de la jeune femme.

— Pourrez-vous lui dire que c'est au sujet de ma petite nièce, Jannie Le Guen ?

— Au sujet de Mlle Le Guen ? Bien sûr, je vais le lui dire…

Le vieil homme examine les deux autres patients. Une femme d'une cinquantaine d'années en pantalon de cuir et veste en peau de serpent, au visage plusieurs fois retendu et outrageusement maquillé, fume cigarette sur cigarette et, entre deux pages de magazine, vérifie consciencieusement son vernis à ongles. L'autre patient est un homme de trente-cinq ans à lunettes rondes, vêtu d'un pantalon de velours et d'une chemise à carreaux au col élimé. Il est brun, pas très bien rasé et visiblement fatigué. Un petit carnet noir est ouvert sur ses genoux. Il en tourne les pages et, de temps à autre, y ajoute une note au stylo. Plusieurs fois au cours de sa lecture, il se met à soupirer profondément. Quand il lève les yeux, il croise le regard de M. Perenna et ils échangent un sourire.

Dix minutes après son entrée, M. Perenna entend la porte du cabinet s'ouvrir, des murmures s'élever. Il reconnaît le timbre rauque et chaud du Dr Garry, la voix inquiète de la secrétaire. Trente-cinq secondes plus tard, cette dernière le fait entrer dans le bureau de la psychiatre.

— Ah, chère madame, dit-il d'une voix vibrante d'émotion, *merci, merci, merci* de me recevoir !!! dit le vieil homme après s'être installé dans un des fauteuils du cabinet de consultation.

Le Dr Garry lui jette un regard farouche, mais se retient visiblement de perdre son calme. Elle s'installe derrière son bureau, range ses clés dans son sac, pose le sac près du bureau.

— Je suis désolée de vous recevoir en coup de vent, monsieur Péréna…

— *Perenna*. Don Luis Perenna…

— … mais je n'ai pas beaucoup de temps à moi. Vous dites que Jannie Le Guen est votre petite-nièce ? J'ignorais que Jannie avait un grand-oncle…

— Et elle n'en a pas, madame, vous avez raison. Pardonnez-moi ce mensonge, mais je ne pouvais évidemment pas donner la véritable raison de ma venue à votre secrétaire… Je ne suis pas le grand-oncle de Jannie Le

Guen, je suis… comment dire ? Je suis un de ses amis… L'un de ses plus chers amis… Et je suis désespéré…

— Je ne comprends pas…

— Voyez-vous, Jannie et moi nous nous sommes rencontrés il y a six mois déjà et nous avons… sympathisé. Nous sommes devenus très, très proches… Je sais que ça peut paraître scandaleux, de voir un homme de mon âge s'attacher à une aussi jeune femme, mais – comment vous dire ? – cet attachement était réciproque.

— Vraiment ? demande le Dr Garry, visiblement intéressée.

— Oui, j'imagine ce que vous pensez : encore un vieil homme riche qui se laisse séduire par une jeune intrigante intéressée par son argent…

— Je connais bien Jannie – nous travaillons ensemble – et je ne crois pas que l'argent ou les vieux messieurs l'intéressent, répond la psychiatre avec ironie.

— Ah, pour ce qui concerne l'argent, vous avez mille fois raison, madame. Et moi-même j'ai eu pendant plusieurs semaines du mal à croire qu'elle avait de l'affection pour moi, mais le fait est là… Jannie est tombée amoureuse de moi comme je suis tombé amoureux d'elle… et nous avions décidé de nous marier le mois prochain, mais brusquement, vendredi, alors que nous nous appelions tous les jours, elle a cessé de répondre à mes appels et je n'ai plus de nouvelles…

— Et pourquoi êtes-vous venue m'en parler, *à moi ?* lance Luce Garry, écarlate.

— Mais parce que vous êtes psychiatre, madame, parce que vous connaissez Jannie, et surtout – oh comme j'étais d'accord avec elle, quand elle vous a dit *cela*, l'autre jour, à la quotidienne –, je la regardais tous les jours, évidemment…

— Quand elle m'a dit quoi ?

— Que vous connaissiez les femmes mieux que personne. Vous vous souvenez ? J'ai bien vu à votre regard de modestie que vous trouviez qu'elle exagérait, mais j'ai toujours trouvé son jugement très sûr. Alors, quand elle ne m'a plus donné signe de vie, je me suis demandé ce qui se passait. S'est-elle mise à penser que nous allions trop vite ? A-t-elle fini par prendre conscience que notre différence d'âge – Ah, mon Dieu ! Dire que j'ai pu y croire, moi aussi... Vous comprenez, je suis un vieil homme, je n'ai plus personne à qui me confier et en regardant l'émission, hier, je me suis souvenu de ce qu'elle a dit de vous et je me suis dit que *vous*, vous pourriez peut-être m'aider à comprendre ce qui lui passe par la tête...

Au prix d'un violent effort, Luce Garry se compose le visage le plus neutre, le plus bienveillant et le plus maternel possible, se lève de son siège, fait le tour du bureau et pose sa main sur celle de l'amoureux transi.

— Monsieur Péréna...

— *Perenna...*

— Je vous demande pardon... Votre histoire est très, très émouvante, mais je n'ai pas le temps de vous écouter aujourd'hui. Je comprends que cette malheureuse histoire vous est très pénible, et il nous faudrait beaucoup de temps, plus de temps que ce dont je dispose aujourd'hui. Si vous le désirez, je vais demander à ma secrétaire de vous donner un rendez-vous d'ici quelques jours, et je ferai en sorte que nous ayons tout le temps de parler... Pensez-vous que vous pouvez attendre quelques jours ? Nous nous reverrions dans de bien meilleures conditions...

— Ah, madame ! Merci ! Merci ! Vous me sauvez la vie ! Je vais attendre, oui, je vais attendre...

M. Perenna se lève un peu vite, titube, glisse, bat des bras et, du bout de sa canne, fait basculer la jolie lampe surmontée d'un abat-jour de verre qui trônait à l'autre bout du bureau.

— Attention ! rugit la psychiatre en se précipitant.

Mais la jolie lampe se fracasse sur le parquet du cabinet de consultation.

*
* *

— Vous lui avez fait un chèque ? s'écrie Claude, incrédule.

— Après lui avoir présenté mille fois mes excuses. Elle a d'abord refusé, tant elle était pressée de me voir partir, et quand j'ai insisté en lui expliquant qu'un gentleman ne pouvait pas prendre congé sans réparer ses bévues, elle a fini par comprendre qu'elle ne pourrait pas se débarrasser de moi autrement. Je ne vous raconte pas sa tête en me voyant rédiger le chèque en dix secondes !

— Et vous êtes sûr qu'elle ne s'est rendu compte de rien ?

— Certain, répond Raoul en jetant un coup d'œil circulaire au parking privé de l'immeuble. Quand elle se décidera à vider son sac sur son bureau, il sera un peu tard…

Il lève le trousseau de clés à hauteur de ses yeux et presse le bouton d'ouverture des portières. La décapotable blanche cligne des phares et klaxonne comme pour l'inviter à monter.

— Qu'allez-vous donc faire de cet engin ?

— C'est dans cette voiture que Jannie a été aperçue pour la dernière fois. Elle y a sûrement laissé les traces de son passage, peut-être une indication sur l'endroit où Luce Garry l'a conduite. Et si elle a quelque chose à nous dire, je connais la personne qui saura la faire parler.

— Mais j'y pense, Raoul. Sur le chèque, elle va voir votre nom !

— Chère amie ! répond Raoul sur un ton attendri. J'ai des chéquiers pour toutes les situations… et toutes les identités…

CONTEXTE, 10 :
LE MINISTÈRE DE LA PEUR

Note confidentielle (août 2007)
À l'attention de : M. le Ministre de la Santé et de M. le Ministre de la Justice
De : Groupe de travail « Psychiatrie en prison »
Objet : Augmentation du nombre de lits dans les unités pour malades difficiles (UMD)

Aujourd'hui, il existe en France cinq unités pour malades difficiles (UMD), chargées d'accueillir les détenus souffrant de troubles mentaux qui présentent un danger pour autrui.

Ces unités disposent d'un nombre limité de places (535 lits au total) et ne sont pas réservées à la population pénitentiaire.

Deux d'entre elles sont ouvertes aux femmes pour un total de 96 places.

Sauf exception, les détenus admis en UMD ne sont pas soumis à une garde statique de policiers ou de gendarmes. La surveillance des détenus placés en UMD dépend exclusivement des équipes soignantes.

Par ailleurs, les détenus relevant de pathologies mentales jugées non dangereuses reçoivent des soins prodigués dans des services médicaux psychologiques régionaux (SMPR). Ces services, au nombre de 26 sur le territoire national, sont installés dans les établissements pénitentiaires et rattachés à un établissement hospitalier. Dans tous les cas, dès qu'un détenu est transféré dans un hôpital psychiatrique, il devient un patient comme les autres et n'est plus soumis au régime carcéral.

L'état actuel de la situation sanitaire dans les hôpitaux psychiatriques ainsi que dans les établissements de l'administration pénitentiaire justifie, à notre sens, l'ouverture de mille cinq cents (1500) lits d'UMD sur le territoire national dans les cinq années à venir. Les difficultés économiques empêchant la création de ces lits pourraient être levées par un partenariat entre l'État et certaines sociétés privées pour qui les patients psychiatriques – incarcérés et non incarcérés – constituent une population qui, moyennant certains avantages en nature, se porterait volontaire dans l'étude de protocoles thérapeutiques actuellement impossibles à mettre en œuvre dans la population générale. Un partenariat financier et logistique entre le ministère de la Santé, le ministère de la Justice et des partenaires privés soigneusement sélectionnés permettrait de faire construire rapidement de petites unités spécialisées (dont les infrastructures resteraient la propriété de la société bailleuse de fonds) où seraient accueillis des patients psychiatriques (incarcérés ou non), volontaires ou dont la tutelle a été confiée à l'État par décision de justice ou par la famille, et qui seraient inclus dans des protocoles de soins agréés après examen par une commission ministérielle.

Ce partenariat nouveau aurait plusieurs vertus :
— désengorgement des services psychiatriques, UMD

et SMPR dont les capacités d'accueil actuelles notoirement insuffisantes empêchent la prise en charge psychiatrique appropriée de nombreux patients incarcérés ;

— financement mixte, moins lourd pour la collectivité, et qui permettrait de proposer des salaires attractifs aux personnels soignants ;

— amélioration des conditions de recherche et de développement des sociétés partenaires et, de ce fait, accélération des procédures de mise sur le marché des médicaments, amélioration de la compétitivité internationale, etc.

Le problème de l'encadrement médical de ces patients reste évidemment épineux en raison de la pénurie liée au faible nombre de psychiatres formés dans les facultés de médecine au cours des vingt dernières années. Elle justifierait, au moins dans un premier temps, de recruter des psychiatres dans l'ensemble de la Communauté économique européenne ; elle pourrait aussi justifier de recruter le personnel d'encadrement de ces centres parmi les praticiens qui se sont vus interdits d'exercice à la suite de déboires réglementaires ou judiciaires, de troubles du comportement ou de conduites addictives. Après examen de leur dossier, ceux de ces praticiens qui ne présentent plus de comportement à problèmes pourraient se voir attribuer, sous réserve d'une formation appropriée, une nouvelle autorisation d'exercer, limitée au cadre de ces UMD. (...)

Annexes :

— contrat-type de partenariat mixte (25 feuillets)

— statistiques sur les interdictions d'exercer

ABATTOIR 5 (CAS N^{O} 1)

Dossier nº 112
Patient #07-6625-S
Homme 35 ans, d'origine maghrébine

Antécédents médicaux : eczéma atopique, primo-infection tuberculeuse, gonococcie,

Antécédents chirurgicaux : néant

Antécédents psychiatriques : agressions sexuelles répétées

Durée de séjour avant entrée dans l'essai : 6 mois

Consentement de participation à l'essai (formulaire SSC 79B) : oui

Tests d'évaluation psychométrique avant essai : 195/200 (échelle de Mengel) ; 35/50 (échelle de Maus)

Protocole mis en œuvre : HW-S Niveau 1 + amitryptiline 40 mg/j + lorazépam 5 mg le soir

Suivi :

J1 : insertion du dispositif sous anesthésie locale à la face interne du bras gauche (sujet droitier)

J2 : hématome en regard du dispositif. Soins locaux

J3 : le sujet signale une sécheresse de la bouche, une constipation, une insomnie et des troubles de la mémoire immédiate. Maintien de la dose d'amitryptiline. Arrêt du lorazépam et prescription de minizine, 6 mg au coucher. Pas d'effets secondaires imputables au HW-S

Tests d'évaluation psychométrique à J5 : 193/200 (échelle de Mengel) ; 35/50 (échelle de Maus). Passage au protocole HW-S niveau 2

(…)

J8 : le sujet se plaint de douleurs abdominales intermittentes, cotées 6/10. Prescription de trimébutine 4 mg 4 fois par jour

(…)

J12 : sujet prostré, aréactif depuis trois jours. Refus d'alimentation. Signes de déshydratation débutante (oligurie, hypotension). Retrait du sujet de l'essai. Mise sous réhydratation parentérale (2 litres par jour). Administration de naloxone pour contrer les effets du protocole HW-S

Le sujet est exclu de l'essai.

LE LIEU DU CRIME

À l'approche de la maison, Mme Derec éclate en sanglots. Le lieutenant Hercé se retourne et voit le Dr Wallace prendre la veuve par le bras et la réconforter. Derrière eux, le juge Bordage s'arrête brièvement, se gratte l'oreille et, pendant que les trois brigadiers et sa greffière la dépassent et se dirigent vers la maison, elle murmure :

— Pas très confortable, cette oreillette...

— *Je compatis, ma chère Sandrine*, lui répond la voix de Watteau. *Merci de vous prêter à cette procédure un peu inhabituelle...*

— Pas de problèmes, Jean. Je suis sûre que vous auriez fait la même chose à ma place...

— *Quand vous vous casserez la jambe, vous pourrez compter sur moi.*

— J'en suis sûre... Il y a tout de même quelque chose qui me tracasse. La loi lui en donne le droit, mais Mme Derec n'a pas voulu se faire accompagner par son avocat... Ce n'est pas très régulier.

— *Non, mais ça ne m'étonne pas. Je connais ce genre de femme... Et puis, ce n'est pas une reconstitution comme les autres...*

Sandrine Bordage sourit et rattrape le petit groupe.

*
* *

Le lieutenant examine la maison pour vérifier que les scellés sont intacts. Après avoir fait le tour du bâtiment, elle ouvre la porte d'entrée sous les yeux du magistrat.

— Je dois d'abord parler avec le Dr Wallace, madame. Pouvez-vous aller attendre dans le salon ?

Mme Derec acquiesce sans un mot. Le lieutenant l'accompagne à l'intérieur de la maison et ouvre les volets.

— Docteur, demande le juge, voulez-vous me montrer où vous vous êtes garé, le matin de la mort du Dr Derec ?

— Ici, répond Wallace en désignant l'allée. Juste devant le garage.

— Voici les photos qui ont été prises par le lieutenant. C'est votre voiture, n'est-ce pas ?

— Oui, je ne l'ai pas déplacée jusqu'à ce que les gendarmes arrivent et fassent les constatations…

— Dites-moi, vous connaissez bien le secteur ?

— Très bien, je m'y suis installé il y a dix ans, et j'y circule beaucoup.

Le juge désigne la forêt, derrière la maison.

— Savez-vous s'il y a des chemins qui pourraient permettre à un homme à pied de traverser le bois jusqu'ici ?

— Oh, j'en doute. Une grande partie de cette forêt appartient à une de mes patientes, une femme très âgée, qui ne laisse personne y passer. Elle a eu des mots avec la société de chasse des environs car elle ne veut pas qu'on pénètre armé dans ses bois… Ils ne sont pas très bien entretenus, alors je ne pense pas qu'il soit facile de les traverser…

Le juge Bordage hoche la tête.

— D'accord. Maintenant, j'aimerais que vous me

montriez où se trouvait le Dr Derec quand vous êtes arrivé la veille. Il avait grimpé sur son échelle, c'est ça ?

— C'est ça.

Le docteur désigne le côté du garage le plus proche de l'entrée.

— Son échelle était là… D'ailleurs, on voit bien de quelles ardoises il s'agit. Il les avait brossées avant de les remettre en place.

— Et le lendemain matin ?

— L'échelle était placée à l'horizontale, contre la porte coulissante du garage.

— À présent, je vais vous demander de reproduire tous vos gestes entre le moment où vous êtes sorti de votre voiture, le matin, et celui où vous avez frappé à la porte de M. et Mme Derec.

— Bien sûr, dit le Dr Wallace.

Il fait quelques pas sur l'allée goudronnée et se place face à la porte coulissante. Le juge demande à un des brigadiers d'ouvrir un siège pliant.

— Asseyez-vous comme si vous étiez dans votre voiture.

Le médecin sourit.

— Vous avez le sens du moindre détail…

— Dans notre métier, c'est indispensable.

— Voilà, dit-il en s'installant.

— Très bien. À présent, sortez de votre voiture et dirigez-vous vers la maison, aussi vite que ce jour-là.

Le Dr Wallace fait mine de prendre sa sacoche sur le siège près de lui, sort de sa voiture et traverse très vite le carré de terre remuée qui se trouve devant la maison. Arrivé à l'entrée, il frappe. Machinalement, il se brosse les pieds sur le paillasson.

Le juge Bordage le regarde en silence. Brusquement, elle sourit et hoche la tête.

— Très bien. À présent, tournons-nous vers Mme Derec.

*
* *

Un gendarme retire son blouson et son képi et s'allonge sur le lit près de Mme Derec. Le juge se tourne vers elle.

— À présent, madame, je vais vous demander de me montrer comment votre mari était installé sur le lit au moment où vous l'avez quitté…

— Il avait enlevé ses chaussures, dit-elle, d'une voix monocorde.

Le gendarme ôte ses chaussures.

— Il était tourné vers la fenêtre…

Le gendarme se met sur le côté. Madeleine Derec serre les dents.

— Il avait toujours la main gauche sous l'oreiller, le bras droit replié contre lui… Voilà, comme ça…

Le lieutenant prend une photo de son collègue.

— À présent, refaites exactement les gestes de cette nuit-là, demande le juge.

La veuve se redresse sur le lit, s'assied, se penche vers la forme allongée, se lève, fait mine d'enfiler des pantoufles, tourne la poignée, sort et referme la porte.

— Vous avez refermé, vous êtes sûre ?

— Oui. Mon mari laissait toujours la fenêtre de la salle de bains ouverte, pour aérer. Si la porte de la chambre reste entrouverte, le courant d'air la fait claquer… alors quand il m'arrive de me lever la nuit, je ferme pour ne pas le réveiller.

— Ce jour-là, il était réveillé…

— Oui, répond Mme Derec, les yeux un peu plus vifs, mais je ferme toujours, c'est une habitude…

— Très bien, continuez.

Elle sort de la chambre, emprunte l'escalier jusqu'au rez-de-chaussée, entre dans la cuisine, sort un verre d'un placard, ouvre le réfrigérateur, en sort un pichet d'eau, verse de l'eau fraîche dans le verre, s'arrête, tourne la tête vers la porte.

— C'est à ce moment-là que j'ai entendu le premier bruit...

— Et le second ?

— Juste après, quand je remettais le pichet dans le frigo...

— Continuez !

Son verre d'eau à la main, Madeleine Derec remonte rapidement l'escalier, se précipite vers la chambre, ouvre la porte et éclate en sanglots.

— Je suis désolée, dit le juge Bordage. Voulez-vous que nous nous arrêtions quelques instants ?

— Non, non. Ça ira, j'ai envie d'en finir...

Ravalant ses larmes, Madeleine Derec entre dans la chambre, pose le verre sur sa table de nuit, s'agenouille près de la silhouette et reste figée.

— Il n'avait pas bougé ? Il était dans la même position ?

— Oui... Il était couché comme quand je l'ai quitté... sauf son bras droit, qui pendait vers le sol... vers l'arme...

Le juge Bordage hésite. Elle soupire et dit :

— Il faudrait me montrer *exactement* ce que vous avez fait... Comment vous l'avez... touché.

Les yeux complètement secs à présent, Madeleine Derec entoure de ses bras le corps vêtu de bleu, pose la tête inanimée contre sa poitrine, caresse les cheveux.

— Comment avez-vous vu qu'il était blessé, madame ?

— Quoi ?

— Comment avez-vous vu qu'il était blessé ? Vous n'avez pas laissé la lumière allumée en sortant, et vous ne l'avez pas allumée en entrant...

Le regard de Madeleine Derec est vide. Elle secoue la tête sans comprendre.

— Je... je ne sais pas... Je l'ai vu. Je l'ai vu dès que

je suis entrée. Il y avait du sang sur sa chemise, sur l'oreiller.

— Sur l'oreiller ? Il n'y avait pas de sang sur l'oreiller de votre mari…

Madeleine Derec se tourne vers son côté du lit.

— Celui qui était là… Le mien.

— Il y avait du sang sur *votre* oreiller ? Il n'y avait pas d'oreiller à votre place, madame. Il n'y avait que le traversin. Et il n'y avait pas de sang dessus non plus…

— Je ne comprends pas…

Le juge, le lieutenant et le Dr Wallace la regardent silencieusement.

*
* *

Le véhicule des gendarmes s'éloigne avec à son bord une Madeleine Derec mutique. Debout dans l'allée, le Dr Wallace hoche la tête, abattu.

— Je n'arrive pas à croire qu'elle ait fait une chose pareille, dit-il au juge Bordage. Elle semblait adorer son mari…

— Et je pense que c'était le cas, répond le juge, mais la pression subie ces derniers mois était trop forte. Elle n'a pas dû supporter de le voir repartir en guerre contre le ministre et les exposer, tous les deux, aux agressions de toute une institution… Pour moi, elle a craqué. Et tout concorde : ses imprécisions, son mari qui n'a pas bougé entre le moment où elle l'a laissé et le moment où il se serait suicidé, cette histoire d'oreiller – elle a dû tirer au travers pour ne pas regarder son mari quand elle l'a tué, et puis se débarrasser de l'oreiller ensuite… Jusqu'à ce mensonge concernant l'absence de lumière dans la chambre. *Dans le noir, elle ne pouvait pas voir qu'il était mort*… Elle continue à nier parce que la vérité est trop difficile à admettre, mais elle finira par avouer. Qu'en pensez-vous, docteur ?

— C'est possible, évidemment…

— Malheureusement, il reste un point obscur… murmure le magistrat.

— Oui ?

— Ce coup de téléphone nocturne à Henry d'Artigues, nous n'en avons toujours pas l'explication… Mme Derec continue à nier l'avoir passé, et elle affirme que son mari n'a pas téléphoné non plus…

Le Dr Wallace soupire profondément puis regarde le juge droit dans les yeux.

— Je vous le dis en confidence… Je suis tenu au secret professionnel, mais à présent que l'affaire est élucidée… Les Derec connaissaient bien Henry d'Artigues : j'ai dîné en leur compagnie, il y a un an, lors d'une soirée que d'Artigues avait organisée pour un de ses clients, une importante entreprise pharmaceutique… Il y a quelques semaines, alors qu'elle allait très mal, Madeleine Derec m'a confié qu'elle entretenait une liaison avec lui.

— C'est incroyable ! murmure Sandrine Bordage.

— *Quel salopard !* s'exclame Watteau.

ABATTOIR 5 (CAS N° 2)

Dossier n° 113
Patient #05-3345-P
Homme 58 ans, originaire du Nord de la France

Antécédents médicaux : hypertension ; diabète non-insulino-dépendant traité par sulfamides hypoglycémiants ; glaucome

Antécédents chirurgicaux : appendicite ; chirurgie du genou post-traumatique

Antécédents psychiatriques : bipolarité

Durée de séjour avant entrée dans l'essai : 7 ans

Consentement de participation à l'essai (formulaire SSC 79B) : oui

Tests d'évaluation psychométrique avant essai : 183/200 (échelle de Mengel) ; 22/50 (échelle de Maus)

Protocole mis en œuvre : HW-P Niveau 2 + thioridazine 50 mg/jour + lithium

Suivi :

J1 : insertion du dispositif sous anesthésie locale à la face interne du bras gauche (sujet droitier)

J5 : rougeur + chaleur + fluctuation en regard du dispositif. Soins locaux

J7 : incision d'un abcès localisé à l'endroit de

l'implantation ; retrait du dispositif ; réinsertion immédiate à la face interne du bras droit

J10 : manifestations d'agressivité marquées de la part du sujet. Administration d'halopéridol intramusculaire.

J11 : réaction inflammatoire en regard de la zone d'insertion à droite. Retrait du dispositif

J12 : Patient somnolent, peu réactif. Fièvre à 40 °C. Mise sous antibiothérapie + antipyrétiques par voie intraveineuse

J16 : Devant la persistance des signes infectieux, retrait du dispositif implanté

Le sujet est exclu de l'essai.

LA FEMME FLAMBÉE

Charly ouvre les yeux et se demande où il se trouve. Une lueur vague diffuse d'un coin de la pièce. L'écran de veille de l'ordinateur. Une tête se tourne vers lui et s'enfouit contre son épaule.

— Dominique…

Dominique répond par un murmure. Elle dort.

Charly inspire profondément. Il voudrait se pincer, mais il sait qu'il ne dort plus. Elle est bien là, tout contre lui, comme elle l'était il y a tant d'années lorsqu'ils s'arrangeaient pour prendre leurs gardes ensemble. Quels itinéraires bizarres ils ont suivis pour se retrouver là ! Il aimerait savoir ce que ça veut dire, mais il est encore profondément troublé par ce qui vient de se passer. C'est comme s'il avait plongé dans le passé avec son corps d'aujourd'hui. Il a retrouvé les mots, les gestes, les odeurs, les sons de Dominique, le goût de sa peau. Il sait qu'elle a retrouvé les siens. Et il ne sait pas quoi faire de tout ça.

Il se dit qu'il devrait se lever, allumer la lumière, la regarder, la réveiller, lui parler… et il n'en a pas envie. Il préfère que ce moment dure. Il aime sentir son corps lourd d'amour contre le sien…

Quand il ferme enfin les yeux, la sirène retentit.

Il est déjà debout derrière le bureau quand Dominique se dresse sur le lit.

— Qu'est-ce qu'il y a ?

— Je ne sais pas. Je regarde…

Sur l'écran, la mosaïque montre des hommes en gris courant dans les couloirs. Charly fait défiler les images. Au deuxième étage, la caméra montre de la fumée sortant de sous une porte. Deux hommes sont en train de la défoncer.

Enfilant le T-shirt que Charly avait apporté comme vêtement de nuit, Dominique le rejoint.

— Ah, les crétins ! Ils ne savent pas qu'il ne faut jamais…

La porte cède, une épaisse fumée sort de la pièce et obscurcit bientôt le champ de la caméra.

— Vas-y, dit Dominique, je te rejoins !

Charly enfile son pantalon et sa blouse, met ses chaussures à la va-vite et sort de la chambre.

***

Au deuxième étage, des gardiens éconduisent les patients debout dans le couloir :

— Calmez-vous, le feu est éteint. Retournez vous coucher.

Deux autres gardiens sortent de la chambre, masques sur le visage, extincteurs à la main. Une fumée épaisse et âcre tourbillonne par la fenêtre ouverte de la chambre.

— Mademoiselle Lechêne ! Qu'est-ce qui lui est arrivé ? demande une femme en chemise de nuit, qui a manifestement du mal à tenir debout.

Autour d'elle, trois autres patients viennent eux aussi de sortir de leur lit en sursaut et titubent dans le couloir.

— On s'occupe d'elle… Rentrez dans votre chambre, répond le gardien, menaçant.

La femme obtempère. Les autres patients sont eux aussi reconduits et leur porte refermée derrière eux.

— Que s'est-il passé ? hurle Charly.

— Qui êtes-vous ? aboie l'un des gardiens.

— Je suis le Dr Lhombre, le médecin de garde ! Répondez-moi !

— Ah, c'est vous…

L'homme hausse les épaules, comme si l'incendie qui vient de se produire le concernait à peine.

— C'est Mlle Lechêne, dit un autre homme en gris, manifestement épouvanté. Elle a dû s'endormir en fumant au lit…

— On lui avait pourtant dit de ne pas fumer dans les chambres, commente le premier. C'est très mauvais pour la santé. La preuve…

Charly n'en croit pas ses oreilles. Le cynisme de cet homme est stupéfiant.

— Mais il y a des détecteurs de fumée dans toutes les chambres, non ?!

— Elle a dû désactiver le sien… Elle l'a cherché !

— Bon Dieu ! Comment pouvez-vous dire une chose pareille ?

Charly scrute la chambre. Un corps étendu, presque carbonisé, gît sur le lit au milieu d'une flaque de neige carbonique. Il se retourne vers les gardiens.

— N'y touchez plus !

— Quoi ?

— Ne touchez à rien ! Il va falloir examiner très attentivement cette pièce et le corps de cette jeune femme. Il faut prévenir le procureur et procéder à une autopsie.

— Pourquoi ? C'est un accident, non ?

— Peut-être. Mais peut-être pas. Regardez son corps. C'est celui de quelqu'un qui n'a pas bougé. Si elle avait mis le feu à ses draps ou à ses vêtements avec une cigarette, la chaleur de la flamme l'aurait réveillée, elle se serait levée, aurait appelé à l'aide. Mais le corps qui est là n'a pas fait le moindre geste. Ce n'est pas un accident, ni un suicide. Écartez-vous de cette pièce.

— Et les pompiers, je les appelle ?

— Vous auriez déjà dû le faire. Maintenant, ils risquent de me saccager les lieux. La police suffira.

— J'appelle d'abord le Dr Schillinger, dit le gardien, agressif. Il était d'astreinte au Village cette nuit. Lui, je le connais. Vous, vous êtes nouveau ici… Et c'est le plus ancien au Château…

— Appelez-le si vous voulez, mais personne ne touchera à cette chambre tant que les flics ne seront pas arrivés. Et ôtez-vous de mes pattes si vous ne voulez pas que je vous fasse inculper pour entrave à la justice !

Surpris par le ton péremptoire de Charly, les gardiens se reculent au moment précis où Dominique sort en courant de la cage d'escalier.

— Vous étiez là, docteur Damati ? demande l'un des gardiens, surpris par la présence de sa directrice.

Dominique ne répond pas et se précipite vers la chambre.

Pour lui éviter la vision du cadavre, Charly se plante sur le seuil. Il lui explique la situation en quelques phrases. Le visage de Dominique se serre, elle est incapable de prononcer un mot.

— Est-ce que tu as un appareil photo numérique ? demande Charly en la prenant par les épaules.

Elle secoue la tête, il voit qu'elle s'efforce de comprendre la question.

— Oui, dans mon bureau…

— Va me le chercher, veux-tu ?

Elle le regarde avec des yeux vides.

— Va ! murmure Charly.

Dominique s'éloigne sans un mot. À l'infirmière de nuit, Charly demande d'apporter des tubes de prélèvements et des conteneurs hermétiques. Puis il se tourne vers le gardien.

— Encore une fois : *Voulez-vous, s'il vous plaît, aller prévenir la police ?* Maintenant, le Dr Damati est au courant…

— Vous avez l'air d'aimer les flics, grogne le gardien.

— Je n'ai pas besoin d'aimer les gens avec qui je travaille, répond Charly. Quand ils travaillent bien, on s'entend parfaitement. Vous allez le passer, ce coup de fil ?

— Pourquoi vous le faites pas, vous ?

Charly croise les bras et s'adosse au chambranle de la porte.

— Parce qu'on m'a enlevé mon mobile à l'entrée, comme vous le savez. Et jusqu'à l'arrivée de la police, je ne quitte pas cette scène de crime.

ABATTOIR 5 (CAS N° 3)

Dossier n° 248
Patient #07-2756-N
Homme 62 ans, originaire de Bretagne

Antécédents médicaux : hypertension ; insuffisance hépatique modérée d'origine alcoolique ; tabagisme depuis l'âge de 14 ans ; bronchite chronique

Antécédents chirurgicaux : chirurgie de la hanche (prothèse totale)

Antécédents psychiatriques : dépression liée à une maladie de Parkinson

Durée de séjour avant entrée dans l'essai : 13 ans

Consentement de participation à l'essai (formulaire SSC 79B) : oui

Tests d'évaluation psychométrique avant essai : 155/200 (échelle de Mengel) ; 18/50 (échelle de Maus)

Protocole mis en œuvre : HW-N Niveau 3 (sérotonine, mélatonine)

Suivi :

J1 : insertion du dispositif sous anesthésie générale

J1 + 12 heures : coma profond lié à une hémorragie intracrânienne

J2 : signes de décérébration ; coma dépassé

J3 : retrait du dispositif ; le patient est exclu de l'essai

LA DAME DANS L'AUTO

Quand la petite Austin entre dans le parking souterrain et se gare près d'eux, Claude n'est pas très rassurée.

— C'est la première fois de ma vie que je vole une voiture…

— Nous ne l'avons pas volée, mais empruntée, ma chère. J'irai la remettre à sa place dès que ma jeune amie y aura jeté un coup d'œil.

Une jeune femme sort de l'Austin. Raoul s'avance vers elle, la prend par les épaules, l'embrasse sur le front.

— Bonjour, ma jolie !

— Bonjour, Raoul.

Elle émet un sifflement admiratif en apercevant la Torpédo garée non loin.

— « 813 AL 75 » ! Très chic, ton immatriculation !

— Tu me flattes… répond Raoul avec un air faussement modeste.

— Il faudra que tu me fasses faire un tour dedans, un de ces jours ! Et j'aimerais te voir plus souvent. Tu ne m'appelles que pour me demander des services…

— Tu sais que je suis toujours par monts et par vaux… Et je ne pense jamais à téléphoner.

— Tu parles ! J'espère que tu n'en as pas pour longtemps,

parce qu'on vient de m'appeler sur un sinistre et je devrais déjà être en route…

— Je t'adore… Je te présente Claude de Lermignat… Claude, voici Marie Taranger qui est avec vous l'une des plus jolies femmes…

— Oh, comment osez-vous me comparer à une jeune beauté comme elle ! gémit Claude.

Raoul éclate de rire, et la jeune femme avec lui.

— Ce n'est pas la première fois que Raoul tente de me faire passer pour une de ses petites amies, confie Marie à Claude, mais comme il le dirait lui-même, *c'est du flan*. N'est-ce pas, Parrain ?

— *Parrain ?*

— Eh oui ! répond Raoul, rougissant. Ce sont des choses qui arrivent… Le père de Marie était un ami proche, il m'a demandé de veiller sur sa fille s'il lui arrivait quelque chose…

— Et voilà comment Raoul d'Andrésy, bandit de grand chemin, a poussé sa filleule à servir la justice…

— Marie travaille régulièrement avec Jean et son ami le commissaire Bénamou…

— Oui, je me souviens les avoir entendus mentionner son nom, dit Claude. Vous êtes inspecteur de police, mademoiselle ?

— Pas tout à fait, répond la jeune femme en sortant de l'Austin une mallette métallique. Bon ! C'est pas le tout ! Que puis-je faire pour vous plaire ?

Raoul désigne la décapotable.

— Nous dire, par exemple, si quelqu'un a voyagé avec la roue de secours.

— Rien de plus facile…

Et, pendant que Raoul ouvre le coffre, Marie Taranger sort de sa mallette un pulvérisateur, une paire de lunettes spéciales et une lampe à lumière noire.

*
* *

— C'est effrayant, dit Claude, frissonnante, en voyant l'Austin repartir.

Raoul considère pensivement l'intérieur du coffre de la décapotable, puis le referme.

— Raoul, vous êtes sûr que Marie ne s'est pas trompée ? Ce sang, ça ne peut pas être celui de Luce Garry ? Elle a pu saigner du nez, je ne sais pas…

— Il est impossible de dire à qui le sang appartient, mais vous avez entendu ce que Marie nous a dit : quand on saigne du nez, le sang tombe à la verticale et forme des taches rondes. Les traces qu'elle a trouvées sont étalées sur toute la profondeur du coffre. Il est probable que la personne qui a été transportée avait une plaie à la tête et que, pendant le voyage, sa tête a roulé d'arrière en avant… Ce qui veut dire, ajoute Raoul sombrement, qu'elle était probablement morte…

— Qu'allons-nous faire à présent ? demande Claude, abattue par la prise de conscience de ce qu'ils ont découvert.

Raoul lui prend le bras et la conduit à la Torpédo.

— Eh bien, pendant que je retourne garer cette pièce à conviction dans le garage où je l'ai trouvée, vous allez rendre visite au Dr Garry, ma chère…

— Moi ?

— Oui. Il va falloir lui poser au sujet de son amie Jannie quelques questions auxquelles elle ne pourra pas répondre…

— Mais… pourquoi moi ?

— Parce qu'elle ne vous connaît pas. Je ne peux pas me montrer une nouvelle fois, ça ne marcherait pas. Et même si Marie nous a confirmé que le coffre de Luce a transporté un cadavre, nous ne pouvons pas en faire état : je ne tiens guère à entrer dans un commissariat, il n'est pas question que la mère du juge Watteau reconnaisse avoir « emprunté » une voiture… Quant à la dénonciation anonyme, je ne suis pas chaud pour pratiquer ce genre de méthode…

— Ce n'est pas mon genre non plus… Mais comment voulez-vous que je prenne contact avec elle ? Je ne vais pas me présenter à sa consultation !

— Bien sûr que non ! Mais Luce Garry se rend tous les soirs dans un lieu tout à fait public !

Le visage de Claude s'éclaire.

— … Le studio de *Ça nous regarde !* Mais… les places sont réservées plusieurs mois à l'avance ! Jamais nous n'arriverons…

Le sourire de Raoul s'élargit.

— Allons, ma chère, vous me sous-estimez ! Il se trouve qu'une de mes… filleules, la charmante Marjolaine, est productrice à TVTourmens. Je l'ai appelée en vous attendant ici. Elle m'a réservé deux places de VIP. Jean est malheureusement immobilisé, mais que diriez-vous d'emmener l'une de vos amies à la télé ?

LE TÉLÉPHONE ROSE

Date : 26 septembre 2008
De : Division sécurité, Laboratoire WOPharma
À : Direction générale
Objet : Transcription de conversation téléphonique

Veuillez trouver ci-joint, comme convenu, la transcription d'une conversation téléphonique entre la responsable de la Division Marketing Media et notre correspondante médicale à TVTourmens. Cette conversation nous permet de penser que l'émission mentionnée dans la conversation devrait pouvoir se prêter à la promotion du dispositif « HealthWatcher », moyennant quelques aménagements appropriés.

*(**Note :** Par souci de confidentialité, la responsable Division MM est désignée par la lettre A, sa correspondante par la lettre B.)*

Date et heure de la conversation : 25 septembre 2008, 22 h 30

A : Bonsoir, docteur (…), c'est S.
B : Bonsoir, S. Comment allez-vous ?

A : Très bien. Je ne vous dérange pas ?

B : Pas du tout. Vous avez regardé l'émission, ce soir ?

A : Pas encore. Mais je l'ai enregistrée, je vais la regarder au lit ce soir ! (rires) Surtout, ne me dites pas ce qui est arrivé à J. [participant à l'émission] !!! (rires)

B : Ah, vous allez voir… Pauvre garçon ! Il avait vraiment l'air de penser que L. [participant à l'émission] était fidèle.

A : Oh, vous m'en dites trop, vous êtes cruelle !… Et puis ça n'est pas pour ça que je vous appelle, mais pour vous demander si vous avez pu parler de notre proposition aux producteurs de [Nom de l'émission].

B : Oui, j'ai passé une heure avec le principal responsable de l'émission et le directeur de la maison de production, et ils sont très, très enthousiastes. Il ne reste plus qu'à programmer la date.

A : Qu'ont-ils dit du choix de J* et A* ?

B : Ils étaient d'accord. Je leur ai expliqué que le choix de ces deux candidats était fondé sur des critères médicaux, ce qui justifiait bien sûr qu'on leur conseille d'utiliser des [nom de dispositif] mais aussi le fait que la mise en place des dispositifs se fasse à l'antenne. J* est diabétique, A* est épileptique, ils souffrent tous les deux de maladies chroniques qui justifient un suivi médical permanent, et leur affection est susceptible de se traduire par des pertes de connaissance. Une fois mis en place, le [nom de dispositif] agira comme une sécurité infaillible. Au moindre problème – une hypoglycémie, un coma diabétique, une crise d'épilepsie sévère – le [nom de dispositif] alertera le centre médical d'urgence le plus proche. J* et A* sont ravis non seulement de disposer d'un [nom de dispositif] gratuit pendant les cinq ans à venir, mais aussi d'en vanter les mérites aux autres participants et aux spectateurs de [nom de l'émission].

A : Une question reste posée : le Conseil régional

d'Éthique risque de voir d'un mauvais œil votre participation…

B : Ne vous inquiétez pas, je serai ostensiblement absente de l'émission le jour où J* et A* recevront leurs implants, pour signifier que je ne suis pour rien dans cette opération. J* et A* comprennent parfaitement la nécessité pour moi d'agir ainsi.

A : Oh, voilà qui est parfait ! Et est-ce que les producteurs de l'émission ont accepté les… conditions dans lesquelles l'insertion des implants sera diffusée ?

B : Vous n'allez pas le croire ! Figurez-vous qu'ils n'ont rien demandé ! Ils m'ont dit être très heureux de contribuer à l'information sur une méthode thérapeutique de pointe.

A : Vous êtes sérieuse ? Vous n'avez pas eu besoin de leur faire de proposition chiffrée ? Nous étions bien sûr prêts à consentir aux producteurs une compensation conséquente, mais comme vous le savez, la démarche est toujours très délicate…

B : Je m'en suis bien gardée car ils sont très chatouilleux quand il s'agit de leur indépendance. Mais leurs sondages d'audience montrent que spectateurs et candidats me font pleinement confiance, alors ils n'ont pas eu l'ombre d'un doute sur la validité médicale de la procédure quand je la leur ai décrite.

A : Oh, ma chère [nom barré], vous êtes une femme hors du commun ! Quand je vais annoncer ça à ma direction, elle sera ravie.

B : Je n'ai fait que présenter la chose de la manière la plus médicalisée possible…

A : … Ce qui nous évitera une dépense inutile. Bravo ! Nous n'avons plus qu'à formaliser l'accord avec J* et A*.

B : Je m'en occupe dès demain.

A : Vous êtes formidable !

B : Vous êtes trop gentille…

A : Mais non, mais non. Je le pense. Vous êtes une femme exceptionnelle, et d'ailleurs, pour vous parler franchement… je peux vous parler franchement ?

(Fin de la transcription)

Le reste de la conversation revêt un caractère personnel et n'a pas de relation directe avec le projet « HealthWatcher ». Nous nous permettons seulement de signaler que la conversation s'est poursuivie pendant près de quarante-cinq minutes, et montre que les liens établis entre la responsable de la DMM et sa correspondante deviennent de plus en plus étroits, pour ne pas dire intimes.

Conduite à tenir :

Archiver transcription ?	OUI	NON
Détruire transcription ?	OUI	NON
Archiver enregistrement ?	OUI	NON
Détruire enregistrement ?	OUI	NON

(Rayer les mentions inutiles.)

ABATTOIR 5 (CAS N° 4)

Dossier n° 109

Patient #08-1377-P

Homme 28 ans, d'origine africaine

Antécédents médicaux : acné ; MST traitées et guéries ; migraines

Antécédents chirurgicaux : appendicite

Antécédents psychiatriques : dépression mélancolique

Durée de séjour avant entrée dans l'essai : 6 mois

Consentement de participation à l'essai (formulaire SSC 79B) : oui

Tests d'évaluation psychométrique avant essai : 193/200 (échelle de Mengel) ; 47/50 (échelle de Maus)

Protocole mis en œuvre : HW-P Niveau 3 + thioridazine 50 mg par jour

Suivi :

J1 : insertion du dispositif sous anesthésie locale

J2 – J5 : cicatrisation parfaite. Pas de complications

J5-J50 : amélioration spectaculaire des syndromes dépressifs ; le patient n'est plus prostré, il se lève, se déplace, participe aux activités (repas, vaisselle, ménage, lecture, ping-pong), reprend le contact avec son entourage ;

effets secondaires modérés (sécheresse buccale, diminution de l'érection)

J51-J100 : état maintenu. Passage à protocole HW-P Niveau 2 + thioridazine 25 mg par jour en traitement d'entretien

Conclusion : succès du protocole HW-P. Inclusion du patient dans les statistiques de l'essai.

CONTEXTE, 11 :
LES MESSAGERS DE L'OMBRE

WOPharma/WOTechBio
Note à usage interne
6 octobre 2008

De : Direction de la recherche
À : Direction générale

Veuillez trouver ci-dessous le texte de la lettre qui sera adressée aux ***médecins généralistes*** *collaborant au projet SCP006 pour les inciter à se joindre au projet TotalHealthControl.*

Merci de bien vouloir l'annoter et la commenter dans les quarante-huit heures.

Pour Jean-Bernard Kellerman
Directeur de la recherche
(Signature illisible)

Direction de la recherche WOTechBio
Le médecin-coordonnateur
Docteur (…)

au Docteur (X)
Cabinet médical de (Y)
(Adresse)
(Code postal) – (Ville)

Monsieur et cher confrère,

Vous avez accepté, au cours de l'année écoulée, de participer dans le cadre de votre pratique de médecine générale à l'expérimentation du dispositif SCP006 « HealthControl », mis au point par WOTechBio, branche technologique de WOPharma, dans l'optique de sa prochaine mise sur le marché.

Nous sommes heureux de vous annoncer que cette expérimentation est un franc succès. Chaque semaine, un nombre croissant de praticiens répondent « présent » à l'appel lancé par WOTechBio, pour développer de nouveaux systèmes d'administration des médicaments. À l'heure actuelle, le nombre des patients qui bénéficient du dispositif « HealthControl » à titre expérimental gratuit, sous votre contrôle médical, est de 1 253 en France métropolitaine.

Étant donné les enjeux de santé publique concernés par ce dispositif, une telle qualité de coopération entre la recherche WOTechBio, le corps médical et les patients est plus qu'encourageante : elle est remarquable et porteuse d'un espoir sans précédent pour les patients d'aujourd'hui et de demain.

Le 1er janvier 2009, cette collaboration dans l'expérimentation va prendre un nouveau tournant. Au cours des semaines qui viennent, l'un des ingénieurs de WOTechBio viendra vous présenter le projet *THC*, un modèle révolutionnaire de mise en réseau sécurisé de tous les patients utilisant le dispositif « HealthControl ».

Ce modèle permettra à tout médecin dont un ou plusieurs patients utilisent actuellement le dispositif « HealthControl » de contrôler, en temps réel, lors de la consultation du patient, au moyen d'une sonde infrarouge externe le fonctionnement du dispositif, la dose thérapeutique administrée et ses effets biologiques, et de partager les données recueillies avec notre département Contrôle de Qualité via une connexion Internet.

Le kit du modèle *THC* comprendra :

— une sonde infrarouge

— un logiciel de traitement et de communication des données via connexion Internet[1]

— un livret de formation qui vous sera commenté par l'ingénieur-visiteur.

En remerciement pour votre aide, l'ingénieur-visiteur vous remettra un des cadeaux de collaborateur figurant sur la liste agréée par le ministère de la Santé.

Nous espérons que vous serez aussi passionné par ce nouveau développement de la technologie à laquelle vous contribuez avec tant d'enthousiasme.

Bien confraternellement

Docteur (...)

Médecin-coordonnateur

1. Les praticiens qui ne disposent pas encore d'un modem Ultra-Haute-Vitesse 300 Méga peuvent le demander à notre responsable du service des communications au numéro vert suivant (...).

ABATTOIR 5 (CAS N° 5)

Dossier n° 308
Patient #78-1377-P
Homme 79 ans, originaire de Charenton
Antécédents médicaux : insuffisance cardiaque
Antécédents chirurgicaux : appendicite
Antécédents psychiatriques : démence sénile type alzheimer, évoluant depuis 3 ans
Durée de séjour avant entrée dans l'essai : 30 ans
Consentement de participation à l'essai : information non disponible
Tests d'évaluation psychométrique avant essai : information non disponible
Protocole mis en œuvre : HW-A + substance expérimentale K30043

Suivi :
J1 : insertion du dispositif sous anesthésie locale
J2-J5 : pas de complications locales
J5-J30 : tests psychométriques en légère amélioration par rapport au bilan pré-entrée dans l'essai
J30-J60 : tests psychométriques identiques au bilan précédent
J60-J90 : tests psychométriques inchangés

J90-J120 : retour des tests au niveau du bilan pré-entrée dans l'essai

J120-J150 : dégradation des tests psychométriques. Aggravation de la démence

Conclusion : bonne tolérance du dispositif ; stabilisation de la démence pendant 90 jours ; résultat considéré comme positif.

LE DIABLE, PROBABLEMENT

Le Dr Wallace est célibataire et Linda, sa très jeune et très jolie secrétaire du moment (il en change souvent) n'est qu'une de ses nombreuses maîtresses. Comme il est plutôt autoritaire de nature, il a pris l'habitude de lui imposer ses moindres caprices juste avant (et parfois entre) ses consultations. Ce jour-là, à 13 h 30, le médecin est, comme à l'accoutumée, installé dans son confortable fauteuil de cuir, caleçon et pantalon sur les chevilles. Ses érections étant assez hésitantes le soir et plutôt laborieuses dans la journée, il suce une glossette de Viriline Fast – le tout nouveau vasodilatateur-pénien-à-effet-instantané qu'une autre de ses maîtresses, visiteuse médicale du laboratoire WOPharma, lui fournit régulièrement – en attendant l'entrée de Linda.

Ladite Linda – qui commence à trouver que cette relation ressemble moins à une liaison-de-proximité-professionnelle qu'à une forme larvée d'exploitation sexuelle – repousse le moment fatal en s'inventant de multiples tâches, dans l'espoir qu'un patient, voyant la voiture-du-docteur dans la cour, se décidera à entrer sans rendez-vous, et lui évitera de passer à la casserole. Or, à la grande surprise de la jeune femme, ce n'est pas une personne, mais plusieurs, qui poussent la porte de la salle d'attente à 13 h 31.

La première arrivante, Linda la connaît bien. Lorsqu'elle lui fait signe de ne pas parler, elle hoche la tête. Au murmure « Est-il seul » ?, elle répond une nouvelle fois par un hochement de tête. Son interlocutrice fait alors signe aux hommes qui la suivent de passer à l'action.

La Viriline Fast agit très vite et très longtemps et le Dr Wallace a la mauvaise habitude de porter des jeans très serrés. C'est donc dans une position extrêmement douloureuse qu'il est embarqué par les gendarmes et, après un voyage à ses yeux bien trop long, installé sur une chaise inconfortable de la salle d'interrogatoire, à la BR de Tourmens.

***

— Laissez-le mariner un peu, a conseillé Watteau au lieutenant Hercé. Pas longtemps, quinze minutes tout au plus. Moins, il n'aurait pas le temps de se décomposer. Plus, il risquerait de se refroidir et de se remettre à penser. C'est ce que j'appelle le quart d'heure américain.

Watteau n'a évidemment pas prévu que Wallace serait encore sous l'emprise de son médicament. Comme il a été menotté à un pied de la table, le quart d'heure américain vu de la salle d'observation est par conséquent une intéressante succession de contorsions (il se lève, glisse la main derrière sa ceinture, tente de… repositionner quelque chose, se rassied, se contorsionne de nouveau) visant – vainement – à rendre moins pénible son incarcération pantalonnaire.

— Qu'est-ce qui vous prend ? hurle-t-il à l'entrée du lieutenant Hercé, qui vient de passer dix bonnes minutes secouée par un puissant fou rire, et les cinq suivantes à se recomposer tant bien que mal un semblant de sérieux. Pourquoi m'avez-vous amené ici ?

— Bonjour, docteur, répond-elle tranquillement en posant son attaché-case sur la table et en s'asseyant de l'autre côté. Pardonnez-moi, j'ai pris le temps de raccompagner Mme Derec chez elle. Après l'avoir accusée à tort, c'était la moindre des choses…

— À tort ? Mais je croyais que…

— Oui, je sais. C'était ce que vous vouliez nous faire croire. Pousser le culot jusqu'à violer le secret professionnel pour révéler une liaison imaginaire, c'était le pompon… Vous êtes un vrai beau salaud !

— C'est inconcevable !

— Je ne crois pas que ce soit le terme approprié…

— Détachez-moi ! hurle Wallace en gigotant sur sa chaise.

Le lieutenant tape violemment des deux mains sur la table. Surpris, Wallace s'immobilise.

— Je vous conseille de vous calmer, dit la jeune femme. Les personnes considérées comme dangereuses pour autrui doivent être maîtrisées… Par la force s'il le faut. C'est la procédure qui veut ça. Vous le savez, je crois…

— Dites-moi au moins pourquoi vos gorilles m'ont sauté dessus !

— *As you wish*… Mais vous devez vous en douter un peu. Non ?

— Je… je… je ne vois pas du tout…

Elle lui fait un sourire angélique.

— Vraiment pas ? Qu'à cela ne tienne ! Vous me donnez l'occasion de vous montrer mes petites fiches.

Elle sort de son attaché-case deux jeux de bristols quadrillés.

— … J'aime beaucoup mes petites fiches. Je note tout plein de choses dessus dans la journée, et le soir, je les ressors, je les mélange comme un jeu de cartes, je les relis dans le désordre et si je n'y vois pas plus clair je les étale sur la table et je vais me coucher. C'est comme un puzzle, vous voyez ? Parfois, on n'avance plus, les pièces deviennent opaques, impossibles à manipuler. Mais il suffit d'aller dormir et le lendemain matin (d'un geste des mains devant ses yeux, elle mime une petite explosion) *pouf!!* Tout devient clair ! Tout se met en place. Vous voyez, ces fiches-ci sont celles de l'affaire Derec. Et celles-là sont celles de l'affaire d'Artigues. Contrairement à ce que vous m'avez « révélé », Mme Derec connaissait à peine d'Artigues. Elle n'a dîné chez lui qu'une seule fois. Mais son mari le connaissait très bien – il lui avait à plusieurs reprises demandé conseil. Et vous l'avez vous aussi souvent rencontré, en particulier à l'occasion de dîners auxquels vous invitaient certains de ses clients, n'est-ce pas, docteur... ?

— Euh, oui, mais je ne vois pas...

— Ces derniers jours, poursuit le lieutenant Hercé avec l'application d'une écolière, quand j'ai relu mes fiches sur l'affaire Derec, j'ai eu le sentiment qu'il manquait quelque chose. Je ne pouvais pas compléter le puzzle parce que je n'avais pas toutes les pièces. Alors j'ai appelé mon collègue le commissaire Bénamou. J'aime beaucoup le commissaire Bénamou, et comme il m'aime bien, lui aussi, il n'a pas hésité une seconde à me confier le dossier d'Artigues, à partir duquel j'ai rédigé mon second jeu de fiches... Hier soir, j'ai mélangé les deux jeux sur la table, je les ai examinés ensemble, je les ai laissés reposer une nuit et quand je les ai regardés ce matin... *Pouf! Tout devint clair!*

Elle pose ses deux mains sur la table et se penche vers le prisonnier.

— Pourquoi avez-vous tué le Dr Derec et Henry d'Artigues, docteur Wallace ?

Le médecin se raidit sur sa chaise et affiche un sourire méprisant.

— Vous êtes complètement folle !

La jeune femme sourit.

— Je m'attendais à votre réaction. Alors je vais vous expliquer comment j'en suis arrivée à cette conclusion. Vous voyez, la procédure habituelle, dans une grande région comme celle de Tourmens, consiste à examiner les crimes l'un après l'autre, au fur et à mesure qu'ils sont commis, en les prenant comme ils viennent. Seulement, nous ne sommes pas à Baltimore ou à Boston, mais dans un secteur plutôt calme, et deux morts violentes survenant la même nuit et touchant deux personnes qui se connaissent, ça peut difficilement être une coïncidence. La tâche aurait pu, en temps normal, être compliquée par la… compétition entre police judiciaire et gendarmerie. Pour des raisons qu'il ne m'appartient pas de vous révéler, il se trouve que, très tôt, le commissaire et moi-même avons trouvé la coïncidence troublante.

— Quelle perspicacité…

— Et puis, notre attention a été attirée par la singularité de l'affaire Derec. Quand on meurt de deux balles, ce n'est plus un suicide, c'est un meurtre.

— Ça peut y ressembler, évidemment…

— De plus, deux balles tirées à travers le même orifice, ça n'est pas banal du tout…

— Le tueur aura tiré deux fois de suite au même endroit…

— C'est vrai… Comment le saviez-vous ?

— Mais c'est vous qui me l'avez dit l'autre jour, lieutenant, répond Wallace, parfaitement détendu. Vous m'avez révélé en confidence qu'on avait trouvé deux balles de 9 mm dans le crâne de Yann Derec, ce qui éliminait le suicide… et suggérait que sa femme l'avait tué… Mais deux projectiles de 9 mm qui se télescopent, ça doit être très abîmé…

— Eh oui… reconnaît le lieutenant. Ce qui a rendu leur examen difficile, mais pas impossible. La balistique nous a ainsi appris que les deux balles avaient été tirées par deux armes *différentes*.

Le médecin fronce les sourcils puis, avec un sourire pervers, incline la tête et ajoute :

— Deux armes différentes mais de même calibre… Voyez-vous ça…

Les yeux de l'enquêtrice pétillent.

— Évidemment, si la thèse du suicide était éliminée, celle du meurtre du Dr Derec par sa femme était, en revanche, mise à mal. Pourquoi donc Mme Derec aurait-elle utilisé deux armes, l'une après l'autre ? Et qu'avait-elle donc pu faire de la seconde ?

— Effectivement, on peut se le demander…

— C'est là que la coopération entre services nous a été précieuse. Nos experts en balistique ont comparé les projectiles trouvés sur le cadavre de Derec avec ceux qui ont tué Henry d'Artigues.

— Et qu'en avez-vous conclu ?

— Que c'est le même 9 mm qui a tué d'Artigues sur son palier puis, quelques heures plus tard, le Dr Derec dans sa chambre. Le 357 n'a été utilisé qu'ensuite, contre un mort.

— Pourquoi, grands dieux ?

— Tuer deux personnes avec la même arme, c'est lier ouvertement les deux crimes. L'assassin le savait. À mon humble avis, voici ce qui s'est passé : il a utilisé l'échelle pour entrer dans la salle de bains des Derec et, après avoir tué sa victime, a découvert le 357 sous son oreiller… Immédiatement, il a saisi l'occasion : en tirant une seconde fois avec l'arme de Derec, dans le même orifice, selon le même angle, il pouvait espérer abîmer les deux projectiles et brouiller les pistes. Suicide ? Assassinat ? Avec tant d'éléments discordants, ces imbéciles de gendarmes allaient sûrement patauger… Ajoutez à cela la lettre de dénonciation envoyée à la presse pour suggérer que Mme Derec avait un amant…

— Quelle perversité… Cela dit, Derec et d'Artigues étaient deux types louches. Ils avaient probablement des ennemis communs. Des ennemis qui les ont peut-être fait exécuter par le même tueur professionnel…

— Bravo, docteur ! Nous en sommes arrivés à la même conclusion – à ceci près : il ne s'agissait pas d'un professionnel. Tout penche plutôt vers l'improvisation… Une improvisation inspirée, je dois le reconnaître, mais une improvisation tout de même… Un tueur professionnel aurait préparé son coup longtemps à l'avance ; il aurait pris soin d'utiliser deux armes différentes pour les deux crimes… *Et il n'aurait certainement pas eu besoin de voler l'arme d'un gendarme !*

Le médecin devient aussi raide que s'il avait été trempé des pieds à la tête dans de la Viriline Fast.

— Vous avez… retrouvé l'autre arme ?

— Pourquoi ? Cela a l'air de vous inquiéter…

— Non, répond-il après quelques secondes de réflexion. Non. Pas du tout…

— De toute manière, ce n'est pas le cas… L'assassin a certainement pris la peine de s'en débarrasser, et nous n'allons pas draguer la Tourmente sur toute sa longueur pour la retrouver…

Un sourire machiavélique illumine le visage de Wallace.

— Mais alors, comment savez-vous que c'était l'arme d'un gendarme ?

— Oh, c'est facile… Quelques jours avant les assassinats, une de mes collègues de la brigade, Diane Giardella, s'est fait voler son arme de service chez elle, pendant qu'elle était hospitalisée pour une menace d'accouchement prématuré. Je me suis vite demandé s'il y avait une relation entre cette arme et nos deux assassinats. Ça ne coûtait rien de vérifier. Dès que je l'ai interrogé, son garçon de treize ans m'a avoué que la veille du retour de sa mère, comme il n'en pouvait plus de tourner en rond pendant que le père faisait les allers et retours à l'hôpital, il avait « emprunté » le pistolet pour s'amuser à tirer dans la cave… Le pauvre garçon a eu beaucoup de chance, et la peur de sa vie… La seule balle qu'il a tirée a ricoché en passant à quelques millimètres de son visage. Il est allé ranger l'arme en quatrième vitesse… Nous avons retrouvé le projectile et l'avons comparé à ceux des meurtres…

— Ça ne vous dit pas qui a pris l'arme…

— Non, mais ça limitait le champ d'investigation. Nous savions à présent que l'arme avait été volée *après* cet incident. Et, même si Giardella ne s'est pas rendu compte immédiatement de sa disparition, nous savions qu'elle avait été volée peu de temps avant son retour.

— Comment ça ?

— Quand on range une arme, on extrait le chargeur. Le lendemain de son retour, Giardella m'a appelée pour que j'envoie quelqu'un récupérer son arme. Entendant cela, son fils s'est souvenu qu'il avait oublié d'ôter le chargeur en la remettant en place. Il a voulu réparer son oubli mais, lorsqu'il a ouvert le coffret de sécurité, le pistolet avait disparu. Or, très peu d'individus ont pénétré dans le logement entre-temps. Parmi eux, il y avait une personne insoupçonnable, tout à fait sympathique et familière aux yeux des gendarmes, une personne que le petit Giardella n'avait pas trouvé étrange de voir frapper à la porte, quelques heures avant le retour de sa mère, pour déposer une prolongation d'arrêt de travail. Cette personne, c'est *vous*, docteur… Vous êtes depuis longtemps le médecin de cette collègue. Cela fait certainement des mois que vous savez où elle range son arme… et ses clés. Et vous n'avez probablement eu aucun mal à détourner l'attention de ce garçon pour aller voler son pistolet.

— Ce ne sont que des présomptions. Vous n'avez rien de probant contre moi ! Rien !!!!

— Oh, mais si. Pour commencer, vous êtes la seule personne qui avait en si peu de temps accès à d'Artigues, à Derec et à l'arme.

— Oui, mais cette arme, vous ne l'avez pas ! s'exclame Wallace.

— Non. Et même si je l'avais, elle ne me serait d'aucune utilité : vous l'avez probablement essuyée avant de vous en débarrasser. Mais je n'en ai pas besoin : vous avez laissé plusieurs empreintes *à l'intérieur* du coffret de sécurité dans lequel vous l'avez prise...

***

Pensive devant ce que Wallace a révélé en passant aux aveux, Fanny Hercé ouvre son ordinateur portable et fait un signe à la caméra miniature placée au bord supérieur de son écran. Installé dans son fauteuil, une pipe à la main, Watteau lui fait signe en retour.

— Vous croyez Wallace quand il dit que les crimes ont été commandités, monsieur le Juge ?

— Vous pouvez m'appeler Jean, lieutenant...

— D'accord, si vous m'appelez Fanny...

— Euh... d'accord, fait Watteau en toussant sa fumée. Bon... qu'est-ce que vous disiez ?... Ah oui... Eh bien, il va falloir aller poser la question directement à l'individu qu'il a nommé, mais je pense qu'il dit la vérité. Il n'avait pas de raison personnelle de les tuer, il n'en tire aucun bénéfice direct et manifestement il n'a pas envie de porter le chapeau seul. À mon avis, il n'est qu'un pion dans un jeu plus vaste. Il a probablement été acheté ou manipulé...

— Alors notre enquête n'est pas terminée...

— Je le crains...

Watteau pose la main sur son plâtre.

— ... Mais comme on m'enlève ce truc demain matin, je vais pouvoir vous accompagner !!!

— Tant mieux... Vous n'avez rien dit pendant que j'interrogeais Wallace. Je m'attendais à ce que vous me fassiez des suggestions...

— Vraiment, lieute-… *Fanny ?* Ç'aurait été superflu. Vous connaissez très bien les dossiers, nous en avons parlé ensemble, nous sommes parvenus ensemble aux mêmes conclusions… Vous n'aviez pas besoin de moi pour le coincer. Et, à vrai dire, j'ai trouvé reposant de vous regarder le faire. Vous me rappelez mon amie Lilly Rush, qui travaille à Philadelphie… Il est question qu'elle vienne passer quelques jours de vacances dans la région. Il faudra que je vous la présente. Je vous inviterai à dîner toutes les deux…

— C'est gentil. Mais franchement, répond-elle sur un ton de reproche, je préférerais dîner seule en tête à tête avec vous, *Jean*.

Sur l'écran à seize millions de couleurs, Watteau rougit.

CONTEXTE, 12 :
CIRCUIT FERMÉ

AFP – 12 janvier 2008

UNE CIRCULAIRE EUROPÉENNE DÉFINIT LES MODALITÉS D'INTERVENTION POLICIÈRE EN CAS DE SABOTAGE DES SOURCES ÉNERGÉTIQUES

L'aggravation constante de la menace terroriste incite depuis plusieurs années les gouvernements européens à porter une attention soutenue aux sources d'énergie, cibles potentielles majeures pour une attaque terroriste sur les territoires de l'Union. Les centrales nucléaires ou thermiques, les usines hydrauliques, les champs d'éoliennes, les pipe-lines, mais aussi les pylônes et relais d'électricité à haute tension sont nombreux sur le territoire national. Il est évidemment difficile de poster un planton devant chaque pylône, mais les progrès actuels de l'informatique permettent de surveiller très précisément l'ensemble d'un réseau électrique et d'y détecter la moindre anomalie.

Reste à définir quel type d'anomalie nécessite une

intervention des forces de sécurité, quelles forces dépêcher, et sur quels objectifs prioritaires.

C'est ce que vient de préciser une circulaire européenne, votée à l'unanimité par la Commission. Dans les grandes lignes, cette circulaire précise que toute variation anormale de la circulation ou de la distribution de l'électricité à un objectif « sensible » impose le délestage électrique immédiat et l'intervention automatique des forces de l'ordre (police nationale ou gendarmerie), dans des lieux tels que les centrales ou les relais électriques, les usines de raffinage, mais aussi les écoles et établissements scolaires et les hôpitaux. En France, cette procédure est déjà prête depuis plusieurs mois : le ministère de l'Intérieur a en effet déjà rédigé un plan « EnerSec » (sécurité énergétique) qui n'attendait que l'accord de la Commission européenne pour être appliqué.

Applicable immédiatement, la circulaire a été unanimement saluée par la majorité, et vivement critiquée par l'opposition, qui dénonce la lourdeur du système mis en œuvre et voit dans l'éventualité d'une intervention policière dans un établissement public comme un lycée ou une université une atteinte intolérable aux droits du citoyen.

ABATTOIR 5 (…)

Dossier nº (…)
Patient # (…)
Homme 28 ans
Antécédents médicaux : sida
Antécédents psychiatriques : bouffées délirantes

Dossier nº (…)
Patient # (…)
Homme 43 ans
Antécédents médicaux : alcoolisme
Antécédents psychiatriques : trouble obsessionnel compulsif

Dossier nº (…)
Patient # (…)
Homme 37 ans
Antécédents chirurgicaux : traumatisme crânien et fracture du rocher
Antécédents psychiatriques : syndrome post-traumatique

Dossier nº (...)
Patient # (...)
Homme 19 ans
Antécédents médicaux : fractures multiples
Antécédents psychiatriques : autisme

Dossier nº (...)
Patient # (...)
Homme 27 ans
Antécédents médicaux : sida
Antécédents psychiatriques : dépression réactionnelle à l'annonce du diagnostic

Dossier nº (...)
Patient # (...)
Homme 31 ans
Antécédents médicaux : toxicomanie à l'héroïne
Antécédents psychiatriques : agoraphobie, insomnie chronique

PLEINS FEUX SUR L'ASSASSIN

— Je trouve la présentatrice actuelle bien plus agréable que celle qui était là avant, déclare Marie-Christine. Comment s'appelait-elle déjà ?

— Jannie Le Guen, répond Claude en ramassant son sac et son foulard.

— Et vous ? Qu'en pensez-vous ?

Claude n'entend pas la question. Elle se demande comment elle va trouver le moyen de s'approcher de Luce Garry. La salle est en train de se vider, et plusieurs colosses gardent les sorties réservées aux vedettes qui ont défilé sur le plateau pendant l'emission.

— Qu'en pensez-vous, Claude ?

— Je n'en pense rien, ma chérie…

Claude regrette d'avoir dû se tourner vers la collante Marie-Christine pour se rendre à l'émission, mais quand elle a demandé à Raoul pourquoi elle ne pouvait pas y aller seule, il a insisté en disant que deux femmes un peu envahissantes semblent toujours moins suspectes qu'une femme seule qui met son nez partout. Elle espère qu'il a raison : Marie-Christine lui a parlé sans interruption pendant les trois heures qu'a duré l'émission.

De plus, Claude est déçue car Luce Garry n'est apparue que pendant quelques brèves minutes à la fin. Pourvu qu'elle soit encore dans les coulisses…

Debout dans l'allée, Claude examine soigneusement les jeunes gens à veste bleue et oreillette chargés du service d'ordre. Elle finit par repérer le plus gradé d'entre eux et se dirige dans sa direction.

— Claude, où allez-vous ? La sortie est de l'autre côté.

Avec un profond soupir, Claude se retourne vers son amie.

— Marie-Christine, je vais vous demander un grand, grand service.

— Oui, bien sûr, tout ce que vous voulez…

— Suivez-moi si vous voulez ou restez ici, souriez, soyez charmante mais, *s'il vous plaît*, ne me dites plus un mot jusqu'à nouvel ordre. Vous voulez bien ?

— Oui… oui, bien sûr, répond Marie-Christine, obéissante.

Ébahie, elle voit Claude lui tourner le dos, s'avancer sans hésiter vers un grand et beau garçon noir portant de fines cicatrices sur un visage taciturne, et échanger quelques mots avec lui. Au bout de quelques secondes, un large sourire apparaît sur les lèvres du jeune homme. Au bout d'une minute, il émet un rire sonore et pose chaleureusement la main sur le bras de son interlocutrice. Il finit par l'inviter à le suivre. Sans même se retourner vers son amie, Claude disparaît dans les coulisses.

*
* *

La loge est une petite pièce dans laquelle plusieurs fauteuils sont disposés devant des miroirs. Deux femmes sont assises, deux autres sont debout. Une jeune femme est en train de donner un coup de peigne à Luce Garry.

— Ces dames profitent des maquilleuses de l'émission

pour se refaire une beauté, murmure le jeune homme en veste bleue. Docteur ? Une visite pour vous...

Luce Garry se retourne sur sa chaise et voit Claude remercier son accompagnateur puis, tout miel, venir vers elle.

— Bonjour, chère Luce Garry, comment allez-vous ?

— Euh, très bien... Nous nous connaissons ?

— Vous ne me connaissez pas, mais moi, je vous connais ! Je suis la grand-tante de Jannie.

Le lourd maquillage de la psychiatre ne parvient pas à dissimuler son déplaisir.

— Sa grand-tante ? Elle ne m'a jamais parlé de vous !

— Ah, comme c'est bizarre ! Elle ne vous a jamais parlé de sa *petite Janou ?* On m'a toujours appelée Janou, mais je m'appelle Jannie, comme elle – enfin, c'est elle qui porte le même prénom que moi, mais vous m'avez comprise ! Vous savez, elle m'a beaucoup parlé de *vous* ! Elle me raconte *tout* !!! Je vis loin, mais avec le téléphone, maintenant... Et c'est la première fois que je viens la voir à Tourmens, mais je suis très déçue, je n'ai pas réussi à la joindre pour lui annoncer mon arrivée – elle n'est pas venue à l'émission ce soir ?

— Cela fait plusieurs jours qu'elle est partie... se reposer, répond sèchement la psychiatre en jetant un regard aux autres femmes présentes. Et je ne vois pas pourquoi vous me demandez ça, *à moi*...

Claude fait mine d'être non seulement peinée mais choquée.

— Eh bien, parce que... parce que vous comptez beaucoup pour elle... Et je crois que tout le monde le sait... Non ?

Elle lance un regard enfantin aux autres personnes présentes dans la pièce, manifestement très gênées.

— Je ne vois pas de quoi vous voulez parler, je n'ai

rien à vous dire ! lance Luce Garry en faisant signe à la coiffeuse de finir de lui donner un coup de peigne.

Claude la regarde sans rien dire, puis fond en larmes.

— Oh, comment pouvez-vous être aussi méchante avec ma petite Jannie ! Elle me l'avait bien dit que vous étiez cruelle, l'autre jour, au téléphone… Et depuis, je n'ai plus de nouvelles ! Elle qui est si sensible, si vous lui avez brisé le cœur, je suis sûre qu'il lui est arrivé quelque chose !

Cette fois-ci Luce Garry se lève comme une furie.

— Sortez d'ici ! Je ne sais pas de quoi vous parlez, et je ne veux pas vous voir ! C'est compris ?

— Je ne bougerai pas d'ici tant que vous ne m'aurez pas répondu !

— Vraiment ?

À deux doigts de perdre complètement le peu de sang-froid qui lui reste, le Dr Garry jaillit hors de la loge pour appeler la sécurité. Claude demande un mouchoir à la coiffeuse, pose son sac et son foulard sur la table de maquillage, se mouche bruyamment, puis ramasse son sac et son foulard et sort en sanglots. Au bout du couloir, Luce Garry vient d'apparaître avec un autre homme en veste bleue. Sagement, Claude s'éloigne et quitte le studio par la première issue de secours rencontrée sur son chemin. Une fois dans la rue, elle éclate de rire. Elle a réussi à mettre Luce Garry hors d'elle – cette colère, elle en est sûre à présent, signe sa responsabilité dans la disparition de Jannie – et elle lui a subtilisé une pièce à conviction qui pourrait être déterminante.

Elle ouvre le foulard roulé en boule et y admire, telle une enfant découvrant un trésor, les boucles d'oreilles que Luce Garry avait posées sur la table de maquillage pendant qu'on la recoiffait.

*
* *

Il fait nuit. Claude a appelé Raoul à plusieurs reprises, d'abord pour laisser sur sa boîte vocale un message lui contant ses faits d'armes. Ensuite pour s'inquiéter de son silence. Cela fait deux heures qu'elle est rentrée à Lermignat, et il ne lui a donné aucune nouvelle depuis qu'ils se sont quittés, cet après-midi. C'est inhabituel… Enfin, pense-t-elle, si tant est que ce que fait Raoul puisse être qualifié d'habituel. Elle se sent toute chose, heureuse et anxieuse à la fois, de tout le temps qu'ils viennent de passer ensemble. Heureuse parce que cette aventure l'a rapprochée de lui : si elle a jamais eu le moindre doute sur son désir de l'avoir près d'elle plus souvent (*Et même en permanence*, pense-t-elle), ce doute s'est évanoui. Anxieuse parce qu'elle craint le jour où il devra partir : Raoul n'a jamais été homme à s'installer, serait-ce auprès d'une femme… qui l'aime. Elle le sait et l'a toujours su. Mais parfois…

Assise sur son lit, incapable de lire ou de s'endormir, elle regarde encore une fois le réveil posé sur sa table de nuit. Onze heures passées. À sa grande surprise, Jean ne se trouvait pas à Lermignat quand elle est arrivée. Est-ce aujourd'hui qu'il devait se faire enlever son plâtre ? Et si tel était le cas, pourquoi n'est-il pas encore de retour ? En désespoir de cause, pour se rassurer, elle compose le numéro de téléphone de Marie Taranger.

— Marie, ici Claude de Lermignat, la… l'amie de Raoul…

— Oui, bonsoir Claude, comment allez-vous ?

— Je suis un peu fatiguée, et à vrai dire un peu inquiète, car je n'ai pas de nouvelles de Raoul depuis le milieu de l'après-midi. L'avez-vous vu ?

— Non, je me trouve encore sur le lieu de l'explosion pour laquelle j'avais été appelée quand nous nous sommes vus tout à l'heure et je viens seulement de finir mes relevés…

— Je suis désolée… Je voulais juste vous poser une petite question.

Claude ouvre précautionneusement son foulard et contemple la trace brune qui tache l'envers d'une des deux boucles-coquillage.

— Si la personne qui a… *voyagé dans le coffre* – vous savez… – portait des boucles d'oreilles, celles-ci ont pu être tachées par le sang de la blessure qu'elle avait à la tête…

— Oui, bien sûr, c'est possible.

— Quand on trouve du sang, peut-on identifier à coup sûr la personne de qui il provient ?

— Si on dispose d'un échantillon d'ADN de cette personne, c'est facile !

Claude referme délicatement le foulard sur la boucle.

— Merci, c'est ce que je voulais savoir. Je ne vous embête pas plus longtemps. Pardon de…

— Non, non, je vous en prie ! J'espère que nous aurons bientôt d'autres occasions de nous voir. Et ne vous en faites pas pour Raoul, il va finir par réapparaître !

— J'en suis sûre… D'ailleurs, je crois que j'entends sa voiture ! Je vous quitte !

Claude raccroche et se lève pour accueillir son ami. Réalisant qu'elle tient encore le foulard, elle le glisse machinalement sous son oreiller et, saisissant son peignoir au bout du lit, sort pieds nus sur le palier. Au rez-de-chaussée du manoir, la porte d'entrée vient de s'ouvrir, et le couloir s'éclaire. Claude se met à descendre le grand escalier.

— Raoul ! Où étiez-vous ? Je me faisais un sang d'encre…

— J'ai mis du temps à vous retrouver, mais cette fois-ci je ne vous lâche plus, vieille salope, lui répond une voix familière. *Qu'avez-vous fait de mes boucles d'oreilles ?*

Au bas des marches, une barre de fer à la main, Luce Garry lui lance un regard meurtrier.

LA CHAMBRE ARDENTE

Méthodiquement, Charly photographie la pièce sous tous les angles, sans oublier le plafond. L'infirmière attend près de la porte. Emmitouflée dans un grand manteau bleu d'interne, Dominique les regarde faire, sans un mot, depuis le couloir. Derrière elle, deux vigiles en gris font les cent pas.

Charly se tourne vers la forme en partie calcinée étendue sur le lit. Après l'avoir photographiée, il s'accroupit pour examiner le corps de près.

— Regardez les restes de ses vêtements : elle n'était pas habillée, on les avait simplement posés sur elle. Raison de plus pour penser qu'elle était déjà morte quand le feu a été allumé…

Au moyen d'une pince il recueille une masse informe placée entre les cuisses du cadavre.

— Qu'est-ce que c'est ? demande l'infirmière.

— On dirait du plastique fondu. Peut-être les restes d'un flacon d'alcool.

Il glisse la forme dans un sachet et le tend à l'infirmière, qui le referme et l'annote au feutre.

— Qu'est-ce que ça faisait là ?

— *Mmmhh*… Regardez la manière dont les flammes

se sont propagées, en étoile autour de cette zone. Le feu a commencé ici.

— Entre ses…

— Mmhhh… Il va être difficile de le prouver, mais comme elle était nue, la présence de ce flacon dans un endroit… *suggestif*, indique très logiquement qu'elle a aussi été violée, et que c'est à la fois le viol et le meurtre qu'on a voulu maquiller. Pouvez-vous me passer des seringues de 20 ml et les aiguilles les plus longues dont vous disposez ? Je ne vais pas pratiquer une autopsie ici, mais mieux vaut faire tous les prélèvements possibles avant que le corps ne soit transporté.

Il insère une première aiguille au bout d'une seringue, ôte le capuchon et la fiche au-dessus du pubis du cadavre. Dominique ferme les yeux.

Après avoir procédé à de multiples prélèvements, en terminant par les yeux, Charly examine la table de chevet. Le tiroir est vide.

— *Évidemment…*

Il se penche de nouveau vers la victime. Du bout de sa pince, il cueille délicatement une sorte de ruban noirci collé autour de son cou, et le glisse prudemment dans un nouveau sachet en plastique. Puis il s'agenouille pour regarder sous le lit, tend le bras, en sort une enveloppe.

— Elle a bien fait d'accrocher ça sous son matelas… Ça l'a protégé du feu…

— Qu'est-ce que c'est ?

— *Mmhhh…* Une ampoule de verre, une ampoule de médicaments sur laquelle je lis… *Sonovabitch*[1]*… !*

Il se lève d'un bond, sort dans le couloir, prend Dominique par le bras, désigne la caméra fixée au plafond, à quelques mètres.

— Tout est enregistré ?

1. Juron anglo-saxon (littéralement et phonétiquement : « son of a bitch » – fils de chienne).

— Oui, bien sûr…

— Tu as accès aux enregistrements ?

— Oui, mais il n'y a pas de caméra dans les chambres…

— On a juste besoin de savoir qui est sorti de la sienne juste avant que l'incendie commence…

*
* *

— Où a-t-elle dîné hier soir ?

— Au réfectoire, avec plusieurs patients, répond l'infirmière.

Depuis l'ordinateur installé dans la salle de soins de l'étage, Dominique se connecte aux enregistrements. Charly prend sa place devant l'écran et examine les images tournées dans le couloir juste après l'heure du dîner.

Mlle Lechêne apparaît avec deux autres patients, qui disparaissent de l'autre côté. La jeune femme sort de la poche de son survêtement une carte plastifiée, la fait glisser dans la fente de la serrure électronique et entre dans sa chambre. La porte se referme. Pendant les vingt-cinq minutes qui suivent, plusieurs personnes passent dans le couloir – l'infirmière de nuit, le Dr Schillinger, un homme en gris, deux patients. Plusieurs minutes après le passage de la dernière silhouette, l'enregistrement de la caméra du couloir s'interrompt brusquement. Charly accélère le défilement des images mais il doit se rendre à l'évidence. Il n'y a plus d'images.

— Ah, le salopard ! Il a débranché la caméra.

— Alors nous ne saurons jamais de qui il s'agit…

— Ce n'est pas sûr. Il n'a débranché que cette caméra, sinon les gardiens auraient réagi. Une seule caméra, dans un secteur calme… Ils n'ont probablement pas bougé quand elle est devenue aveugle… Les serrures des chambres sont électroniques. Est-ce que les ouvertures sont enregistrées ?

— Oui, répond Dominique, et elle se penche pour lui indiquer sur l'écran dans quel dossier chercher.

— Alors, voyons si d'autres portes de chambre ont été ouvertes après que les patients sont retournés se coucher. Voyons, je vois deux ouvertures de portes à l'étage seulement après la fin du repas : à 23 h 35 chez Mlle Lechêne… et à minuit deux, chez elle à nouveau…

— L'entrée et la sortie de son agresseur, tu crois ?

— Oui, mais ce qui me tracasse, c'est… (Il s'adresse au vigile en gris qui les regarde depuis le couloir.) Dites-moi ! À quelle heure la sirène s'est-elle déclenchée ?

— Euh… quand le détecteur du couloir a senti la fumée qui sortait sous la porte…

— Ça aussi, c'est enregistré, dit Dominique.

Elle approche sa main de la main de Charly posée sur la souris de l'ordinateur. La main de Charly s'écarte, laisse les doigts de Dominique se poser sur le périphérique, repose sa main sur celle de sa compagne, l'accompagne pendant qu'elle clique sur un coin de l'écran.

— Minuit vingt-huit…

Charly se tourne vers elle.

— Il s'est passé vingt-six minutes entre le moment où l'agresseur est sorti de la chambre et le moment où la fumée a commencé à passer sous la porte. C'est long.

— Je ne sais pas…

— Ce n'était pas une question. C'est long. Le bas des portes n'est pas hermétique, la fumée a dû remplir cette chambre très vite et quand l'incendie a été éteint, il ne durait pas depuis vingt-cinq minutes. Ça veut dire que notre zèbre est malin. Il s'est arrangé pour que le feu prenne au moins quinze ou vingt minutes après son départ… Qui fume, ici ?

— Personne, en principe. Sauf quand les patients démontent les capteurs de fumée. Mais comme on les vérifie tous les jours, on s'en rend compte très vite, et les patients qui enfreignent cette règle sont exclus sur-le-champ.

— Okay... Et parmi le personnel soignant, qui fume ?

Dominique croise les bras.

— Dans la seule salle où c'est autorisé, au quatrième, j'ai vu presque tout le monde fumer, je crois. Sauf une ou deux infirmières...

— Et toi... Tu as arrêté.

— Oui. Comment le sais-tu ?

Il sourit malicieusement.

— Ta bouche n'a pas le même goût...

Dominique lui donne un coup de poing sur l'épaule.

— Crétin... Mais... Pourquoi demandes-tu ça ?

— Parce qu'avec un flacon contenant un mélange d'alcool et d'éther, une bande de gaze, une cigarette et une pochette d'allumettes, on fabrique un cocktail Molotov à retardement...

— Tu l'as déjà fait ?

— Non, mais je regarde beaucoup de séries télé...

Charly reprend le contrôle de la souris.

— Alors, voyons qui a circulé dans les couloirs à l'heure du crime...

Mais la recherche de Charly dans les couloirs du Château ne donne rien. Il voit seulement, au rez-de-chaussée, les portes de l'ascenseur se refermer.

— Ce salaud sait exactement où sont les zones aveugles quand les caméras font un quart de tour, et il en profite. Mais je ne comprends pas où il est allé... Personne n'est sorti du Château, personne n'est entré dans un bureau ou une chambre dans la demi-heure qui a suivi le crime... L'ascenseur... n'a pas bougé... Il a seulement appuyé sur les boutons pour que les portes s'ouvrent et se ferment. Malin, ce garçon...

Il clique sur le fichier nommé « Corr. SS2 C ».

— C'est le couloir souterrain entre le Château et le Village, c'est ça ?

— Oui, pourquoi ?

— Voyons si quelqu'un l'a emprunté à ces heures-là… Mais personne ne passe devant la caméra du couloir entre minuit deux et minuit vingt-huit.

— Merde ! s'exclame Charly en tapant sur la table.

— Attends ! murmure Dominique.

Et elle fait défiler l'image pendant les minutes qui suivent. Lorsque le compteur indique minuit trente-cinq, une silhouette chauve et nerveuse apparaît devant la caméra et s'éloigne en lui montrant son dos.

— Ce brave Schillinger… Que faisait-il donc dans le couloir de communication à cette heure-là ?

— Il retourne faire sa ronde de nuit au Village… Le médecin de garde doit en faire une à 22 h 30, une autre à minuit trente, et repasser à 6 h 30 le matin.

— D'accord, ma belle, à ceci près qu'à minuit trente-cinq, la sirène retentissait encore. Attends, je rembobine… Regarde-le. Tu as le sentiment qu'il est inquiet à l'idée qu'il y a le feu au Château ?

— Non, pas vraiment… À quelle heure est-il sorti du Village, après la précédente ronde ?

— Attends, je rembobine… 23 h 03. Une demi-heure, c'est bref pour une ronde du soir, je trouve… Combien y a-t-il de détenus, là-bas ?

Dominique hésite avant de répondre. Elle semble très mal à l'aise.

— Je ne sais pas exactement, je n'ai accès qu'à un seul secteur… Ça bouge beaucoup… Plusieurs dizaines, mais ça ne veut rien dire. Le soir, tous les détenus sont en cellule à 19 h 30. Extinction des feux à 22 heures. C'est une ronde de routine… À cette heure-là, il n'y a même plus de gardien de notre côté du couloir…

— Tiens donc… *Attends un peu !*

Il se retourne vers Dominique, la regarde avec des yeux compréhensifs.

— Je ne vais pas te poser de questions, mais je parie que tu peux *aussi* accéder aux images enregistrées au Village…

Elle le regarde longuement, ferme les yeux, se penche vers le clavier, tape un code d'accès.

— Voilà…

Charly ouvre le fichier nommé Corr SS2 V. L'image montre le couloir de communication vu par la caméra montée à l' autre extrémité. Il cale l'enregistrement sur minuit trente-cinq. D'un pas trop tranquille, Schillinger s'avance vers l'objectif.

— *Tu as vu ? Il n'a plus son…*

Un gémissement de Dominique lui fait tourner la tête, et il reçoit un violent coup au visage.

DUEL

— Qu'avez-vous fait de mes boucles d'oreilles ? Où sont-elles ?

Luce Garry monte lentement, une à une, les marches du grand escalier. À reculons, Claude rebrousse chemin vers le palier.

— Comment m'avez-vous trouvée ?

— La prochaine fois que vous ferez du gringue à un de ces abrutis du service d'ordre, évitez de lui donner votre nom ! Où sont mes boucles ?

— Je ne les ai pas !

Arrivée sur le palier, Luce Garry s'immobilise et, en faisant manifestement un effort de self-control, baisse le bras au bout duquel pend la barre de fer.

— Vous mentez, dit-elle sur un ton plus calme. Vous me les avez prises tout à l'heure, dans la loge de maquillage. Qui êtes-vous ?

— Une amie de Jannie…

— Vous ne la connaissiez pas !

— C'est vrai, mais j'ai compris qui vous étiez, toutes les deux… En regardant votre petit manège, à l'émission… Vous étiez amantes !

Luce Garry éclate de rire.

— Ah, c'est bien ma veine ! Moi qui étais sûre

qu'aucune des petites connes qui regardent cette émission ne comprendrait, il a fallu que ce soit une *vieillarde* qui nous perce à jour ! Et pas n'importe quelle vieillarde ! La mère d'un juge ! Mais pourquoi regardiez-vous donc cette *merde ?*

Claude croise les bras et prend une mine comique.

— Je me suis endormie devant *Derrick* et quand je me suis réveillée, vous étiez là, toutes les deux, et j'ai su tout de suite qu'il y avait quelque chose entre vous...

— Oui, il y avait quelque chose, et ça aurait pu continuer longtemps si cette petite garce ne s'était pas mis en tête que je devais quitter mon mari pour aller vivre avec elle ! Vous vous rendez compte ? Vous voyez d'ici les titres ? « La psychiatre la plus célèbre de France, auteur de trois best-sellers et titulaire de la plus grosse clientèle de la région, *abandonne sa famille pour aller vivre avec une petite gouine ?* » Qu'est-ce qu'elle s'imaginait ? Il fallait... que je fasse... quelque chose !

Elle lève de nouveau la barre d'acier et en fouette l'air d'un geste qui fait sursauter Claude.

— Et c'est *pour ça* que vous l'avez tuée ? Vous pouviez rompre !

— Rompre ? Impossible ! Elle ne voulait rien entendre ! Elle voulait tout raconter...

— À votre mari ?

La psychiatre lève les bras au ciel. Elle s'avance lentement vers Claude qui, au lieu de reculer vers sa chambre, se dirige vers le salon de télévision.

— Je me tape de mon mari, et mon mari se fout de ce que je fais ! Non, elle voulait tout raconter à ses copines journalistes !!! Et cette petite salope avait tout ce qu'il fallait chez elle. Ah, mais pourquoi est-ce que je l'ai laissée me photographier ? *Qu'est-ce que j'avais donc dans la tête ?? ?*

Claude ouvre la porte du salon derrière elle et claque

des mains deux fois. La lumière s'allume dans le salon de télévision.

— Très joli gadget… fait Luce Garry mi-figue, mi-raisin.

— N'est-ce pas ?… Alors, vous lui avez fait croire que vous l'emmeniez en week-end, vous êtes allée la prendre chez elle, et vous l'avez tuée !!!

— *Non ! Ça ne s'est pas passé comme ça !*

Claude fait encore deux pas en arrière, puis s'immobilise. Elle désigne un fauteuil à la femme enragée.

— Asseyez-vous.

L'autre ouvre des yeux grands comme des soucoupes.

— Quoi ? Qu'est-ce que vous dites ?

— Vous n'allez pas me tuer purement et simplement. Ça ne vous donnera pas vos fameuses boucles d'oreilles et on pourrait vous surprendre.

— À cette heure-ci ? Ça m'étonnerait !

— La porte était ouverte, n'est-ce pas ? Et quand je suis descendue, vous avez bien vu que je venais accueillir… quelqu'un.

La psychiatre regarde attentivement son interlocutrice. Au grand soulagement de Claude, elle se détend et s'assied au bord du fauteuil.

— Vous attendiez quelqu'un…

— Oui.

Claude s'assied à son tour, sur le canapé, tout près d'un magazine sur lequel sont posées plusieurs télécommandes.

— Laissez-moi deviner…

Son visage s'éclaire.

— Ce n'est pas votre mari, je sais que vous êtes veuve, madame de Lermignat… Alors, qui est-ce ?

— Mon plus cher ami… Et il ne va pas tarder à rentrer, dit Claude avec toute la conviction possible.

— Eh bien, si vous me rendez mes boucles d'oreilles,

je n'aurai plus qu'à prendre congé et vous laisser l'attendre…

— *Mmhhh*… Je ne crois pas… Qui vous empêchera de me faire subir le même sort que Jannie, une fois que je vous les aurai données ?

— *Je n'ai pas voulu la tuer*…

La voix de Luce Garry s'est brisée. Elle regarde la barre de fer comme si elle lui était étrangère.

— Elle… Elle m'a forcée…

— Forcée ?

La femme rousse se tasse sur elle-même, comme écrasée par ce qu'elle est en train d'évoquer.

— J'ai voulu discuter avec elle, la convaincre… La raisonner. Je l'ai emmenée dans ma maison de campagne, nous y allions souvent quand nous… voulions nous isoler… Je me disais que là-bas, on pourrait parler, je voulais qu'elle comprenne… Pendant tout le trajet, elle n'a pas arrêté de rire et d'être joyeuse et de me dire que tout allait s'arranger… Mais quand nous sommes arrivées là-bas, elle a posé ses affaires au milieu du salon, elle s'est plantée devant moi, et elle a dit qu'elle ne voulait plus rien entendre. Que sa décision était prise : c'était ça ou rien. Si je ne voulais pas d'elle, je perdrais tout… Alors j'ai dit : « D'accord… » Je suis allée dans le garage, j'ai ramassé *ça*, je suis retournée dans la maison. Elle me tournait le dos, elle était en train de sortir ses affaires de son sac. J'ai demandé : « Tu es sûre ? » Elle a dit : « Je suis sûre », sans même me regarder… C'est ça qui m'a fait mal : elle ne m'a même pas regardée pour me dire ça. Elle voulait seulement me… *posséder*. Alors, je l'ai frappée.

Elle a prononcé les derniers mots dans un murmure.

Prostrée, Luce Garry ne bouge plus. Claude tend la main vers l'une des télécommandes, appuie sur un bouton. De l'autre côté de la pièce, la diode de l'amplificateur s'allume.

— Qu'avez-vous fait de son corps ?

— Quoi ? répond Luce Garry, perdue.

Du bout des doigts, Claude met l'ampli sur « silence » et augmente le volume au maximum.

— Qu'avez-vous fait de son corps ? Je sais que vous l'avez transportée dans votre coffre, mais où l'avez-vous emportée ?

La psychiatre la regarde et comprend.

— Mon coffre… Mais oui ! C'est ça ! Le vieux beau qui m'a subtilisé mes clés de voiture ce matin ! C'était pour fouiller ma voiture…

— Oui. Nous avons trouvé des traces de sang…

Luce Garry se dresse lentement, animée par une joie meurtrière.

— Ton… *petit ami*… Il ne conduirait pas un vieux tacot blanc, par hasard ?

— S-si… répond Claude, soudain très inquiète.

— Il m'a doublée sur la route tout à l'heure, il conduisait vite… Trop vite… Plus loin, j'ai vu son tacot dans un champ… Alors, si j'étais toi, je ne l'attendrais plus…

— Vous mentez ! Vous me dites ça pour me faire peur…

— Bien sûr que je veux te faire peur ! répond la psychiatre en fracassant le vase posé sur la table basse. *Je veux que tu me donnes ces boucles d'oreilles !*

Son arme levée, elle s'approche et passe devant un des grands haut-parleurs. C'est le moment que Claude choisit pour appuyer de nouveau sur la télécommande, déclenchant une explosion sonore qui fait sursauter la psychiatre. Profitant de cette seconde de surprise, Claude court vers la porte du salon, la franchit et la tire vers elle. Mais Luce a le temps de glisser la barre de fer dans l'embrasure pour l'empêcher de la fermer. Elle tire violemment sur la porte, et Claude lâche prise. D'un bond, Luce est sur elle, la bouscule et la fait tomber. Elle lève la barre de fer et frappe sadiquement le pied de Claude qui hurle de douleur.

— Si tu ne me réponds pas, je vais te faire très, très mal… *Où sont-elles ?*

Le souffle coupé par la souffrance, Claude désigne la porte de sa chambre.

— Sous… mon oreiller…

Luce se précipite.

Claude sent ses larmes sur le point de déborder mais une pensée les arrête.

Quand elle les aura trouvées, elle reviendra me tuer.

Une poussée d'adrénaline atténue l'atroce douleur de son pied cassé. En un effort surhumain, elle s'appuie sur le petit banc placé contre le mur du palier et se met debout. Un cri de victoire retentit dans la chambre, et Luce ressort, triomphante, le foulard à la main. Claude catapulte le banc aussi fort qu'elle peut dans sa direction ; stoppée net dans son élan, la psychiatre bascule en avant et s'étale sur le palier. Claude sautille sur un pied vers la barre de fer, la ramasse et la brandit des deux mains tandis que Luce se remet déjà debout.

— N'approchez pas !

— Pourquoi, vieille peau ? répond la rousse avec mépris. Tu crois que tu arriveras à me faire mal avec ça ? Tu joues au golf ?

— Non, mais j'ai toujours eu un excellent revers ! répond Claude bravement.

Luce s'avance en ricanant. De toutes ses forces, Claude la frappe au visage.

La tête de Luce Garry fait un brusque demi-tour et son corps, propulsé en arrière par la violence du coup, heurte la rambarde et bascule dans le vide. Après un court et surprenant silence, il percute avec un bruit obscène le marbre de l'entrée.

À bout de souffle, Claude boite jusqu'au foulard tombé sur le palier, s'agenouille, l'ouvre et y trouve les boucles.

Elle s'appuie contre le mur, en haut de l'escalier, se laisse glisser sur la première marche et reste là un long moment, les yeux secs, serrant contre elle le foulard, les boucles et la barre de fer, tandis qu'en bas, sous la tête rousse de Luce Garry, une tache rouge sombre s'étale.

Quand les sanglots et les larmes montent enfin, ce sont des larmes de douleur, de peur et de soulagement. Et c'est au travers de ses larmes qu'elle aperçoit la lueur des phares à l'entrée du château.

— Ra–Raoul…

Un Raoul éperdu pénètre comme un fou dans l'entrée et tombe en arrêt devant le cadavre de la psychiatre.

— Claude !

Il lève les yeux vers l'escalier, la voit, et en une seconde il est près d'elle, il la serre dans ses bras, la couvre de baisers.

— Ma chérie, ma chérie, je suis désolé, je n'arrivais pas à rentrer, j'ai eu… un accident…

— Je sais, dit Claude en grimaçant. Cette… *sa–sale bonne femme* me l'a dit. Elle vou–voulait me faire croire qu'il vous était arrivé ma–malheur…

— Et moi, quand j'ai vu sa voiture en arrivant, j'ai eu peur qu'elle… Qu'est-ce qui s'est passé ?

Elle désigne ses orteils déformés par un monstrueux hématome.

— Elle m'a ca–cassé les pieds… Enfin, *un*…

Raoul rit et pleure en même temps. Il l'aide à se relever et à descendre, clopin-clopant, vers le corps inerte.

— Mais vous ne vous êtes pas laissée faire !

— *Ah, ça non !* J'ai horreur qu'on me tu– qu'on me tu–

— Qu'on vous tue ? Je comprends !

— Non, non ! *Qu'on me tutoie !*

THE MOST DANGEROUS GAME

Le beau visage de Dominique est flou. Charly a l'impression qu'on lui a écrasé la moitié de la tête. Il se palpe la joue et l'orbite, elles ont l'air d'avoir triplé de volume. Son œil droit est presque entièrement fermé.

— On a frappé ? C'était ouvert, pourtant… dit-il d'une voix mourante.

— C'est Schillinger… Quand il t'a vu examiner les enregistrements…

— Tu m'étonnes, dit Charly en s'asseyant sur l'étroite couchette.

Il examine l'espace autour de lui. C'est une pièce nue d'un mètre cinquante de large sur quatre mètres de long. À une extrémité, une minuscule lucarne vitrée doublée de barreaux extérieurs. À l'autre, une porte blindée. À droite de la porte, quelque chose qui ressemble à une cabine de douche.

— *Où suis-je ? Au Village !* murmure Charly d'une voix mécanique. Depuis combien de temps ?

— Une heure. Schillinger a convaincu les gardiens que c'est toi qui as tué la petite Lechêne. Il nous a fait enfermer ici, soi-disant pour attendre l'arrivée de la police.

Charly rit doucement, secoue la tête.

— Je doute qu'il l'ait appelée. Car moi (il tend le doigt vers Dominique), j'ai un alibi. Lui, en revanche…

— Que veux-tu dire ?

— C'est lui qui l'a tuée. Je pouvais le prouver, mais je ne me rappelle plus comment… Je n'ai plus toute ma tête.

— Avant qu'il arrive, tu regardais les enregistrements du couloir de communication entre le Village et le Château…

L'œil gauche de Charly s'éclaire.

— C'est ça… Ce salaud se promène toujours avec un garrot accroché à sa blouse.

— Oui, il fait des prélèvements tous les jours… dit Dominique, abattue.

— Eh bien, quand il revient du Village après sa ronde de 22 heures, son garrot est à l'endroit habituel. Quand il y retourne à minuit et demi, il ne l'a plus. Et je te parie que ce que j'ai trouvé autour du cou de Mlle Lechêne, c'est du caoutchouc. Ce salaud l'a violée puis étranglée. Ou l'inverse, mais peu importe…

Il prend la main de Dominique.

— Bon, je ne sais pas combien de temps on va rester là, mais on va en profiter pour mettre quelques petits trucs au clair. Qu'est-ce qui se passe, dans cette taule ? Et surtout : qu'est-ce que tu fous là, toi ?

Dominique ne répond pas. Les larmes coulent sur son visage.

— *Hey, Babe…*

Elle se tourne vers lui, redresse la tête.

— La construction du Village a été financée par WOPharma. En échange, le ministère a accepté qu'un groupe d'hospitalisation privé, filiale de WOPharma, assure la direction médicale du Château.

— Je vois…

— D'emblée, le comité chargé des embauches a examiné en priorité les dossiers de psychiatres qui avaient eu… des problèmes avec la justice ou avec l'Ordre.

— Quel genre de problèmes ?

— Alcoolisme, drogue, escroquerie, viol... erreurs médicales mortelles.

— Je devine à quelles catégories appartient Schillinger. Pourquoi recruter tous ces... tordus ?

Dominique soupire.

— Parce que personne ne veut leur donner de travail. Ce qui les rend plus faciles à manipuler... Et les rend aptes à repérer les praticiens ayant les mêmes caractéristiques...

— *Mmhhh*... Si je comprends bien, dit Charly, officiellement, le Château soigne des médecins ou des soignants ayant des troubles du comportement, mais en réalité...

— Il les recrute. Ceux qui peuvent retourner travailler participent aux « essais multicentriques ouverts » de WOPharma... Ceux qui ne peuvent pas deviennent vacataires au Village.

— Et que fait-on, dans ce Village ?

— Le Village est un centre de détention et de soins qui n'accepte que des détenus gravement malades. Depuis 2002, la loi justifie la libération des détenus qui ne peuvent pas recevoir des soins appropriés en milieu carcéral.

— Je sais. Mais elle ne profite pas à tout le monde. Elle a permis à Maurice Papon de sortir, mais des dizaines de détenus anonymes n'ont pas eu ce privilège...

— WOPHarma a proposé que les détenus malades qui seraient volontaires pour des essais biomédicaux soient transférés au Village. Leur participation entrerait en compte dans leur demande de libération, ou dans une réduction de peine. Quand l'information a été diffusée aux directeurs de prison, le Village s'est rapidement rempli... De tous les prisonniers de France qui ont des troubles neurologiques ou des troubles du comportement. Les toxicomanes et les maniaques sexuels, bien sûr, mais aussi ceux qui souffrent de tumeurs au cerveau, de maladie de Parkinson. De SEP. De maladie d'Alzheimer. En échange d'une réduction de peine, de visites élargies ou d'autres… avantages, ils acceptent de servir de cobayes.

— Et ce truc-là est passé sans discussion ?

— Le Village est le seul centre de ce genre en France. Personne n'est au courant. Les ministères sont en train de préparer un projet de loi pour l'officialiser petit à petit. Avec la paranoïa sécuritaire actuelle, ça ne devrait pas être très difficile. Mais avant qu'on sache exactement…

— On l'aurait su si Schillinger n'avait pas tué la petite Lechêne.

— Que veux-tu dire ?

— Elle est… était journaliste au *Tourmentais*. Keller l'a fait hospitaliser pour enquêter sur les « stars » qui font un séjour au Château. Elle a dû découvrir que tout ça n'était qu'un beau petit dispositif de camouflage ! Et que Schillinger teste des médicaments illicites sur ses « patients ». L'ampoule que j'ai trouvée sous le lit de la journaliste contenait de la thioridazine.

— Elle a été retirée du marché en 2005…

— Officiellement, oui…

Il se lève, se met à arpenter la cellule comme un lion en cage, s'accroupit brusquement devant Dominique, pose une main sur son bras.

— Et toi ? Qu'est-ce que tu fais là ? Qu'est-ce qu'ils ont contre toi ?

Elle pousse un rire amer.

— Tout ça ! Même si je ne savais pas ce qui se tramait ici en arrivant, je l'ai appris par bribes, et à présent, je suis complice. Tu te souviens de la phrase de Brecht que tu lançais tout le temps, en amphi ? *Celui qui ne connaît pas la vérité est un imbécile !*

— *Et celui qui la connaît et la tient pour un mensonge est un criminel.* Mais tu n'es pas une criminelle.

— Si, hélas… Il y a six ans, un patient schizophrène a

assassiné toute sa famille le jour de sa sortie de l'hôpital psychiatrique. Tu te souviens ?

— Oui… Il est sorti, il est allé dans une quincaillerie, il a acheté une feuille de boucher, il est rentré et il a tué six personnes et deux chiens…

Elle regarde Charly droit dans les yeux.

— C'est moi qui ai signé sa sortie. Et je m'étais battue contre tout le service pour l'obtenir. J'étais sûre qu'il était stabilisé… En réalité, il ne prenait plus ses médicaments depuis plusieurs jours… depuis que je lui avais annoncé qu'il sortait. J'ai démissionné, j'ai quitté la ville où je vivais mais alors que je pensais pouvoir recommencer ailleurs, pendant quatre ans je n'ai pas trouvé de travail. Quand on m'a proposé ce poste, j'ai sauté sur l'occasion. Et puis j'ai découvert que WOPharma mettait au point des dispositifs implantables qui assurent le traitement permanent des patients psychiatriques…

— Oui, j'ai lu qu'ils avaient commencé avec le traitement des délinquants sexuels. Au lieu de les laisser sortir avec un bracelet électronique et des consultations obligatoires tous les mois, ils leur implantent leur pompe à demeure, et ils la rechargent avant qu'elle soit vide… Enfin, si le type se rend en consultation.

— Il s'y rend, ne t'en fais pas. Ils ont mis au point une substance psychotrope qui n'a pas d'effet thérapeutique mais qui bloque certains récepteurs de la douleur. Quand elle s'épuise dans le réservoir…

— Ils sont en manque et se mettent à souffrir, alors ils consultent obligatoirement ! Quels enfoirés !!! La méthode Mengele à la dimension industrielle !

— Je ne savais pas tout ça au début. J'étais stupide. Je n'ai vu qu'un dispositif qui, s'il avait existé, m'aurait empêchée de tuer…

Charly la prend par les épaules.

— Arrête-moi ça ! Ce n'est pas toi qui les as tués,

c'est ce malade. Et tu n'es qu'un être humain. Tu as des sentiments, une conscience, des scrupules.

— Et beaucoup de vanité. C'est pour ça que je l'ai laissé sortir !

— C'est bien ce que je dis. Tu es un être humain ! Pas un psychopathe diplômé comme ce salaud de Schillinger.

— Ça me fait une belle jambe. Et ça ne va pas nous aider à sortir d'ici... Quand je pense que je t'ai fait venir...

— Justement, pourquoi m'as-tu fait venir ?

Elle sanglote à présent.

— Parce que je me suis vue m'enfoncer là-dedans, incapable de m'en sortir, de partir, de tout raconter, et j'ai eu honte, comme les femmes battues qui ont peur de dénoncer leur mari ou leur violeur, et dans ce cauchemar, je n'avais qu'une personne vers qui me tourner. Toi. Tu étais un rêve, un souvenir heureux. Tu n'étais plus réel, mais c'est peut-être pour ça que je me suis accrochée à cette idée. Un jour, j'ai vu ton nom dans les journaux, j'ai lu que tu travaillais avec un juge ; j'ai compris que tu étais resté toi-même, je me suis dit que si j'arrivais à te faire venir ici... Et le seul moyen, c'était de te faire embaucher. Quand j'ai présenté ta candidature, tes liens avec la justice ont joué en ma faveur. Je voulais te faire entrer ici pour te montrer... te dire...

Charly se relève, irrité.

— Me montrer et me dire tout ça *quand ?*

— Tu es arrivé hier, Charly...

— J'ai le sentiment que ça fait une éternité.

Il réfléchit.

— Schillinger a l'intention de nous laisser croupir ici combien de temps ? J'imagine qu'il a mis le Château sous clé et qu'il est en train de faire nettoyer la chambre de sa victime... Quand les flics arriveront, ils ne trouveront plus rien et je suppose qu'il m'aura fait nettoyer aussi...

Elle regarde sa montre.

— Il va bientôt venir me chercher. Il a besoin de moi pour soigner Bobby.

— Raconte…

— Bobby est porteur d'un dispositif plus expérimental que les autres. Et l'antipsychotique que Schillinger utilise sur lui doit être dosé très précisément. Or, Bobby ne veut pas se laisser toucher par quiconque, sauf par moi.

— Ils pourraient l'endormir…

— Tu as vu sa carrure ? Pour le faire dormir, il faut lui administrer les mêmes doses qu'à un éléphant. Et Schillinger a besoin de lui en permanence.

— Pourquoi ?

— Parce qu'avant d'être hospitalisé, Bobby travaillait pour WOPharma. C'est lui qui a conçu le programme informatique de gestion et de communication des implants. Il est schizophrène, mais indispensable.

— Okay, mais comment Schillinger le tient-il ?

— En menaçant de me faire du mal s'il n'obéit pas… Bobby exige de me voir trois fois par jour pour s'assurer que je suis toujours vivante.

— Je vois… Pourquoi s'est-il échappé, hier ?

— Il ne s'est pas échappé. Il voulait me voir. Je l'avais prévenu, mais hier, toute la journée ou presque…

— Tu étais avec moi… S'il a passé les barrières informatiques, il pourrait nous ouvrir les portes…

— Non. On le laisse passer parce qu'on sait qu'il n'ira pas loin. Le système est très bien conçu. Pour qu'une porte s'ouvre, il faut que deux autres soient verrouillées. Tout déplacement est contrôlé visuellement et électroniquement…

Dominique frissonne.

— Charly, j'ai froid. J'ai peur.

Charly la prend dans ses bras.

— J'ai entendu dire que le temps allait se rafraîchir, dit-il machinalement.

Brusquement, il s'écarte d'elle, pose un pied sur la couchette, jette un coup d'œil par la lucarne.

— Dominique, il neige !!! dit-il sur un ton enfantin.

Dominique Damati voit un sourire machiavélique apparaître sur les lèvres de Charly Lhombre.

— Dis-moi, que se passe-t-il quand il y a une panne d'électricité ?

— Ça n'arrive jamais…

— Mais si ça arrivait ?

— Il y a un groupe électrogène, bien sûr. On le teste de temps à autre. Mais il ne fournit que de la lumière au Village. Les portes électroniques ne s'ouvrent plus, les ordinateurs restent en veille. Bien sûr, les gardiens peuvent ouvrir quelques grilles avec des clés, pour circuler, mais au Château, en revanche, toutes les portes de chambres sont électroniques… Alors on le teste seulement la nuit, pour ne pas provoquer de panique chez les VIP…

— Très intéressant… Si tu demandes à Bobby de concevoir très, très rapidement un petit programme simple et amusant qui nous aidera peut-être à sortir d'ici, tu crois qu'il le fera ?

— Oui… Je pense.

— Alors écoute-moi bien…

***

Ce n'est pas Schillinger qui est à la porte de la cellule, mais un gardien en gris. Il a fait sortir Dominique sans un mot puis refermé la porte de la cellule.

— Tu crois que ça peut marcher ? lui avait demandé Dominique.

— J'espère… Et de toute manière, c'est tout ce qu'on a…

— Charly. Je veux te dire…

— Tais-toi, avait-il répondu. Je ne suis ni ton juge ni ton bourreau ni ta victime. Si je n'avais pas eu envie de te revoir, je ne serais pas resté. Je ne regrette rien. Ce truc nous dépasse, tous les deux. On y est plongés ensemble. Si mon petit truc fonctionne, on s'en sortira ensemble.

Charly s'allonge sur la couchette et croise les bras. *Si ça fonctionne*... Parfois, il aimerait bien pouvoir prier.

— T'as intérêt à être très, très bon, mon vieux Bobby, murmure-t-il. Et toi, dit-il en pointant le doigt vers le ciel, t'as intérêt à ce qu'il tombe au moins quarante centimètres de neige cette nuit !

Il croise les bras, ferme les yeux, murmure « Dodo, Charly » et s'endort instantanément.

Lorsque les bruits de verrous et de bottes le réveillent, il a le sentiment d'avoir dormi une minute. Dehors, il fait jour, mais gris ; la lampe de la cellule est éteinte. Il regarde sa montre. 8 h 45. Dans le couloir, le bruit de bottes se fait plus proche. Brusquement, la porte de sa cellule s'ouvre. Une silhouette s'avance. Charly saute sur ses pieds, prêt à vendre sa peau très cher.

— Docteur ? Docteur Lhombre ?

En reconnaissant la voix, Charly pousse un soupir de soulagement.

— Ah, c'est vous, lieutenant ! Venez ici que je vous embrasse...

CONTEXTE, 13 :
L'ORDRE ET LA SÉCURITÉ DU MONDE – BIS

Reuters – 12 octobre 2008

UN ÉTABLISSEMENT HOSPITALIER SPÉCIALISÉ DE TOURMENS ÉVACUÉ À LA SUITE D'UN DYSFONCTIONNEMENT PERSISTANT DE SES SYSTÈMES ÉLECTRIQUES

À la suite d'un problème de distribution électrique suspect, les forces de l'ordre (BR de Tourmens) sont intervenues ce matin au Centre La Fontaine, un établissement psychiatrique située dans la forêt de Tourmens, en conformité avec le plan « Enersec » mis en place depuis une circulaire européenne de janvier 2008.

Une heure durant, entre 7 heures et 8 heures du matin, l'alimentation générale du centre a été successivement interrompue et rétablie toutes les trois minutes, ce qui a finalement motivé son délestage par les contrôleurs de la centrale électrique du Tourmentais, laquelle fournit en énergie les principaux groupes industriels du secteur. Ces variations d'alimentation répétées – et impossibles à contrôler – provoquaient en effet des baisses de tension incompatibles avec une livraison régulière d'énergie sur le secteur, très demandeur d'électricité en raison des importantes chutes de neige qui couvrent la région depuis la nuit dernière.

Conformément à la réglementation, les ingénieurs de la centrale ont donc procédé au délestage de la clinique et prévenu la gendarmerie. Celle-ci s'est rendue immédiatement sur les lieux pour vérifier que les anomalies ne provenaient pas d'un sabotage ou d'une manœuvre terroriste. La BR de Tourmens, commandée par le lieutenant Fanny Hercé, a procédé à l'évacuation immédiate de tous les patients hospitalisés et leur transfert dans d'autres établissements de la région.

La BR a par ailleurs procédé à l'interpellation de plusieurs vigiles soupçonnés d'avoir maquillé le décès par incendie d'une patiente hospitalisée, survenu la veille. Un praticien salarié de la clinique, le Dr Schillinger, a lui aussi été interpellé par les forces de l'ordre dans le cadre d'une autre affaire, le double assassinat du Dr Derec et d'Henry d'Artigues, survenu à Tourmens au début du mois. Le praticien a été présenté au juge Bordage, qui l'a immédiatement mis en examen. Il est actuellement en garde à vue.

Huit heures après cette intervention, on ne sait toujours pas ce qui a provoqué le dysfonctionnement du système d'alimentation énergétique de la clinique. De source officielle, il pourrait s'agir d'un virus introduit par une main malveillante dans le système informatique pourtant ultramoderne du Centre La Fontaine.

IL ÉTAIT UNE FOIS...

Debout sur le perron, Charly regarde le taxi manœuvrer devant le manoir.

— *Bye-Bye, Love...*

Par la lunette arrière, Dominique lui envoie un baiser. Charly ramasse de la neige sur les marches, en fait une boule, la lance sur la voiture qui s'éloigne. Lorsque le taxi franchit la grille du parc, il fourre ses mains glacées dans ses poches et reste là un bon moment avant de retourner à l'intérieur.

Accoudé à la fenêtre de la grande cuisine, Jean Watteau fléchit sa jambe ankylosée.

— Tu l'as laissée partir...

Charly soupire, abattu.

— Elle ne m'appartient pas. Et puis, nous avons envisagé toutes les possibilités, y compris celle qui nous plaisait le plus, du genre « Charly emporte Dominique sur son grand cheval noir et ils disparaissent dans le couchant... », mais aucune ne tenait la route. Elle n'avait pas envie de rester ici, et je la comprends. On lui a proposé un poste à Winnipeg, dans le Manitoba. Il va lui falloir passer un examen d'équivalence, mais elle connaît plusieurs psychiatres là-bas. Ils l'aideront. C'est un pays dynamique...

— *Mmhhh*… Tu aurais pu l'accompagner…

Charly regarde Jean et sourit.

— Vu l'atmosphère étouffante qui règne en France, je l'ai sérieusement envisagé… et il n'est pas dit que je ne la rejoindrai pas. Mais j'ai encore quelques petites choses à faire ici.

Jean hoche la tête d'un air mi-compréhensif, mi-soulagé, et pose la main sur l'épaule de son ami.

— Un autre café, Watson ?

— Ce n'est pas de refus, Holmes…

— Comment va ton œil ?

— Couci-couça. L'ophtalmo m'a dit que je ne vais pas tout récupérer. Il a recollé une partie de la rétine, mais pas tout…

— Je suis désolé…

— C'est comme ça. J'aurais pu perdre beaucoup plus si tu ne m'avais pas envoyé la cavalerie !

— Heureux concours de circonstances… Dès les aveux de Wallace, nous avons eu Schillinger dans le collimateur. Comme le Centre La Fontaine est très protégé en haut lieu, je pensais mettre quinze jours pour obtenir l'autorisation d'y envoyer la BR. Et voilà que les ingénieurs de la centrale signalent que quelque chose cloche là-bas… Comme le lieutenant et sa brigade étaient sur le pied de guerre, on a sauté sur la première occasion !

— Alors, sans la neige et le virus de Bobby…

— La cavalerie serait arrivée trop tard, je pense…

— Et Bobby, sais-tu ce qu'il est devenu ? Dominique m'a encore parlé de lui ce matin…

— Comme tous les autres détenus. Transféré dans un centre spécialisé du Sud de la France. Je n'en sais pas plus. Le ministère de la Justice ne me tient pas au courant, soupire Watteau en lui versant du café.

Charly regarde pensivement la vapeur s'élever au-dessus de sa tasse.

— Dites-moi, *Holmes*, demande-t-il en tendant la

main vers les tartines, j'ai besoin de quelques éclaircissements. J'ai lu la presse, comme tout le monde, mais je n'ai pas bien pigé pourquoi et comment Wallace avait tué le Dr Derec.

— Wallace avait été « recruté » au Château à l'occasion d'un séjour… C'est un pervers sexuel. Il avait fait l'objet de nombreuses plaintes pour attouchements sur mineures, toutes étouffées par le Conseil de l'Ordre de son département, jusqu'à ce qu'on se décide à l'envoyer se faire « rééduquer ».

— Tu parles ! Schillinger a dû le trouver à son goût…

— Oui, et il le tenait par les couilles. Quand il a appris que Derec allait déballer à la télé un certain nombre de choses, à commencer par l'existence et le fonctionnement du Village, Schillinger a chargé Wallace de le faire taire. Il a ajouté que si Derec ne se laissait pas convaincre, il devrait le tuer. Wallace n'était pas enthousiaste, mais il n'avait pas le choix. Il a volé l'arme de service d'une gendarme et a attendu l'occasion propice. Le soir des deux meurtres, il est allé voir Derec à l'appel de sa femme, lui a donné un somnifère, puis tenté de le convaincre de ne pas se rendre à son émission, en disant que ça serait dangereux… Derec lui faisait confiance – il ignorait que Wallace avait fait un « stage » au Centre La Fontaine – mais il n'a rien voulu savoir. Il lui a montré le 357 caché sous son oreiller en lui disant que si quelqu'un lui cherchait des noises, il était prêt. Et il a ajouté que s'il lui arrivait quelque chose, il avait chargé d'Artigues de divulguer tout ce qu'il savait. De fait, c'est d'Artigues qui avait conseillé à Derec de parler…

— Ah bon ? Alors, même s'il était lié à des gens discutables, c'était un honnête homme ?

Watteau prend une profonde inspiration.

— Je sais, ça paraît étonnant… Mais de même que tous les juges ne sont pas obtus, tous les avocats ne sont pas corrompus… Toujours est-il que Wallace a frémi en entendant ça, et il n'a pas insisté, de crainte que Derec le perce à jour. Après s'être assuré qu'il s'était endormi, il a subtilisé le téléphone sans fil de la chambre pour ne pas avoir à utiliser son portable, il est sorti de la maison et, avant de partir, il a appelé d'Artigues de sa voiture. Il lui a raconté qu'il sortait de chez Derec et qu'il devait le voir. Il s'est rendu chez lui et quand Hen– quand d'Artigues lui a ouvert, Wallace l'a tué. Puis, il est retourné chez les Derec, en se garant à quelques centaines de mètres. Il a longé à pied la lisière du bois jusqu'à la maison. Il a pris l'échelle et grimpé jusqu'à la salle de bains, dont la fenêtre restait toujours ouverte. Il pensait trouver le couple endormi, car il avait aussi laissé des tranquillisants à Madeleine Derec. Mais arrivé dans la salle de bains, il s'est senti incapable d'entrer dans la chambre et de tuer une femme de sang-froid…

— Pourquoi ? Il aime seulement les violer ? Son copain Schillinger, ça ne le gêne pas de les tuer…

— … Il est resté pendant près d'une heure paralysé dans la salle de bains. Jusqu'au moment où Derec s'est réveillé et a dit qu'il avait soif ; sa femme est descendue lui chercher un verre d'eau fraîche, et Wallace a saisi l'occasion pour entrer dans la chambre, attraper un oreiller, le tenir autour de l'arme pour étouffer la détonation et il a tué Derec d'une balle de pistolet. Il a remis le téléphone sans fil en place et a tiré sur lui une deuxième fois avec le 357.

— Pour quoi faire ?

— Il voulait détruire le premier projectile afin que l'arme ne soit pas identifiée trop vite… Seulement, il a traîné et lorsque Madeleine Derec est entrée dans la chambre, il était encore dans la salle de bains, incapable de sortir par la fenêtre, de peur qu'elle l'entende – ce qui l'aurait obligé à la tuer elle aussi. À ce moment-là, la chance lui a souri : *elle a appelé Wallace sur son portable.* Ledit portable était prudemment réglé sur vibreur.

Dans son affolement, Madeleine Derec criait et ne s'est pas rendu compte qu'il lui répondait de la salle de bains ! Il a réussi à la convaincre d'aller l'attendre au rez-de chaussée. Quand elle a quitté la chambre, il n'avait plus un poil de sec. Comme il voulait que, pour un temps au moins, on pense à un suicide maquillé, il a emporté l'oreiller, qui puait l'assassinat…

— Quel pourri ! Il n'avait pas le courage de tuer Mme Derec, mais ça ne le gênait pas de la faire accuser à sa place !!! Je parie que c'est lui qui a envoyé la lettre de dénonciation !

— Je ne sais pas, mais en tout cas il a su en profiter le moment venu… Enfin, toujours est-il qu'il est redescendu, il a remis l'échelle en place, il a regagné sa voiture, il a attendu un peu et, comme promis, il est retourné en voiture devant la maison où il avait pratiquement passé la nuit !… Il ne lui restait plus qu'à mettre à profit son statut à la gendarmerie pour organiser l'enquête à sa convenance… et orienter les soupçons vers Madeleine Derec.

Charly lève un doigt.

— Objection, votre honneur ! Si je me souviens bien, il avait plu des cordes la veille et le terrain était de la soupe. Comment a-t-il donc fait pour ne laisser aucune empreinte autour de la maison ? Et même dedans…

— Oh, mais il en a laissé ! Et nous les avons vues, sans comprendre d'abord que c'étaient les siennes. Comme je te l'ai dit, il fréquentait la gendarmerie – et surtout les techniciennes de la brigade – depuis suffisamment longtemps pour savoir que tout le monde laisse des traces. Alors, en quittant la maison avec l'intention de revenir pendant la nuit, il a eu une idée simple mais géniale : il a profité de l'angoisse du couple *pour prendre les chaussures que Derec avait enlevées à son arrivée et déposées dans l'entrée*. De sorte que, lorsqu'il est revenu le tuer pendant la nuit, ce sont les chaussures de sa victime qui ont imprimé leurs empreintes autour de la maison, parmi celles que Derec avait déjà laissées la veille. Wallace a même poussé le vice, pendant qu'il poireautait dans la salle de bains, jusqu'à rincer les chaussures dans la baignoire pour ne pas laisser d'empreintes sur la moquette…

— C'est stupide, il lui suffisait d'ôter les chaussures…

— Les pieds nus, ou même des chaussettes, laissent des marques très nettes sur les moquettes. Wallace le savait. Il savait aussi à quel point Fan–… le lieutenant Hercé est tâtillonne avec ce genre de détail. C'était malin de sa part d'enfiler les chaussures de Derec jusque dans sa chambre, où personne ne s'étonnerait d'en voir les empreintes. Quand il est revenu en faisant mine de répondre à l'appel de Mme Derec, il avait remis ses propres chaussures. Cette fois-là, évidemment, il n'a pas pris la peine de s'essuyer les pieds et ses semelles ont très logiquement laissé des empreintes qu'on a identifiées clairement dans l'escalier, puis près du lit, dans la chambre. Bien sûr, il a profité de la confusion à l'arrivée des gendarmes pour remettre les chaussures de Derec à l'endroit où il les avait prises…

— Tordu, mais cohérent.

— Oui, mais il en a fait un peu trop. Les chaussures étaient sales la veille. Elles étaient toujours sales le lendemain car Madeleine Derec n'y avait pas touché. *Quand Derec avait-il donc pu laisser sur sa moquette des empreintes humides récentes, mais sans une trace de boue ?* Je n'y comprenais rien… Je regardais les indices de manière littérale, je me suis fourvoyé en pensant que Madeleine Derec avait tué son mari avec l'aide d'un complice – Wallace ou quelqu'un d'autre… Mais tout ça paraissait très compliqué, jusqu'au moment où j'ai relu les déclarations que Wallace avait faites à Sandrine Bordage. Il lui a dit qu'à son arrivée au petit matin, la salle de bains de la chambre des Derec était éclairée. Or

– le lieutenant l'a vérifié pendant la reconstitution – *on ne voit pas la fenêtre de la salle de bains depuis l'allée d'accès à la maison !* Comment Wallace avait-il donc pu y voir de la lumière ? En réalité, c'est lui qui l'avait éclairée : il avait peur de rater Derec dans le noir, alors il a allumé juste avant de se précipiter dans la chambre pour le tuer. En s'enfuyant, il a oublié d'éteindre, et ne s'en est rendu compte qu'une fois en bas de son échelle...

— Aaah ! Je vois ! C'est pour ça que Mme Derec a déclaré avoir vu son mari couvert de sang en entrant dans leur chambre !

— Exactement ! Elle l'a vu parce que la salle de bains était éclairée et la porte entrouverte ! Évidemment, elle était tellement choquée qu'elle a été incapable d'expliquer cette bizarrerie lors de la reconstitution...

Les deux hommes restent un long moment silencieux.

— Derec, d'Artigues, la journaliste du *Tourmentais*... murmure Charly. Sans oublier la copine de Luce Garry. Trois médecins, quatre meurtres. Quel bilan... Le pire, c'est que les véritables responsables, comme toujours, vont s'en tirer...

— Comme toujours. Le gouvernement ne va pas révéler ses accords occultes avec le nº 2 mondial de l'industrie pharmaceutique et Schillinger ne dira rien – sa défense est assurée par les avocats de WOPharma et la chancellerie a fait en sorte que l'affaire soit instruite par un juge d'instruction parisien... J'aurais bien voulu comprendre comment Schillinger a su que Derec allait parler. S'il l'avait appris pendant que Derec se trouvait au Château, il se serait arrangé pour le faire taire avant sa sortie. Mais ce n'est pas lui qui l'a suivi pendant son séjour là-bas. C'est donc un de ses collègues qui le lui a révélé... Mais nous ne saurons jamais lequel.

— Ça ne figure nulle part ?

— Non. Les dossiers étaient tous informatisés... et

tout a disparu le lendemain de l'arrestation de Schillinger.

— *Quoi ?*

— Une sécurité installée par les informaticiens de WOPHarma : si le responsable de leurs essais occultes ne tapait pas son code d'accès une fois par jour, toute la base de données devait se transférer automatiquement au siège central de la société et s'effacer du serveur du centre… C'est pour ça que Schillinger passait son temps là-bas. Il était enchaîné au Village aussi sûrement que les détenus…

Charly laisse échapper un petit rire et lève sa tasse d'un geste théâtral :

— À chacun sa camisole !

Il remplit à son tour la tasse de son ami, hésite, puis demande doucement :

— Quand as-tu rencontré d'Artigues ?

Watteau sursaute.

— Pourquoi me demandes-tu ça ?

— Je te connais, Jean. Je ne t'ai jamais vu flancher, pas même devant des cadavres bien plus défigurés que le sien. Or, tu as été si choqué en le voyant que tu en es tombé dans l'escalier. Pas besoin d'être un grand détective pour en déduire que tu le connaissais… ou que tu l'as connu autrefois.

Watteau ne répond pas.

— Cela dit, je suis peut-être indiscret…

— Oui, je le connaissais. Enfin, je l'ai connu. Il y a très longtemps.

— *Mmhhh…*

Le visage de Jean Watteau est déformé par ce qui est peut-être une grimace, peut-être un sourire.

— Ne me *Mmmmhhh* pas !

Charly lève les mains devant lui.

— Okay, okay. Moi, ce que j'en dis… Parlons d'autre chose. De la charmante Fanny Hercé, par exemple.

Claude m'a dit que tu l'emmènes dîner demain soir, c'est ça ?

Watteau se lève brusquement et boite vers la fenêtre.

— Oui. Pour qu'elle cesse de se bercer d'illusions.

— Quelles illusions ?

— Elle est amoureuse de moi, bon dieu !

— Oui ? Et alors ? Ce n'est pas honteux. Elle est intelligente, elle a du charme et manifestement elle a du goût !

— Arrête tes conneries ! Je l'invite pour lui dire…

Il s'arrête.

— Lui dire quoi ?

— *Que je n'ai pas baisé depuis vingt ans, et que pendant toutes mes études jusqu'à ce que je passe le concours de la magistrature, mon unique amant était un avocat nommé Henry d'Artigues !*

Charly éclate de rire.

— Qu'est-ce qui te fait rire ? demande Watteau, stupéfait.

— *Nobody's perfect !* Je mettrais ma main à couper qu'elle a très bien compris que tu es homo, et qu'elle s'en fout complètement. Et toi ?

— Quoi, moi ?

— Toi, tu la trouves comment, la petite Fanny ?

— Je la trouve… très bien. Je l'apprécie beaucoup… Beaucoup… Mais je n'ai rien à lui offrir !

— Ah, ça, mon vieux, ce n'est pas à toi d'en décider. Pour commencer, vous avez parfaitement le droit d'être amis. Par la suite, qu'est-ce que tu risques ? Si jamais tu te mettais à avoir (Charly lui lance une œillade et un sourire machiavélique)… du sentiment pour elle, tu ne serais pas le premier pédé invétéré qui tombe amoureux d'une femme ! D'ailleurs…

Il se lève, prend Jean par le bras, l'entraîne hors de la cuisine et lui fait gravir le grand escalier jusqu'au salon de télévision. Là, il lui désigne le canapé.

— On est dimanche, c'est le jour de *La Séquence du spectateur.*

Pendant que Jean s'installe docilement, Charly se dirige vers les étagères, en tire une pochette de DVD, allume l'écran plasma, insère le disque dans le lecteur. Puis, avec un soupir satisfait, il s'affale dans le canapé.

— *Bob & Rose ?* demande Watteau en voyant le titre s'afficher sur l'écran. Encore un film américain ?

— Non, une minisérie britannique. Toi qui as un cœur de pierre, tu vas adorer. C'est l'histoire d'un type résolument gay et un peu triste qui rencontre une femme pas très gaie et résolument hétéro…

ABATTOIR 5 (FIN ?)

Le secret du progrès, ce n'est pas tant d'inventer des technologies nouvelles que d'utiliser au mieux, en les associant, en les croisant, en les hybridant, les réalisations qui existent déjà – la radio et le tube cathodique ; le téléphone et l'ordinateur ; le médicament et les microprocesseurs – pour répondre à des besoins nouveaux, définis par les clients eux-mêmes.

C'est bien sûr la technologie qui nous permet de mettre des produits sur le marché. Mais ce sont les attentes de nos clients – et leurs rêves les plus fous – qui nous permettent de croître et de dominer.

Bénédicte Beyssan-Barthelme, P-DG de WOPharma
Discours devant les actionnaires, février 2009

Dossier n° 705
Patient #09-6632-C
Sujet masculin âgé de 15 ans
Antécédents médicaux : aucun
Antécédents chirurgicaux : ablation des végétations
Antécédents psychiatriques : trouble des conduites

(absentéisme scolaire, dégradation de biens publics, suspicion d'incendie de voiture et de viol collectif)

Durée de séjour avant entrée dans le protocole : 2 jours

Consentement au traitement (formulaire SSC 79B) : signé par le juge des tutelles

Protocole mis en œuvre : rééducation comportementale, neuroleptiques incisifs administrés par implant souscutané, travail obligatoire

ÇA COMMENCE AUJOURD'HUI

Dans une expertise collective, rendue publique jeudi 22 septembre 2005, l'Institut national de la Santé et de la Recherche médicale (Inserm) fait le point sur une catégorie de symptômes psychiatriques jusqu'alors inconnue du grand public en France, le « trouble des conduites chez l'enfant et l'adolescent ».

(...)

Pour les experts, « le dépistage, la prévention et la prise en charge médicale du trouble des conduites restent insuffisants en France en regard de ses conséquences (risque de mort prématurée, troubles associés...) et du coût pour la société (instabilité professionnelle, délinquance, criminalité...) ».

Pour pallier ce « retard », l'expertise collective recommande d'informer le public mais aussi les professionnels de la petite enfance et les enseignants sur les différents symptômes du trouble des conduites. L'idée est de favoriser le « repérage des perturbations du comportement dès la crèche et l'école maternelle », afin d'enrayer l'évolution de l'enfant vers des comportements délinquants.

Le groupe d'experts préconise ainsi de procéder à un dépistage médical systématique de chaque enfant dès 36 mois, au prétexte que, « à cet âge, on peut faire un premier repérage d'un tempérament difficile, d'une hyperactivité et des premiers symptômes du trouble des conduites ».

Une fois identifiée l'existence d'un trouble chez un enfant, le groupe d'experts recommande le recours à des programmes « psychosociaux » de « guidance parentale » en s'inspirant d'exemples américains et canadiens. Avec les enfants, il est proposé de mener des thérapies individuelles de type comportementaliste, fondées sur des jeux de rôle, pour leur « apprendre des stratégies de résolution des problèmes ». Le groupe d'experts suggère par ailleurs de recourir « en seconde intention » aux traitements psychotropes (antipsychotiques, psychostimulants et thymorégulateurs), qui ont « une action antiagressive ».

L'expertise collective émet par ailleurs des réserves sur le placement des jeunes délinquants en « centres spécialisés », au motif que ces « regroupements d'adolescents » renforceraient les attitudes délinquantes. Ces structures de prise en charge renforcée, qui existent depuis dix ans en France et dans lesquelles exercent des psychologues, permettent pourtant, selon les spécialistes de la délinquance des mineurs, à certains adolescents de se reconstruire.

Cécile Prieur,
« Le "trouble des conduites" de l'enfant,
concept psychiatrique discuté »,
Le Monde du 23 septembre 2005

BOULEVARD DU CRÉPUSCULE

Le spécialiste est un homme sec et sans chaleur, portant lunettes rondes et nœud papillon. Il lit d'un air hautain et du bout des doigts les courriers que le patient lui a remis en entrant.

— Cela fait longtemps que vous avez ces symptômes ?

— C'est difficile à dire, répond l'homme assis en face de lui, je ne suis plus tout jeune, je perds un peu la notion du temps et ça fait longtemps que je ne guette plus les huit coups de l'horloge…

Le spécialiste ne sourit pas. Son regard quitte les documents ouverts devant lui pour jeter un regard à l'homme aux cheveux blancs. Celui-ci sourit et poursuit :

— Disons que depuis quelque temps, j'oubliais des bricoles par-ci, par-là et je me suis mis à noter ce que je devais faire… pour m'en souvenir… Je ne me suis pas inquiété outre mesure. Et puis, un soir, il y a de cela trois mois, je me suis brusquement retrouvé au milieu d'un champ, dans ma voiture, à me demander ce que je faisais là et où je me trouvais. Il m'a fallu au moins deux heures pour retrouver mes esprits et, pendant ce temps-là, ma compagne se faisait un sang d'encre. Alors je me suis dit qu'il valait mieux que je consulte…

— Et pourquoi n'êtes-vous pas venu *me* consulter ? Il fallait vous examiner avant de…

— Mais j'ai déjà été examiné, cher monsieur. Par votre confrère, le Dr Sachs.

— Il n'est *que* généraliste…

— Certes, mais je lui fais totalement confiance. Il m'a rassuré en me disant que je n'avais probablement pas de tumeur, mais comme il était très embêté par mes symptômes, il m'a conseillé d'aller voir Mme Buhler, qui est manifestement une excellente orthophoniste.

— Ouais… C'est ce qu'on dit…

— Après le bilan, tous deux m'ont conseillé de venir vous consulter. Ils voulaient être sûrs de leurs conclusions. Je n'étais pas trop d'accord pour m'adresser à un spécialiste, mais ils ont insisté en me disant que vous êtes le plus compétent en ce domaine.

— Et quelles sont leurs conclusions ? Ils ne disent rien, dans ces courriers…

— Je leur ai demandé de ne pas livrer le fond de leur pensée. Je ne voulais pas que cela risque d'influencer votre diagnostic…

Le spécialiste renifle de manière assez grossière et, d'un air dégoûté, laisse tomber les courriers sur le bureau.

— Ils ne risquent pas de m'influencer. Vous avez une maladie d'Alzheimer, et voilà tout.

Le patient cligne brièvement des yeux et tressaille à peine.

— C'est… gentil de me l'annoncer comme ça ! Apparemment, la délicatesse n'est pas comprise dans vos confortables honoraires…

— Qu'est-ce que vous voulez que je vous dise ? Mon travail consiste à faire des diagnostics, pas du sentiment. Vous auriez dû poser la question à vos amis le médecin et l'orthophoniste, si vous ne vouliez pas l'entendre de ma bouche.

— Oh, mais je le leur ai demandé, et c'est ce qu'ils

m'ont dit. Avec beaucoup de réserve et de précaution, d'ailleurs. Ils ne s'autorisaient pas à être si catégoriques, *eux*…

— Eh bien, moi, je le suis. Vous avez un Alzheimer et au vu de la progression des symptômes, vous serez très bientôt une charge pour votre entourage.

— « Bientôt », dites-vous ?

Le neurologue replie les courriers avec une moue méprisante et les fait glisser sur le bureau en direction de son interlocuteur.

— Je ne peux rien vous proposer, renchérit-il. Si vos amis vous avaient adressé à moi tout de suite, j'aurais pu vous faire entrer dans un protocole thérapeutique. Mais depuis deux semaines, on ne prend plus de sujets. C'est dommage, vous avez le bon profil…

— Oui, quel dommage ! répond Raoul, pensif. Dites-moi, vous recevez beaucoup de patients souffrant des mêmes troubles que moi ?

— Entre vingt et trente par semaine.

— Et vous leur tenez à tous le même discours ? Sur le même ton ?

— Oui… Enfin, à ceux qui comprennent.

— Je vois ! J'espère que pour ma part, j'aurai le temps.

— Six mois ! Un an, maximum. Mais ça, vos amis ne vous l'ont pas dit, hein ? Enfin, de toute manière, bientôt, vous ne vous rendrez plus compte de rien.

L'homme aux cheveux blancs prend une profonde inspiration, hoche la tête pensivement puis se lève.

— Dans ce cas, il faut que je me dépêche…

Il ramasse calmement les deux courriers et les glisse dans la poche intérieure de son veston. Puis il sort de sa poche des gants de cuir fin, les enfile soigneusement et fait le tour du bureau.

— … de vous apprendre les bonnes manières.

Il saisit le spécialiste par le col, le soulève de son

fauteuil sans effort apparent et le gifle à toute volée. Le neurologue recule sous le choc, ouvre la bouche et tend un doigt accusateur. L'homme aux cheveux blancs le gifle à nouveau, d'une main puis de l'autre. Fou de rage, le praticien saisit un coupe-papier sur son bureau et se jette sur le beau vieillard. Celui-ci saisit prestement le bras tendu, pivote sans effort et fait accomplir à son agresseur un vol plané par-dessus le bureau. Étalé sur le tapis, le médecin groggy voit l'homme aux cheveux blancs se brosser négligemment le veston et s'approcher de lui. Il lève les bras pour se protéger. Sans hâte, Raoul s'accroupit près de lui et lui saisit délicatement le menton.

— Quel âge as-tu, *petit bonhomme ?* demande-t-il sur un ton protecteur.

Terrorisé, le neurologue gargouille une réponse.

— Vraiment ? répond Raoul, dubitatif.

Puis son visage s'illumine d'un large sourire. Il secoue doucement la tête et tapote paternellement la joue du spécialiste.

— Tu me fais beaucoup de bien, tu sais : tu as mis trois fois moins de temps que moi à devenir un vieux con !

Avant de quitter la pièce, il sort de son portefeuille trois grosses coupures et les jette sur le corps gémissant.

— Tu peux garder la monnaie.

*
* *

Les deux mains posées sur le volant, le regard dans le vague, Raoul s'étonne de ne pas pleurer. Il se sent curieusement indifférent à ce qu'il vient d'apprendre.

— Peut-être le premier signe de la déchéance… murmure-t-il avec un sourire ironique.

Il frissonne, puis s'ébroue.

— Taratata ! C'est parce que tu en as vu d'autres, mon vieux ! *Tôt ou tard, tout le monde se fait rattraper par quelque chose.* Tu as vécu bien et longtemps. Et tant qu'il y a de la vie…

Il sort de son veston un téléphone portable et compose un numéro.

— Bonjour, ma chérie… Oh, pardon, ça m'a échappé… (Sa voix se fait implorante.) Ça ne vous ennuie pas que je vous appelle « ma chérie » ? Vous êtes adorable… Oui… Quoi donc ? Mon rendez-vous ? Quel rendez-vous ? Chez le neurologue ? Mon Dieu ! J'ai oublié !… Mais oui, bien sûr, que je plaisante : *j'en sors* ! Ce qu'il m'a dit ? Rien de plus que ce cher Bruno Sachs. Oui, je vous jure que je n'ai pas de tumeur ! Ni tumeur ni ramollissement cérébral. Je vieillis, c'est tout… Mais je ne suis pas encore trop vieux pour vous emmener en balade, comme promis. Que faites-vous aujourd'hui ? Parfait ! Je passerai vous prendre dans… mettons vingt-cinq minutes ? Oui, oui, je suis sûr ! Conduire ? Vous vous en sentez capable ? Vous êtes sûre ? Votre pied… Très bien, ma chérie, comme vous voudrez ! En roulant bien, nous serons là-bas avant que la marée n'ait atteint le pied de l'aiguille. J'ai très envie de vous montrer un endroit que j'aime beaucoup… Au soleil couchant, c'est magnifique.

***

Raoul range son téléphone portable et ouvre un carnet noir posé sur le siège de la voiture près de lui.

D'une main un peu tremblante mais toujours ferme, il écrit :

« 11 h 30

Tu as vu le neurologue. C'est un abruti, mais il t'a confirmé le diagnostic.

Tu vas chercher Claude (au Château de Lermignat) et ensuite, tu l'emmènes à Étretat. Laisse-la conduire, elle sait où c'est. »

Il met le contact et se met à fredonner.

— *Where you lead/I will follow…*

L'écran de l'ordinateur de bord s'illumine. Des haut-parleurs monte une voix féminine.

— Prenez le boulevard Magne jusqu'au premier feu…

— Comme vous voudrez !

LE DÉNOUEMENT

… et à Patrick McGoohan, bien sûr.

Clinique La Fontaine,
30 décembre 2009
Salle de consultation nº 6

Le médecin lève les yeux vers la silhouette en blouse qui oscille à la porte du cabinet de consultation.

— Docteur, j'ai trouvé une lettre…

— Une lettre ?

L'aide-soignante cligne des yeux. De l'autre côté du bureau, la fenêtre est vivement éclairée par le soleil du soir. Elle tend un pli au médecin.

— Je l'ai trouvée tout à l'heure dans la chambre de garde, lorsque j'ai déplacé la commode pour la nettoyer. Elle aura glissé derrière…

Le médecin tourne et retourne le pli. C'est une enveloppe blanche frappée du sigle du centre. Elle porte le nom d'un médecin qui ne travaille plus dans l'établissement depuis plus d'un an.

— Merci, Marie-Jo, dit le médecin en faisant signe à l'aide-soignante de fermer la porte derrière elle.

L'enveloppe, non cachetée, contient une lettre manuscrite, tracée d'une main tremblante.

Vendredi 29 août 2008

Chère docteur,
J'ai suivi votre conseil. Ce cauchemar était vraiment trop obsédant, alors au lieu de prendre les barbituriques et de m'abrutir un peu plus, j'ai décidé d'affronter mon rêve et d'en noter les détails dès mon réveil. Cette nuit, vous ne le croirez peut-être pas, mais je l'ai fait trois fois. Et chaque fois, le déroulement était plus clair, les détails étaient plus nets. La troisième fois, je me suis dit que j'allais tout noter et vous le faire lire. Quand vous l'aurez lu, vous comprendrez que je ne peux pas en rester là, que ça sera difficile, mais que je ne peux pas me contenter d'aller me vendre aux uns et aux autres : si je continue à vivre de ce que j'ai appris, de ce que j'ai trafiqué pendant quinze ans, je resterai toujours dans le même état. Si je veux m'en sortir, il faut que je dise merde à tous ceux qui m'entourent, que je rompe avec tout ce qui a précédé. Et pour cela, il n'y a qu'une solution : parler. Tout dire. Ne plus rien laisser dans l'ombre. Tout à l'heure, je sors, et je sais ce qui me reste à faire. Reste à l'annoncer à ma femme. Elle va d'abord mal le prendre, mais je la connais, je sais qu'elle me soutiendra.

Voyez-vous, le sens de mon cauchemar est simple, et j'aurais dû le comprendre depuis longtemps : je roule dans une voiture épatante, un bolide noir et jaune à une place, comme celui que j'avais, gamin, sur l'étagère au-dessus de mon lit. Je roule vite, le vent me frappe le visage, j'ai l'impression de voler, et je suis soulagé, parce que je me suis engueulé avec mon patron, au ministère, et je lui ai donné ma démission. Du coup, j'ai décidé de partir en voyage, très loin. Je me gare devant chez moi, j'entre, et je me mets à faire ma valise. Et puis d'un seul coup je commence à me sentir fatigué, j'ai l'impression que des brumes m'entourent et je m'allonge pour piquer un somme. Quand je me réveille je suis toujours dans ma chambre, mais par la fenêtre, le paysage a changé. Je ne reconnais plus ma rue, je suis dans un environnement étranger. Les maisons ont l'air bizarre. Je sors. Le décor me semble à la fois minuscule et labyrinthique. Je cours comme un fou sans croiser personne. Je finis par arriver à l'entrée d'un grand bâtiment où le mot hôpital est écrit dans une langue que je ne reconnais pas... Ce n'est pas ma langue, mais je sais que ça veut dire « hôpital ». J'entre, et je parcours les couloirs. Les hommes en blouse blanche que je croise ne m'adressent pas la parole. J'ai l'impression qu'ils ne me voient pas. Je suis de plus en plus angoissé. Les parois se rapprochent, je m'engage dans un couloir de plus en plus étroit. De chaque côté, il y a des portes blindées percées de hublots. Ce sont des cellules plutôt que des chambres. Je regarde à l'intérieur de toutes, les unes après les autres. Le plus souvent, les patients sont allongés sur le lit, enveloppés dans les draps, le visage contre le matelas. Certains sont debout et me tournent le dos, je ne vois pas leurs mains. Je voudrais sortir de là, mais j'entends des bruits de bottes derrière moi, je me mets à courir, je me rapproche du bout du couloir, l'angoisse est insupportable, et brusquement j'arrive au bout, devant une dernière porte, je me cogne dessus, je sens des bras me saisir, me jeter dans la cellule, je m'étale par terre, je me relève, je me jette contre la porte qui vient de se refermer sur moi, je tambourine sur la vitre ronde mais ce que je vois de l'autre côté me fait hurler. Dans le couloir, il y a tous ceux qui m'entourent chaque jour, mes amis, ma femme, et tous les types avec qui je bosse au ministère, et ils regardent avec anxiété un homme en blouse blanche qui me tourne le dos et se dresse devant la porte. C'est l'homme qui vient de me jeter dans la cellule capitonnée. Il leur parle, et ce qu'il leur dit a l'air de les rassurer car je les vois sourire et se congratuler. Et puis l'homme se retourne et c'est cela qui me fait hurler. Les deux premières fois, cette nuit, je ne me souvenais pas de son visage, mais cette fois-ci, je l'ai vu, et j'ai compris. La cellule capitonnée où il m'enferme, ce ne sont pas mes amis ou mes collègues, ni les politiciens du ministère, ni ma femme qui m'ont poussé à y entrer. Et ce ne sont pas les médecins – pas même vous et vos bons soins, chère Luce Garry – qui pourront m'en faire sortir. Il n'y a que moi qui pourrai ouvrir cette porte, en révélant ce qui se trame ici. Car lorsqu'il se retourne pour me faire face, je vois distinctement le visage de mon geôlier. Et en le voyant, je sais où je me trouve.

Je me trouve ici au Château, le centre de « soins » dont j'ai suggéré la création il y a quinze ans.

Et l'homme qui m'a enfermé là, c'est moi.

Yann Derec

POST-SCRIPTUM :

LE MONDE SANS SOLEIL

Même si les situations décrites dans ce roman sont imaginaires, les éléments sociaux, économiques et technologiques mentionnés dans ses pages font partie de la réalité : de la dérive sécuritaire (en France comme dans d'autres pays du monde) jusqu'aux puces électroniques déjà utilisées pour repérer les voitures volées et qu'on commence déjà à implanter sur les personnes – adultes ou enfants – soi-disant menacées de kidnapping, ou dans le cerveau de patients atteints de maladies neurologiques, en passant par la gestion des établissements pénitentiaires par des entreprises privées, sans oublier l'influence considérable de l'industrie pharmaceutique sur les procédures de diagnostic et les prescriptions médicales.

Le statut de médecin confère un ascendant indéniable sur un très grand nombre de personnes. Mais, bien qu'elle soit constituée par des professionnels de la santé, la population médicale est frappée par les mêmes affections que la population générale ; la toxicomanie, l'alcoolisme, les maladies cardio-vasculaires et le suicide y sont même plus fréquents, comme les divorces. Ainsi, le « burn-out » – l'épuisement des soignants – est un phénomène de plus en plus courant, en particulier chez les médecins généralistes français, sur qui la charge administrative est de plus en plus écrasante. Ce paradoxe, fréquemment abordé dans des pays comme les Pays-Bas, l'Angleterre, la Suède, le Canada ou les États-Unis[1], est en revanche absent des réflexions éthiques en France – et rarement évoqué dans ses facultés de médecine… Or, fragilité et abus de pouvoir peuvent parfaitement coexister chez le même médecin. Cette situation, lorsqu'elle n'est pas prise en compte, peut être facilement exploitée par des personnes ou des institutions sans scrupules.

Chaque jour, en France, des émissions de radio ou de télévision demandent à des médecins leur avis sur telle ou telle maladie, tel ou tel traitement. Malheureusement, le discours des praticiens français est loin d'être homogène, et nombreux sont ceux qui relaient, sciemment ou non, des arguments de marketing qui n'ont rien à voir avec l'état des connaissances scientifiques. De plus, la participation aux émissions de téléréalité de nombreux praticiens – au titre de « spécialiste de plateau » ou à celui, moins avouable, de « rabatteur de patients » – soulève de réelles questions éthiques qui n'ont cependant pas l'air de poser problème à grand-monde…

Chaque jour, en France, des patients souffrant de maladies chroniques entendent, en toute innocence, des médecins proposer de leur administrer des médicaments expérimentaux – de la chimiothérapie des cancers à la contraception masculine, en passant par les médicaments du cholestérol et, bien entendu, les psychotropes – et ce,

1. Voir en particulier *Problem Doctors – A Conspiracy of Silence*, Peter Lens & Gerrit Van der Wal, ed. IOS Press, 1997.

sans recevoir la moindre information sur les effets secondaires desdits médicaments ou les conditions règlementaires de leur administration. Curieusement, ces pratiques n'ont pas l'air d'intéresser beaucoup la presse…

En France, toujours, comme en témoigne le rapport de l'Observatoire international des Prisons (OIP) publié en octobre 2005, les prisons sont dans un état lamentable, et la situation des détenus est indigne d'un pays qui invoque sans arrêt les Droits de l'homme pour fustiger la politique d'autres États. En septembre 2005, après avoir visité la prison des Baumettes (Marseille), Alvaro Gil-Roblès, commissaire européen aux Droits de l'homme, confiait n'avoir jamais vu de prison pire que celle-là, sauf en Moldavie. Ce système carcéral indigne, il va falloir tôt ou tard trouver des crédits pour le rénover. Où mieux les trouver qu'auprès de partenaires privés ? Et quelles sont les entreprises privées qui pourraient trouver un intérêt à ce partenariat ? Un indice : d'après le rapport de l'OIP, 70 à 80 % des détenus souffrent de troubles psychiatriques…

Certes, officiellement, les expérimentations sur les prisonniers et les patients psychiatriques sont interdites par l'éthique et les textes protégeant les Droits de l'homme. Mais il suffit de se reporter aux mêmes textes officiels (et je serais étonné d'avoir été le premier à y penser) pour voir à quel point leur interprétation prête le flanc à de possibles dérives :

« Les personnes privées de liberté par une décision judiciaire ou administrative, les malades en situation d'urgence et les personnes hospitalisées sans consentement en vertu des articles L.3212-1 [*demande d'un tiers*] *et L.3213-1* [*hospitalisation d'office*] *qui ne sont pas protégées par la loi ne peuvent être sollicitées pour*

se prêter à des recherches biomédicales que s'il en est attendu un bénéfice direct et majeur pour leur santé[1]. »
(Article L.1121-5 du Code de la Santé publique)

L'article L.1121-6 du même Code de la Santé Publique va encore plus loin en stipulant :

« *Les personnes privées de liberté par une décision judiciaire ou administrative, les personnes hospitalisées sans consentement en vertu des articles L.3212-1 et L.3213-1 qui ne relèvent pas des dispositions de l'article L.1121-8 et les personnes admises dans un établissement sanitaire ou social à d'autres fins que celle de la recherche ne peuvent être sollicitées pour se prêter à des recherches biomédicales que dans les conditions suivantes :*

— soit l'importance du bénéfice escompté pour ces personnes est de nature à justifier le risque prévisible encouru ;

— soit ces recherches se justifient au regard du bénéfice escompté pour d'autres personnes se trouvant dans la même situation juridique ou administrative à la condition que des recherches d'une efficacité comparable ne puissent être effectuées sur une autre catégorie de la population. Dans ce cas, les risques prévisibles et les contraintes que comporte la recherche doivent présenter un caractère minimal. »

Ce « bénéfice direct et majeur/escompté », ce « risque minimal », qui les définira ?

Martin Winckler
Tourmens, le 15.10.2005

1. C'est moi qui souligne.

REMERCIEMENTS

Merci à Béatrice Duval et Jean-Claude Dubost qui, en accueillant ce livre au Fleuve Noir, m'ont permis de poursuivre les enquêtes racontées dans *Touche pas à mes deux seins* (« Le Poulpe », Baleine, 2001) et *Mort in vitro* (« Polar Santé », Fleuve Noir, 2003).

Pour leur lecture attentive, leur aide logistique et leur soutien moral – inestimables au cours de la rédaction d'un livre –, je tiens à remercier RC pour ses précieux enseignements sur la Gendarmerie nationale, Salomé Viviana pour sa connaissance intime des droits des patients, Frédérique Fichet pour ses précieuses remarques sur les pathologies psychiatriques évoquées dans ce livre, ainsi que Fanny Malovry, Vincent Berville, Diane Arnaud, Antoine de Froberville, Christian Lehmann, Sandrine Thérie, Gilda Fiermonte, Emmanuelle Mignaton, Cherie Smith, Marjolaine Boutet, Paul-André Baril et les membres de la société Santé en Français, Christiane Guillois et Artie Greenspan et leurs étudiants, Sylvianne et Bruno et les trois Schnebert, Sophie et Félix et les trois Bérangères, Anne et Jean-Louis et les quarante Schmitlin, Hélène Oswald et les dix-neuf scalpels, Michèle et Alain Gahagnon, Pascal Guénet et Olivier Simon, Michel Moreau et Joël Doussain.

Lecteur, auditeur et spectateur nourri par tous ceux qui écrivent et interprètent, je ne remercierai jamais assez Claude Pujade-Renaud et Daniel Zimmermann, Alexandre Dumas, Maurice Leblanc, Bill Evans, Isaac Asimov, Neil Young, Richard Matheson, Blossom Dearie, Georges Perec, Stacey Kent, Arjean Harmetz, Madeleine Peyroux, Carole King, James Taylor et Oscar Peterson ; le Terrible Pirate Roberts, la Princesse Boucles d'Or, William Goldman et Rob Reiner ; Gregory House et David Shore ; Meredith Grey et Shonda Rhimes ; Lauren Graham, Alexis Breidel, Daniel Palladino et Amy Sherman-Palladino ; Jethro Gibbs, Donald P. Bellisario et Don McGill ; Veronica Mars et Rob Thomas ; Lily Rush et Meredith Stiehm ; Robert Goren et René Baleer ; Jack Malone et Hank Steinberg ; sans oublier Claudia Cardinale, Lee Marvin, Burt Lancaster, Jack Palance, Robert Ryan, Woody Strode et Richard Brooks – *Il n'y a jamais eu qu'une seule révolution…*

À Mélanie et Brice,
aux *Magnificent Seven*,
à *Vous*.

Charly Lhombre et Jean Watteau
reviendront
dans
« *Ô, Lourdes !* » et « *Les Invisibles* »

TABLE DES MATIÈRES